# DIE
# BLUTIGE STADT
## (Storm & Partner 1)

## Thriller

# ROXANN HILL

Für Paul,
der mir Frau Scuderis Hinterhäuser gezeigt hat.

Everyone is a moon,
and has a dark side
which he never shows to anybody.


Jeder ist ein Mond
und hat eine dunkle Seite,
die er niemals irgendjemandem zeigt.

Mark Twain.

# 1
## IRGENDWO IN NORDDEUTSCHLAND

Er öffnete die Tür seines Hauses und hatte bereits von der Schwelle aus einen wunderbaren Blick über die Landschaft. Weite Felder, Wiesen. Das nächste Gehöft war ein gutes Stück entfernt, mindestens zwei Kilometer.

Der neue Kombi stand in der Hofeinfahrt. Er entriegelte ihn mit dem Funkschlüssel. Die Lichter blinkten einmal auf.

»Hast du den Kasten mit den leeren Flaschen dabei?«, rief seine Frau von innen.

»Nein!«, gab er zurück. »Vergessen. Ich hole ihn schnell!«

»Brauchst du nicht! Ich mach das.« Er hörte das Klirren von Glas. Und dann: »Tammi! Beeil dich. Papa wartet bereits am Auto!«

»Nur keine Hektik! Ich komme ja schon!«, antwortete die helle Stimme seiner Tochter.

Er musste lächeln. Tammi war noch nicht einmal in der Schule, benahm sich aber manchmal wie eine Erwachsene. Von wem sie das wohl hatte?

Er ging zu seinem Wagen und lehnte sich mit dem Rücken dagegen. Die Strahlen der Sonne hatten bereits Kraft. Er sog die frische Luft tief in die Lungen ein. Es roch nach Sommer, nach blühenden Pflanzen, nach guter Erde.

Das leise Summen von Bienen drang an sein Ohr, das gelegentliche Rascheln von Blättern, wenn der Wind sanft über die Bäume strich – sonst nichts. Kein Motor, kein Flugzeug, keine anderen Menschen. Nur die Natur.

Das Land rings um sein Haus gehörte ihm. Hier wuchs kräftiges Gras und Hafer – genau richtig für die Pferde, die er züchten wollte. Er hatte bereits fünf prämierte Stuten, schwarze Friesen, alle trächtig. Und er beabsichtigte, weitere dazuzukaufen.

Allerdings würde er dann eine neue Koppel einrichten und einen zweiten Offenstall bauen müssen. Er wusste auch schon genau, wo: Dort hinten, vielleicht zweihundert Meter entfernt, wo jetzt noch die verwilderten Brombeeren wuchsen. Die würde er roden und dann…

Erneut das Klirren von Glas. Diesmal näher. Im Hauseingang erschien Emilia, seine Frau. Dahinter konnte er Tammis braunen Schopf erkennen.

Emilia lächelte ihn an. Sie mochte ihn – um seiner selbst willen. Wie er jetzt war. Sein früheres Leben kannte sie nicht. Und er würde ihr auch nie davon erzählen.

Sie stellte den Kasten ab und kramte in ihrer Tasche nach dem Schlüssel. Es war hier, mitten im Nirgendwo, eigentlich nicht nötig, abzusperren. Aber sie tat es aus Gewohnheit. Und schaden konnte es ja nicht.

Das Flattern von Flügeln ließ ihn aufblicken: Drei, vier, fünf braune Vögel erhoben sich aus der Brombeerhecke und strebten fast senkrecht in die Höhe. Rebhühner. Er mochte ihren Anblick sehr.

Ein kurzer Laut – ähnlich einem Zischen. Seltsam vertraut.

Die Vögel setzen ihren Flug unbeirrt fort.

Er wandte sich wieder Emilia zu. Etwas stimmte nicht. Sie schwankte leicht, auf ihrem Gesicht ein verwunderter Ausdruck. Jetzt sah sie auf ihr helles T-Shirt. Dort breitete sich ein dunkler Fleck aus.

Rot.

Blut.

»Nein!«, schrie er.

Emilia kollabierte, und ihr Körper rutschte zur Seite weg.

Tammi wurde sichtbar. Sie hielt ihren Lieblingsteddy mit beiden Händen umklammert. Mit weit aufgerissenen Augen starrte sie auf ihre Mutter.

»Ins Haus!«, schrie er seiner Tochter zu.

Tammi reagierte nicht. Wie versteinert stand sie da.

»Tammi!«, brüllte er und rannte los. Er musste die Kleine in Sicherheit bringen. Unbedingt.

Er war fast beim Haus angelangt. Ein zweites Zischen. Eine unsichtbare Faust erwischte ihn an der Schulter, warf ihn zu Boden. Er spürte, wie er aufschlug. Dicht vor ihm die leblose Hand seiner Frau. Dahinter ihr Gesicht, mit den gebrochenen Augen. Ein feines rotes Rinnsal tropfte aus ihrem Mundwinkel.

Er kam wieder hoch. Er spürte keinen Schmerz. Das würde erst später kommen. Wenn der Schock vorbei war.

Tammi hatte sich noch immer nicht bewegt. Ihre kleinen Finger krallten sich in den Teddy. Sie war leichenblass.

»Ins Haus!«, brüllte er seiner Tochter erneut zu, stürzte sich auf sie, vernahm nochmals das Zischen.

Zeitgleich explodierten die leeren Glasflaschen neben dem Eingang in Tausende von Splittern.

Er war bei Tammi, drängte sie zurück in den Flur.

»Da hinein!« Unsanft schubste er seine Tochter ins Bad und schmiss die Tür zu. »Bleib drinnen!«

Er wirbelte herum, rannte ins Wohnzimmer. Zum Safe. Darin lag seine Pistole – die einzige Chance, die er hatte.

Sofa und Sessel, ein großer Fernseher, eine Fensterfläche bis zum Boden. Die hatte er beim Kauf des Hauses einbauen lassen, weil Emilia den Blick in die Natur so liebte.

Er hatte die Wand erreicht, riss das gerahmte Bild herunter. Dahinter kam eine schwarze Metallfläche mit Tastenfeld in der Mitte zum Vorschein.

*7439* – fieberhaft begann er, den Zifferncode einzugeben.

Der Safe sprang auf.

Er streckte den Arm aus, um nach der Waffe zu greifen. Etwas schlug durch eines der Fenster. Diesmal traf es ihn an der linken Schulter.

Er wurde gegen die Wand geschleudert. Sein Körper gehorchte ihm nicht mehr. Wie in Zeitlupe sank er zu Boden.

Er lag auf der Seite und blickte durch die Scheibe nach draußen. Die Scheibe, in der sich jetzt ein kreisrundes Loch befand, vielleicht so groß wie eine Ein-euromünze.

Er sah seine Wiesen, die Felder, die Brombeer-hecke. Dort erhob sich ein Mann. Neben ihm ein zweiter. Und noch einer. Sie näherten sich dem Haus. Fast kam es ihm vor, als würden sie schlendern. Sie hatten es nicht eilig.

Er versuchte, sich aufzustützen. Er versuchte, an seine Waffe zu gelangen, die noch immer im Safe lag. Er schaffte es nicht.

Sie waren jetzt im Gebäude, gingen durch den Flur, erreichten das Wohnzimmer und bildeten schließlich vor ihm einen Halbkreis. Sie verdeckten das Fenster, den Blick in die Natur – auf das, was einmal hätte sein sollen. Der Kleinste von ihnen trug das Präzisionsgewehr mit Schalldämpfer, mit dem sie Emilia getötet und ihn angeschossen hatten.

Sie hatten ihn gefunden. Er kannte sie alle. Jeden einzelnen von ihnen.

Einer drehte ihm den Rücken zu. Er hatte graues, kurzes Haar und schien damit beschäftigt, den Raum zu inspizieren.

Es dauerte lange, bis der Grauhaarige sich ihm zuwandte. Vielleicht kam es ihm auch nur so vor, als würde es lange dauern.

Der Grauhaarige sah ihn an. Dasselbe Gesicht. Die harten, tiefen Furchen. Etwas gealtert. Aber im-mer noch dieser stechende Blick. Immer noch das alte Feuer in den schmutzig-grünen Augen.

Der Mann musterte ihn kalt, nahezu emotionslos.

»Hallo, Andrej«, sagte er zu ihm, und seine Stimme klang rau, wie das Schleifen von Sandpapier über Stein. So hatte sie früher auch geklungen. Und wie sehr hatte er gehofft, sie nie wieder hören zu müssen.

Er hatte so vieles gehofft. Was war er nur für ein Narr gewesen!

»Hallo, Gruber«, antwortete er.

Und dann vernahm er es. Für einen Moment dachte er, er hätte es sich nur eingebildet: das Klacken eines Schlosses, das unsichere Trappeln kleiner Füße. Tammi stand im Türrahmen, den Teddy an sich gepresst.

»Papa«, sagte sie.

Gruber wandte sich Tammi zu, taxierte sie kurz und sagte: »Ja, wen haben wir da?«

»Lass sie in Ruhe«, stammelte Andrej. Der Blutverlust der beiden Schusswunden machte sich inzwischen bemerkbar. Ihm war kalt, er begann zu zittern.

Gruber beugte sich zu Tammi hinunter. »Guten Tag, Prinzessin! Wie alt bist du denn?«

»Vier, aber ich werde in zwei Wochen fünf«, erwiderte die Kleine, während sie Gruber verängstigt und vertrauensvoll zugleich ansah. »Was ist mit Papa?«

»Tja, was ist mit dem?« Gruber konzentrierte sich wieder auf Andrej. »Das ist ein Zufall, nicht wahr? Deine Tochter ist bald fünf. Und wir,« er wies mit dem Kopf in Richtung der beiden anderen Männer im Raum, »wir waren sechs Jahre im Knast. In einem wahren Höllenloch.« Er machte eine Pause und deutete mit dem Finger auf Andrej. »Deinetwegen.«

»Lass meine Tochter in Ruhe! Sie hat damit nichts zu tun!«

Gruber öffnete den Reißverschluss seiner Windjacke. Eine langläufige Automatik in einem Schulterholster kam zum Vorschein. Eine Luger, wie er sie auch früher getragen hatte. Manche Dinge änderten sich nie.

Gruber nahm die Waffe heraus und deutete mit dem Lauf auf Tammi.

»Pa…«, setzte Tammi an, und Gruber schoss.

»Neeeeiiiin«, schrie Andrej, während er zusah, wie seine Tochter starb.

»Doch«, sagte Gruber betont milde. Er ging vor Andrej in die Knie und flüsterte ihm ins Ohr: »So, mein Lieber. Nun erzählst du mir, wo sie ist. Und wie sie sich jetzt nennt.«

## 2

»M Mein Name ist Helena Groß.«
Ich drehte mich um und schrieb
ihn an die grüne Schultafel, bevor ich
mich wieder der Gruppe zuwandte. Männer und
Frauen zwischen zwanzig und sechzig. Nun ja. Zwei
Männer und siebzehn Frauen. Aber immerhin.

Das Klassenzimmer, in dem wir uns befanden,
hatte schon bessere Zeiten gesehen – vielleicht vor
einem halben Jahrhundert. Seitdem war es sicherlich
nur ein paarmal gestrichen worden. An mehreren
Stellen blätterte Farbe großflächig von der Wand. Der
Putz wies teilweise Löcher auf und die Decke Risse.
Dunkle Schleifspuren vom unsachgemäßen Verrü-
cken der Tische und Stühle zierten das abgetretene
Linoleum. Insgesamt war der Raum ziemlich heruntergekommen – wie das gesamte Gebäude. Aber das
war den Kindern, die hier tagsüber Deutsch, Mathe
und Englisch paukten, vermutlich egal. Kinder achten

nicht auf Äußerlichkeiten. Und für einen VHS-Kurs taugte das Zimmer ohnehin.

Ich lächelte in die Runde. »In den nächsten Stunden werde ich Ihnen beibringen, wie man zeichnet. Mit Bleistift, Fineliner oder Tusche.« Ich hielt inne. »Das ist kein Hexenwerk. Das kann jeder lernen, der es lernen möchte.«

Als Antwort erhielt ich kollektives Schweigen. Meine Kursteilnehmer hatten ihre DIN A3-Blöcke aufgeschlagen und blickten mich erwartungsvoll an.

»Bevor wir anfangen, irgendetwas aufs Papier zu bringen, müssen wir uns zuerst einmal lange und intensiv das anschauen, was wir malen wollen. Also bitte…« Ich machte eine auffordernde Handbewegung, »nehmen Sie den Gegenstand, der vor Ihnen auf dem Tisch steht: Was sehen Sie?«

Zaghaft kamen die Anwesenden meiner Aufforderung nach, während sie die Objekte, die ich vor Beginn der Stunde auf den Plätzen verteilt hatte, mit einer gewissen Skepsis betrachteten.

Noch mehr von diesem kollektiven Schweigen.

Ich ging zu der älteren Frau, die rechts von mir in der ersten Reihe saß. »Und? Was haben Sie?«

»Eine Vase?«, meinte sie unsicher.

Ich nickte. »Genau. Und der Herr?« Ich blickte zu ihrem Nachbarn.

»Ein Glas. Ein stinknormales Wasserglas.«

Erstes, zögerliches Lachen im Raum. Langsam tauten sie auf.

»Richtig«, erwiderte ich. »Unsere Umgebung ist voll von banalen, alltäglichen Dingen, die wir schon tausendmal gesehen haben. Was wir jedoch in ihnen erkennen müssen, ist die Grundfigur, die sich darin versteckt.« Ich nahm dem Mann das Glas aus der

Hand, hob es hoch und fuhr mit dem Zeigefinger rings um den Boden. »Das ist ein Kreis. Wenn wir ihn nachher zeichnen, bilden wir ihn als Ellipse ab. Gleiches gilt für den oberen Rand. Dazwischen befindet sich eigentlich ein Zylinder«, ich tippte mit der Fingerspitze dagegen, »den wir zunächst zweidimensional als zwei Seitenlinien erkennen. Was haben wir also?«

Keine Antwort.

Ich wandte mich der Tafel zu, packte eine Kreide, skizzierte die zwei Ellipsen übereinander und verband sie mit zwei schrägen Längsstrichen. Dann trat ich zur Seite und konzentrierte mich wieder auf die Gruppe.

»Damit haben wir die Grundform. Jetzt kann gar nichts mehr schiefgehen. Sie müssen nur noch beachten, dass auf jeden Gegenstand Licht fällt. Und wo Licht ist, ist auch Schatten. Das kennen wir ja.«

Leichtes Schmunzeln.

»Der Schatten wiederum, legt sich so auf den Gegenstand, wie das Objekt eben geformt ist.« Wieder benutzte ich die Kreide. »Dort, wo der Schatten am dunkelsten ist, schraffieren wir ihn. Das heißt, wir setzen unsere Striche enger. Und dort, wo es heller wird, bekommen die Striche einen größeren Abstand.« Ich arbeitete kurz und trat dann einen Schritt zurück, um mein gezeichnetes Wasserglas zu präsentieren. »Voilà, fertig. Ganz einfach.«

»Wow«, sagte eine der Frauen. »Das sieht ja toll aus! Das schaffe ich nie.«

»Unsinn.« Ich schüttelte energisch den Kopf. »Sie müssen nur wollen. Jetzt schauen Sie sich Ihren Gegenstand an, finden seine Grundform heraus, übertragen sie aufs Papier und üben die Schraffur.«

»Wenn es nicht passt, kann ich es wegradieren?«, fragte eine andere Kursteilnehmerin. In ihrer Hand hielt sie bereits einen überdimensionalen Radiergummi.

»Nein. Wir machen nichts weg. Falsche Linien sind ganz wichtig. Sie zeigen uns nämlich, wo die richtigen verlaufen. Wir lassen zunächst alles stehen.« Ich lehnte mich ans Pult. »Also. Fangen Sie an. Nur keine Scheu.« Ich nickte auffordernd. »In der nächsten Viertelstunde bitte keine Fragen. Die Zeit gehört ganz allein Ihnen und Ihrem Blatt Papier. Ich würde nur stören. Danach werde ich von Platz zu Platz gehen, und wir sehen uns an, wie weit Sie gekommen sind.« Ich nickte noch einmal.

Federmäppchen wurden geöffnet, Stifte wurden ausgewählt, Papier raschelte. Der ein oder andere setzte sich zurecht, und dann zog Stille ein. Meine Schülerinnen und Schüler waren beschäftigt.

Es war stickig. Die Strahlen der Abendsonne fielen ungehindert durch die großen Sprossenfenster in den Raum. Ich öffnete mehrere der Oberlichten. Straßenlärm drang zu uns.

Summer in the city – ein typischer Sommerabend in Berlin.

## 3

Die erste Doppelstunde des neuen Kurses war geschafft. Im Anschluss hatte ich noch Fragen beantwortet, Bilder begutachtet, die die Teilnehmer von zuhause mitgebracht hatten, und ausgiebig gelobt. Nun, vielleicht nicht unbedingt ausgiebig, das war nicht meine Art. Aber gelobt, das hatte ich.

Mittlerweile war es dunkel, aber noch immer heiß. Der Asphalt gab die tagsüber gespeicherte Wärme an die Umgebung ab. Sie blieb in den Häuserschluchten hängen wie ein zäher Brei.

Ich machte mich auf den Heimweg. Bis zu mir war es nicht weit, eine halbe Stunde. Also ging ich zu Fuß. Das tat mir gut und ich sparte das Geld für die Straßenbahn. Außerdem musste ich noch etwas erledigen. Etwas Dringendes.

Vor der Filiale meiner Bank hatte man die Straße aufgerissen und einen Bauzaun errichtet. Ich umrundete ihn, gelangte zum Eingangsportal und öffnete die Schiebetür mit Hilfe meiner Scheckkarte, die ich aus meiner Schultertasche kramte. Ich betrat den Vorraum, in dem sich der Geldautomat befand. Wieder benutzte ich die Karte, gab die PIN ein und ließ mir mein Guthaben anzeigen, in der Hoffnung, dass es etwas anzuzeigen gab.

Dreihundertsiebenundzwanzig und ein paar Zerquetschte – die VHS hatte mein Honorar bereits überwiesen. Ich wählte *Auszahlung* und hob zweihundert Euro ab. Blieben für die letzten zehn Tage des Monats etwas über einhundert Euro übrig. Das würde mir reichen. Locker. Ich war schon mit viel weniger zurechtgekommen.

Ich verstaute die Karte und die Scheine im Geldbeutel, steckte ihn in meine Tasche zurück, schulterte sie und begab mich nach draußen. Die Schiebetür schloss sich mit einem saugenden Geräusch hinter mir, und als ich den Kopf hob, bemerkte ich, dass ich erwartet wurde. Drei junge Kerle blickten mir entgegen. Allesamt sicherlich eifrige Besucher von Fitnessstudios und Fans von Anabolika: aufgepumpte Muskeln, leere Gesichter, arrogante Körperhaltung.

Ich senkte die Augen und versuchte, an ihnen vorbeizukommen. Der Mittlere von ihnen, er war zufällig auch der Größte und Breiteste, baute sich vor mir auf und ließ mich nicht durch.

Ich probierte auszuweichen, doch das verhinderte einer seiner beiden Kumpel.

»Kohle her, du blöde Nutte«, sagte der Große. Es klang nicht einmal unfreundlich, lediglich sachlich.

Ich sah zu ihm auf. Ich musste hoch hinaufblicken. Er war bestimmt an die zwei Meter. »Nein«, erwiderte ich. »Ich kann nicht.« Und damit er die Gründe für meine Ablehnung auch verstehen konnte, fügte ich hinzu: »Ich würde euch das Geld ja geben, aber ich muss meine Miete bezahlen. Die ist überfällig.«

Er war schnell. Er schlug mir ins Gesicht. Mit der flachen Hand. Nicht allzu hart, aber fest genug, damit ich wusste, dass er es ernst meinte und noch *richtig ernst* werden konnte, wenn es denn sein müsste.

Ich stolperte gegen den mit Stein verkleideten Pfeiler, der das Vordach des Gebäudes trug, und schmeckte Blut in meinem Mund. Mein Oberarm schmerzte.

»Gib her, du blöde Nutte«, wiederholte er seelenruhig. In seinen Augen glitzerte die Vorfreude auf das, was er vorhatte, gleich zu tun. »Ein drittes Mal sage ich es dir nicht.«

Ich stellte mich aufrecht hin. »Jungs«, begann ich, und ich bemühte mich, nicht unfreundlich zu klingen, »geht einfach. Und ich vergesse, was passiert ist.«

Scheinbar war das komisch. Jedenfalls brachen die Drei in schallendes Gelächter aus. Der Kerl links von mir zauberte ein Messer mit feststehender Klinge hervor. Das Licht der Straßenlaterne glitzerte auf dem Stahl. »Ich glaube, die Kleine will unbedingt aufgeschlitzt werden.«

Ich betrachtete das Messer, ich musterte die drei Typen und ich blickte mich um. Niemand war in der Nähe. Der Bauzaun schottete uns nahezu vollständig ab. Niemand würde mir helfen.

Ich holte tief Luft. »Ich bitte euch noch mal: Geht. Es ist einfach ein schlechter Abend für euch. Ihr habt die Falsche.«

Jetzt reichte es. Der Chef des Trios hatte eindeutig genug von mir. Drohend kam er näher. »Die Falsche? Wie groß bist du? Eins sechzig? Fünfzig Kilo? Mehr wiegst du bestimmt nicht. Was willst du Zwergenfotze gegen uns ausrichten?«

»Der müssen wir Respekt beibringen!«, meinte der Dritte, der bisher geschwiegen hatte. Er lispelte stark.

»Respekt, und noch etwas anderes!«, ergänzte der Kerl mit dem Messer.

Ich hatte es versucht. Wirklich. Und es hatte all die Jahre geklappt. Bis jetzt.

Ich konzentrierte mich auf den Großen.

# 4

Prenzlauer Berg. Auf den Gehwegen war wie immer viel los. Passanten kamen mir entgegen: Verliebte Pärchen, Gruppen, die sich lautstark und lachend unterhielten. Die Tische vor den Bars und Cafés waren allesamt besetzt. Wenn ein Platz frei wurde, wurde er sofort wieder in Beschlag genommen.

Vier-, fünfstöckige Häuser mit aufwändig sanierten Fassaden reihten sich schier endlos aneinander. Licht hinter den zahlreichen Fenstern. Auf den schmalen Balkonen konnte man, wenn man es wollte, die Umrisse der Bewohner erkennen, die vor dem Schlafengehen den warmen Sommerabend noch ein wenig genossen.

Der Verkehr hatte merklich nachgelassen. Die Autos parkten dicht an dicht am Fahrbahnrand zwischen den hohen Bäumen, deren üppiges Laub eine trügerische Spur von Natur vermittelte. Ab und zu ratterte eine Straßenbahn mit ihren typischen Geräuschen vorbei.

Einfach jeder, dem ich begegnete, schien guter Laune zu sein. Der Abend war jung, die Party ging erst richtig los. Und niemand nahm von mir Notiz. Das war mir mehr als recht. Ich presste die Umhängetasche gegen meine Seite und schlängelte mich mit gesenktem Kopf durch die Menge.

Zwischen einer Nobelboutique mit sündhaft teuren Jeans und einem indischen Restaurant befand sich eine Holztür. Zweiflügelig, imposant. Eigentlich ein Tor. Sicher an die einhundertfünfzig Jahre alt, aber aufs Beste renoviert. Ich öffnete und trat ein.

Ein Bewegungsmelder schaltete das Licht an. Ein weiter Durchlass, an die vier Meter hoch, mit kunstvollen Stuckelementen an der gewölbten Decke. Der Boden, über den ich schritt, war noch mit den originalen Granitsteinen belebt. Auch sie waren hergerichtet und leuchteten in frischem Glanz.

Ich passierte einige Marmorstufen, die auf der linken Seite zum Treppenhaus führten. Die Tür davor war ausnahmsweise nagelneu. Eine Glaskonstruktion mit viel Edelstahl. Ich ging weiter und erreichte den rückwärtigen Ausgang.

Ein Hinterhof tat sich vor mir auf, die Fläche früher einmal teilweise gepflastert. Irgendwann hatte man Beton darüber gegossen. Und als der verbraucht gewesen war, wurde mit Asphalt geflickt. Der war ebenfalls schwer in Mitleidenschaft gezogen. Unkraut hatte sich an vielen Stellen durch ihn hindurchgezwängt.

Rechts stand ein kleines Nebengebäude aus Stein, vielleicht von einer längst verschwundenen Fabrik. Es hatte ein Pultdach mit verrosteten und löchrigen Regenrinnen. Die vergitterten Fenster waren eingeschlagen, das übriggebliebene Glas blind und dreckig.

Dann das eigentliche Hinterhaus. Das erste in einer Reihe von dreien. Wieder fünfstöckig, die klassizistische Fassade schmutzig, dunkel, fast schwarz. Überall bröckelte der Putz und gab das Mauerwerk frei. Von den zahlreichen Fenstern war jeder Rest von Lack abgeblättert, das Holz verwittert und grau wie der Stein ringsum. Und doch, wenn man genau hinsah, konnte man für einen flüchtigen Moment den Hauch von Schönheit erkennen, eine Erinnerung an das, was einst gewesen war.

In der Mitte des Wohngebäudes befand sich ein Durchgang zum innenliegenden Treppenhaus und zum Hinterhof Nummer zwei – tunnelartig, mühsam von einer einzelnen Lampe in ein dämmriges Zwielicht getaucht.

Rechts vom Durchlass, im Erdgeschoss, schloss sich eine ehemalige Anwaltskanzlei an. Sie war seit längerem leer. Das Schild mit der Aufschrift *Rechtsanwalt Dr. Hans Wuttke* hatte man mit einem roten Isolierband quasi durchgestrichen.

Links war ein Laden untergebracht. Auch mit direktem Zutritt zum Hof wie bei der Kanzlei. *Madame Scuderi, Esoterik und mehr* prangte auf einem mit Hand beschriebenen Brett über der Tür. Alles dunkel – um diese Zeit kamen keine Kunden. Auch tagsüber kamen nicht viele. Aber das war nicht mein Problem.

Ich kannte mich aus. Mit schlafwandlerischer Sicherheit trat ich in den Gang zwischen den beiden Geschäftsräumen. Dessen Decke und Wände waren – wenn möglich – noch heruntergekommener als die Fassade, und über und über mit Grafitti bemalt, besser gesagt: beschmiert. Fahrräder an der Seite, manche von ihnen in Gebrauch, andere vor Jahren abgestellt und vergessen. Wie so vieles hier hinten.

Aus dem nächsten Hof drang das Geräusch einer Flex zu mir. Der Verrückte aus dem ersten Stock arbeitete wieder in seinem Verschlag. Er hatte sich von irgendwoher einen Oldtimer beschafft, an dem er tagein tagaus in seiner provisorischen Werkstatt herumbastelte. In letzter Zeit – so wie heute – bis tief in die Nacht ... Idiot.

Auf der linken Seite im Durchlass befanden sich wie im sanierten Vorderhaus Stufen, die zum Treppenhaus führten. Doch hier kein Marmor, kein Glanz, sondern einfache Betonsteine, abgetreten von den abertausenden Menschen, die achtlos über sie hinweggeschritten waren.

Daneben eine Tür. Der Privateingang zum Esoterikladen. Der Adressaufkleber auf dem Klingelknopf sagte: *G. Scuderi*. Ich schellte.

Es dauerte eine Weile. Das tat es immer. Dann wurde mir geöffnet.

Eine große, schlanke Frau blickte mich an. Nun, sie war eigentlich gar nicht so groß, vielleicht eins siebzig, aber ihre Körperhaltung vermittelte das Gefühl von Größe. Es gibt Leute, die das können. Frau Scuderi war eine davon. Es fiel mir schwer, ihr Alter zu schätzen. Ende fünfzig, Mitte sechzig? Keine Ahnung.

Manche hätten sie als attraktiv bezeichnet – auf eine ganz eigene Art. Mich interessierte das nicht. Mir war das egal.

Sie trug Jeans und darüber eine bunte Tunika. Mehrere unterschiedlich lange Ketten baumelten um ihren Hals. Ihr rotgelocktes Haar fiel ihr bis auf die Schultern und umrahmte ihr bleiches, fast weißes Gesicht. Kein Wunder – ich hatte sie tagsüber noch nie draußen gesehen. Umso deutlicher kamen ihre grünen Augen zur Geltung.

»Ja?«, sagte sie.

Ich presste die Tasche an meine Hüfte und kramte mit der Linken umständlich das kleine Ledermäppchen hervor. Ich reichte es ihr.

»Was soll ich damit?«, wollte sie wissen.

»Da drinnen ist meine Miete.«

»Und?«

»Nehmen Sie sich die Scheine einfach heraus.«

»*Ich* soll…?«

»Ja«, sagte ich.

Sie runzelte die Stirn, musterte mich kurz, bevor sie den Geldbeutel ergriff. Sie öffnete ihn und hielt inne. »Ich zähle ab.«

»Nicht nötig. Zweihundert Euro, mehr habe ich ohnehin nicht.«

Wieder dieser prüfende Blick. Sie nahm sich das Geld und stopfte es, ohne es zu kontrollieren, einfach in die Vordertasche ihrer Jeans. Dann gab sie mir das Portemonnaie zurück. Ich behielt es in der Hand.

»Alles in Ordnung?«, fragte sie mich.

»Natürlich.« Ich verzog den Mund zu einem automatischen Lächeln, drückte die Schultertasche an meine rechte Seite und wandte mich ab.

Meine Wohnung lag im zweiten Stock. Heute tat ich mich schwer, die knarzenden Holzstufen emporzusteigen. Noch mehr abgeschlagener Putz, noch mehr Verfall. Dann, endlich, meine Tür. Alt wie das Haus. Doch ich hatte sie mit zwei neuen Sicherheitsschlössern versehen. Ich sperrte auf, trat ein und machte hinter mir zu.

Ich knipste das Licht an.

Mein Reich: Ein winziger Flur, links eine Küche, ohne Herd, aber mit einem alten Kühlschrank und einem Spülbecken aus abgeschlagener Emaille. Der Wasserhahn tropfte.

In mehrere, zweireihig gestapelte Obstkisten hatte ich das wenige Geschirr verstaut, das ich besaß. Und darauf standen eine einfache Mikrowelle sowie ein Wasserkocher. Beide hatte ich gebraucht auf dem Trödelmarkt am Mauerpark erstanden.

Neben dem Fenster hatte mein Vormieter eine Elektro-Duschkabine aufgestellt. Keine Toilette. Die befand sich auf dem Gang – für die Bewohner des gesamten Stockwerks.

Der Flur mündete in zwei ineinander übergehende Räume. Der erste und größere war möbliert: Ein Bett, ein Sessel, ein kleiner Tisch mit Stuhl sowie ein Garderobenständer auf Rollen, an dem meine gesamte Kleidung hing – insgesamt nicht viel. Ein großer Standspiegel. Kein Teppich auf dem dunkelbraun lackierten Holzboden. Dafür hing ein Boxsack von der Decke. Solides Stück. Achtzig Kilo. Und ich hatte im Türrahmen zwischen Flur und Zimmer eine Stange befestigt, die mir als Reck diente.

Ein eingebauter Kaminofen mit grünen Kacheln beherrschte eine Ecke des größeren Zimmers. Im Winter heizte ich ihn mit Kohlebriketts, zersägten Paletten und was ich sonst noch fand.

Das angrenzende kleine Zimmer beherbergte mein *Atelier*. Eine Staffelei. Ein Sammelsurium von Farben, Pinseln in alten Dosen, von Stiften und Stofffetzen. In einem Blechkanister lagerte Terpentinersatz. Holzrahmen mit aufgespannten Leinwänden lehnten an den Wänden – die Bilder darauf teils fertig, teils noch unvollendet.

Ich malte Landschaften. Keine Menschen. Nicht, weil ich es nicht konnte, sondern weil ich nicht wollte.

Den Standspiegel hatte ich im Sperrmüll gefunden. Er hatte einen Sprung in der unteren Ecke, aber das störte mich nicht weiter. Ich trat dicht an ihn heran.

Vorsichtig ließ ich meine Tasche von der Schulter nach unten gleiten. Mein T-Shirt wies an der rechten Seite einen langen Schnitt auf. Dort, wo mich das Messer erwischt hatte.

Alles blutig.

Behutsam zog ich das Shirt nach oben, stellte mich noch näher an den Spiegel heran und musterte die Verletzung. Nicht meine erste. Tatsächlich hatte ich viele Narben – sichtbare und unsichtbare. Ich überlegte mir, die Stichwunde zu nähen. Sie war nicht besonders gefährlich, aber recht tief. Ich war einfach zu unvorsichtig gewesen.

Es klopfte an meiner Tür.

Ich ignorierte es und blieb still.

Das Klopfen wiederholte sich. Stärker. Drängender. Wer auch immer zu mir wollte, würde nicht einfach verschwinden.

Ich seufzte, zog mein T-Shirt nach unten und ging öffnen. Dabei achtete ich darauf, den Körper so zu drehen, dass man die Verletzung nicht sehen konnte.

Vor meiner Wohnung stand Frau Scuderi.

»Was ist?«, fragte ich.

Sie hielt mir eine kleine Plastikbox entgegen. »Verbandszeug. Ich habe gedacht, das brauchen Sie.«

»Ich komme ganz gut alleine zurecht«, erwiderte ich, vielleicht eine Spur zu schroff.

Sie lächelte. »Das weiß ich. Aber trotzdem.« Sie hob die Box ein Stück höher.

Ich zögerte, dann nahm ich ihr das Erste-Hilfe-Set aus der Hand.

Sie nickte stumm, wandte sich ab und ging Richtung Treppe.

»Danke«, sagte ich ihrem Rücken, nachdem sie die Stufen fast erreicht hatte.

Sie blickte sich um. »Keine Ursache.«

Ich schloss meine Tür und sperrte ab. Gründlich.

## 5

Ich hatte die Nacht über schlecht geschlafen. Der Verrückte aus der Wohnung unter mir hatte bis nach eins nahezu ununterbrochen mit seiner Flex an der Schrottkarre gearbeitet. Ein neuer Rekord. Als er endlich Ruhe gab, hatte mich die Wunde wachgehalten. Ich hatte sie genäht, und sie schmerzte. Tabletten hätten vielleicht geholfen, doch das Zeug rührte ich nicht an. Außerdem hätte ich ohnehin keine zuhause gehabt.

Wie immer stand ich früh auf. Training kam wegen der frischen Stichverletzung nicht in Frage. Ich machte mir einen Toast mit Butter und Marmelade, trank einen Kaffee – schwarz, ich hatte keine Milch mehr.

Zeit, zu malen.

Auf meiner Staffelei wartete eine Leinwand. Mit Kohle hatte ich die Umrisse eines Landschaftsmotivs fixiert, das mir vor ein paar Tagen im Berliner Tiergarten, dem Park hinter dem Brandenburger Tor, aufgefallen war. Ich hatte vor, es in Öl umzusetzen. Ein

Teil war schon geschafft, vielleicht würde ich das Bild heute vollenden können.

Wenn ich male, male ich. Keine anderen Gedanken, keine Ablenkungen. Und die Farbe wird nicht gemischt. Ein Gelb ist ein Gelb. Rot ist Rot. Jedes Ding hat seinen Platz, fest und unverrückbar. Van Gogh hat so gearbeitet. Natürlich bin ich nicht so gut wie er. Aber auch ich will das Wesentliche erfassen. Das darstellen, was existiert und was mir wichtig ist.

Ich suchte mir meinen Lieblingspinsel, ergriff die Palette und stellte fest, dass es zu kalt war. Nicht richtig kalt, aber kühl. Und mit klammen Fingern kann man nicht präzise arbeiten.

Das Hinterhaus bekam nicht viel Sonnenlicht ab. Ich öffnete das einzige Fenster im Raum, damit die warme Luft von draußen hereinströmen konnte. Besser.

Mein Zimmer zeigte in den zweiten Hinterhof. Dort stand sogar ein einsamer Walnussbaum. Seine Blätter raschelten sanft im Wind. Es war hier schön ruhig, der Verkehr weit weg – abgeschirmt durch die Vordergebäude. Ich hörte das Zwitschern eines Vogels. Der hatte sich wohl verirrt, so wie ich. Ich musste lächeln.

Dann schloss ich für einen Moment die Augen und konzentrierte mich. In meiner Erinnerung nahm die Landschaft des Tiergartens wieder Gestalt an: Kiefern, ein Weg, eine Wiese mit Gänseblümchen. Dahinter ein...

Ich vernahm ein Quietschen. Durchdringend. Jemand öffnete das Tor zu dem Verschlag im Hof.

Das musste nichts bedeuten. Ich beschloss, es zu ignorieren.

Kiefern, ein Weg, eine Wiese mit Gänseblümchen... und ein unangenehmes Rumpeln.

Die Flex heulte auf. Natürlich! Der Verrückte war
ebenfalls wach. Wäre ja zu schön gewesen!

Ich legte meine Utensilien beiseite, trat ans Fenster
und beugte mich weit hinaus. »Hey!«, rief ich.

Nichts passierte. Der Verrückte flexte. Das schien
sein einziger Lebensinhalt zu sein, äußerst geräuschvoll ein Stück Blech zu malträtieren.

Unter diesen Umständen war an Malen nicht zu
denken. Ich holte mir noch eine Tasse Kaffee, stellte
mich vor die Staffelei und wartete.

Und wirklich, nach rund einer Viertelstunde verstummte der Lärm.

Ich trat erneut ans Fenster. Der Typ kam gerade
aus dem Schuppen, in der Hand ein Mineralwasser.

»Hallo!«, rief ich ihm zu. »Danke, dass Sie aufge-
hört haben. Ich muss arbeiten und brauche Ruhe.«

Er hatte mich gehört. Ganz sicher hatte er das. Er
schaute sogar für einen Moment hoch zu mir. Aber
weiter reagierte er nicht. Stattdessen trank er durstig
mit langen Schlucken, schraubte die Flasche zu, drehte sich um und verschwand in seiner Holzbaracke.

Eine Minute später begann das metallische Kreischen von neuem. Feiner Staub stieg langsam aber
sicher bis zu mir herauf. Es stank nach verbranntem
Lack, und ich hatte genug.

Ich stellte die Tasse in die Spüle unter den trop-
fenden Wasserhahn, packte meinen Schlüssel, sperrte
die Schlösser auf und sorgfältig hinter mir wieder zu,
und eilte die Treppe hinunter.

Ich würde mit ihm sprechen. Ganz ruhig, mehr
nicht. Vermutlich war ihm in seinem kranken Hirn
nicht bewusst, wie sehr mich sein Verhalten störte.

Der ständige Krach. Der Gestank. Wenn ich es ihm nett erklären würde, würde er mich verstehen und ab sofort Rücksicht nehmen.

Mittlerweile war ich unten am zweiten Hinterhof angelangt. Er war genauso heruntergekommen wie das Gelände zwischen den ersten beiden Häusern, jedoch insgesamt grüner und vielleicht ein klein wenig sonniger. Lediglich in der Mitte waren noch etwas Asphalt, Beton und Steine zu erkennen. Überall sonst wucherte Gras, Unkraut und verwildertes Buschwerk. Und natürlich der Walnussbaum.

Vier Sonnenblumen wuchsen dicht bei einer uralten ausrangierten Badewanne. Um einen verrosteten Kugelgrill gruppierten sich verschlissene Gartenmöbel.

Der Verschlag, in dem der Irre herumtobte, war grob aus Holz gezimmert – die Bretter, verblichen von der Zeit, in einem stumpfen Silber. Das Tor stand weit offen. Ich konnte ein aufgebocktes Auto sehen, davor befand sich mein Herr Nachbar und fuhrwerkte mit der Flex herum. Funken stoben in alle Richtungen.

»Hallo«, sagte ich.

Er schien mich nicht wahrzunehmen.

Ich probierte es noch einmal. Diesmal lauter, jedoch erneut ohne Erfolg.

Kurzentschlossen bückte ich mich und zog das Kabel seiner Flex aus der Steckdose. Der Lärm hörte auf, die Trennscheibe drehte noch ein paarmal nach, dann herrschte Stille.

Er wandte sich mir zu. Dabei nahm er seine Schutzbrille ab. Undefinierbares Alter, vielleicht Mitte bis Ende dreißig. Groß, Muskeln an den Oberarmen, vermutlich vom vielen Arbeiten. Ein verdrecktes und verschwitztes T-Shirt, eine blaue Latzhose. Schulterlange, dunkelblonde Haare – ungekämmt. Kurzer Vollbart. Hellblaue Augen in einem schmutzigen Gesicht.

»Guten Tag«, sagte ich betont förmlich.

Er antwortete nicht, blickte mich nur an.

»Ich wohne über Ihnen. Im ersten Hinterhaus.«

»Aha«, erwiderte er.

»Sie haben gestern bis ein Uhr nachts geflext.«

»Ja.« Er zuckte mit keiner Wimper.

»Und jetzt fangen Sie schon wieder an.«

»Ja.«

Ich seufzte. »Schauen Sie, ich muss oben arbeiten. Und wenn ich das Fenster aufmache, kommt der Gestank herein. Es ist irre laut. Ich kann mich nicht konzentrieren.«

»Das ist Ihr Problem«, stellte er ungerührt fest. »Nicht meins.«

Ich versuchte es mit einem verbindlichen Lächeln, wie es unter zivilisierten Menschen üblich ist. »Ich habe gedacht, Sie könnten etwas Rücksicht nehmen.«

»Das könnte ich.« Er nickte. »Tue ich aber nicht.«

Ich versteckte beide Hände hinter dem Rücken, weil sie sich zu Fäusten ballten, und atmete tief durch. Zweimal.

»Na gut«, sagte ich. »Wenn das so ist, werde ich mich an Frau Scuderi wenden und mich über Sie beschweren müssen.«

Er fixierte mich mit seinem Blick. »Machen Sie das. Viel Glück.«

Bevor ich etwas erwidern konnte, setzte er seine Schutzbrille auf. Er kam zu mir, schob mich sanft aber bestimmt zur Seite, bückte sich und steckte den Stecker wieder ein.

Ohne Hast kehrte er zu der Schrottkarre zurück, ergriff die Flex und nahm sie in Betrieb. Glühende Funkenfontänen prasselten auf das Blech und auf den Boden. Der Qualm begann sich erneut auszubreiten, und mit ihm der beißende Geruch.

Es hatte sich nichts geändert. Als wäre ich überhaupt nicht dagewesen.

Meine Nägel bohrten sich inzwischen in meine Handinnenflächen. Kurz dachte ich daran, das Problem – *mein* Problem, wie es der Irre genannt hatte – auf andere Weise aus der Welt zu schaffen. Endgültig. Es wäre ganz einfach für mich gewesen. Er hätte auch nichts gespürt. Jedenfalls so gut wie nichts. Ein einzelner Schlag an … Ich zwang mich, die Gedanken nicht zu Ende zu führen und meine Hände zu öffnen. Das fiel mir schwer. Aber es gelang mir.

Ich drehte mich ab. Als Mieterin hatte ich Rechte. Die würde ich jetzt einfordern. Bei Frau Scuderi. Darum musste sie sich kümmern.

# 6

**I**ch hatte am Privateingang zu Frau Scuderis Wohnung geklopft. Zugegeben, recht heftig. Aber besser das Holz, als der Irre.

Niemand hatte mir aufgemacht. Also versuchte ich es vorne im Geschäft. Ich öffnete die Ladentür, vielleicht mit zu viel Schwung. Ein Glockenspiel, das von der Decke baumelte, protestierte mit einem aufgeregten Klimpern.

Im Verkaufsraum war es düster, aber überraschenderweise nicht kalt. Und es roch nach Patschuli und parfümiertem Tee. Ringsum Ständer voll mit farbenprächtigen Schals, Tunikas, T-Shirts, Röcken, Kleidern und handgewebten Wollponchos. Regale über und über beladen mit Jesuslatschen, Buddhas, Shivas, Porzellanschälchen, orientalischen Duftölen, Kerzen und Drusen aus Halbedelstein. In offenen, geschnitzten Kästchen lagen Klangkugeln. An den Wänden hingen rote Glücksknoten aus China neben weiteren Glockenspielen und Mobiles. Und überall verteilt standen Elefanten – klein und groß, bunt oder einfarbig, aus Keramik, Stein und Holz.

Leise, indische Musik drang zu mir.

Am gegenüberliegenden Ende des Raumes befand sich eine Theke mit vier Hockern. Auf dem Tresen selbst sah ich eine uralte Registrierkasse – ein Riesending, schwarz, mit abgegriffenen, weißen Tasten. In einem Halter qualmte ein Räucherstäbchen vor sich hin – daher der Patschuliduft.

Hinter der Theke, neben einem bodenlangen Vorhang aus dunkelrotem, schweren Samt, stand ein Samowar auf einer Kommode. Er war gerade in Betrieb. Ich sah Tassen, Teedosen und kleine Löffel. Eine schmale, hohe Sammlervitrine aus Glas enthielt Silberschmuck.

Von Frau Scuderi keine Spur. Und auch sonst war niemand hier.

Ich blickte mich um. Links gab es einen offenen Durchgang in ein zweites Zimmer. Die Ladenfläche schien sich dort fortzusetzen. Ich trat ein. Eine Art Bibliothek – Bücher bis zur Decke. Ein verschlissener Orientteppich am Boden, ein antik anmutender runder Holztisch mit mehreren nicht zusammenpassenden Stühlen. Auf dem Tisch entdeckte ich eine Glaskugel. Ein offener Kasten aus Mahagoni enthielt mehrere Spielkartensets sowie Ketten mit konisch geformten Anhängern aus Metall oder Kristallen.

In der einen Ecke des Raumes derselbe Kachelofen wie in meiner Wohnung. Davor ein zierlicher Beistelltisch mit Leselampe sowie zwei Ohrensessel und ein Sofa, deren Lederbezug an zahlreichen Stellen Brüche aufwies.

Auch hier: keine Kunden und keine Frau Scuderi.

Ich kehrte zur Verkaufstheke zurück, schaute mich noch einmal um und blieb unschlüssig stehen. Ein besonders schöner Elefant aus Jade erregte meine Aufmerksamkeit. Gedankenverloren strich ich über den grünen Stein. Er fühlte sich gut an – kühl und glatt.

»Ist hübsch, nicht wahr?«

Ich drehte mich der Stimme zu und erblickte Frau Scuderi. Die Falten des schweren dunkelroten Vorhangs bei der Theke bewegten sich noch leicht. Vermutlich führte die Tür dahinter zu ihrer Wohnung.

Ich zögerte und nahm meine Hand von der Skulptur.

»Ja«, sagte ich. »Hübsch … Netter Laden.«

Sie sah mich unbewegt an. »Sie sind zum ersten Mal hier.« Keine Frage. Eine Feststellung.

»Ja.«

Sie neigte ihren Kopf leicht zur Seite. »Aber Sie sind nicht gekommen, um mein Geschäft anzuschauen.«

»Nein.«

»Und?«

»Ich will mich beschweren.«

»So?« Sie zog eine Augenbraue in die Höhe.

»Über den Mieter, der direkt unter mir wohnt und im zweiten Hinterhof ständig flext.«

»Ach«, meinte sie. »Über den. Über Herrn Storm.«

Ich zuckte mit den Schultern. »Wenn er so heißt … Über den will ich mich beschweren.«

Der Ansatz eines Nickens. »Gut.«

Ich holte tief Luft. »Nichts ist gut. Er kann ja ruhig arbeiten und flexen und schweißen und klopfen und was er sonst noch so treibt. Aber doch nicht ständig!«

»In Ordnung.« Sie nickte erneut, diesmal deutlicher.

»Was ist in Ordnung?« Ich spürte meine Wut zurückkehren, die ich beim Inspizieren des seltsamen Ladens fast vergessen hatte.

»Nun. Ich werde es ihm ausrichten und vielleicht…«

»Was, *vielleicht?*«, begehrte ich auf. »Ihnen gehören doch die Hinterhäuser. Machen Sie, dass er auch mal eine Pause macht!« *Machen… machen…* Ich war so aufgebracht, dass ich nicht einmal mehr richtig formulieren konnte.

Sie lächelte mild. »Das ist nicht ganz so einfach. Aber ich werde es probieren. Darf ich Ihnen vielleicht einen Tee anbieten?«

Ich weiß nicht warum, aber für einen Augenblick war ich fast versucht, ihr Angebot anzunehmen. »Nein«, sagte ich stattdessen. »Ich habe selbst Tee, wenn ich einen will.«

Ich wandte mich zum Gehen.

Ihre Stimme hielt mich auf. »Was ist mit Ihrer Wunde?«

Ich zwang mich, sie anzusehen. »Alles in Ordnung. Kein Problem.«

Ihre grünen Augen musterten mich. »Sie haben sie selbst genäht?«

»Habe ich«, sagte ich überrascht und fügte an: »Ich bringe Ihnen das Verbandszeug nachher runter. Nochmals vielen Dank dafür.«

»Hat keine Eile«, erwiderte sie.

Ich ging zur Ladentür. Das Glockenspiel erklang erneut, als ich sie öffnete und nach draußen trat. Ich blickte nach oben, zu dem kleinen Stückchen Himmel, das zwischen dem Vorder- und Hinterhaus zu mir herablugte. Strahlender Sonnenschein. Auch heute würde es heiß werden.

## 7

Zwei Tage später, und es hatte abgekühlt.
Dichte Wolken waren aufgezogen, die
drückende Hitze für kurze Zeit aus der Stadt
gewichen. Ich hatte nichts mehr zu Essen im Haus.
Also ging ich in den Supermarkt um die Ecke
einkaufen. Fünfundzwanzig Euro – ich brauchte nicht
viel zum Leben. Mit vollem Rucksack machte ich
mich auf den Heimweg.

Im Hinterhof angekommen fiel mir auf, dass ich
nichts hörte. Kein Flexen. Kein Hämmern, kein Boh-
ren. Nichts. Fast schon himmlische Ruhe.

Entweder war diesem Storm die Lust am Reparieren irgendwelcher Rostlauben vergangen – was ich
nicht glaubte–, oder Frau Scuderi hatte ihr Versprechen eingehalten und ihm ins Gewissen geredet ...
Nein. So viel Glück hatte ich nicht. Wahrscheinlich
war er wie ich einkaufen, neue Trennscheiben oder
so.

Ein Fenster von Frau Scuderis Geschäft wurde
geöffnet. Ein weißhaariger Mann streckte seine Hand

durch die verrosteten Gitterstäbe, die davor als Schutz gegen Einbrecher angebracht waren, und winkte.

»Frau Groß? Kommen Sie doch bitte einmal herein!«, rief er mir zu.

Wuttke. Dr. Wuttke. Ich kannte ihn von früher, flüchtig, mehr vom Sehen, als er noch seine Kanzlei neben dem Laden betrieb. Bevor er alles leergeräumt und sein Schild mit einem roten Klebeband durchgestrichen hatte – ziemlich endgültig. Und trotzdem war er wieder da.

Ich zögerte. Ich wollte eigentlich nicht...

»Frau Groß?«, wiederholte er. »Es dauert nur einen Moment!«

Ich betrat den Laden. Das Glockenspiel begrüßte mich, es duftete wie beim letzten Mal, und auch der Samowar arbeitete. Keine Kunden.

Dr. Wuttke erschien im Durchgang zum zweiten Verkaufsraum. Ein relativ kleiner, aber nicht unscheinbarer Mann um die eins fünfundsiebzig. Alt. Schlank, fast schon dünn. Heller Anzug, weißes Hemd. Keine Krawatte. Am Hals stand sogar ein Knopf offen. Wahrscheinlich wollte er damit signalisieren, dass er gerade frei hatte. Er lächelte mir entgegen, und seine Augen glitzerten listig.

»Herein in die gute Stube«, sagte er zu mir. »Wir haben da etwas für Sie.«

Ich folgte seiner Aufforderung. Gemeinsam gingen wir ins Nebenzimmer.

Dort saß Frau Scuderi an dem alten runden Holztisch. Vor ihr lagen mehrere Karten, in Reihen angeordnet, teilweise aufgedeckt. Sie nickte mir zur Begrüßung zu und reichte Wuttke einen ockerfarbenen

Briefumschlag. Er nahm ihn und streckte ihn mir entgegen.

Ich sah fragend von ihm zu ihr.

»Den hat der Postbote vorhin bei mir abgegeben«, sagte sie. »Er konnte Ihren Briefkasten nicht finden. Im Adressfeld fehlt die Angabe, in welchem der Hinterhäuser Sie wohnen, und er hatte wohl nicht genügend Geduld, um alles abzuklappern.«

»Danke.« Ich ergriff das Kuvert und warf einen flüchtigen Blick darauf. *Polizeidirektion Berlin*, las ich.

»Sie wissen, was das ist?«, fragte mich Wuttke. Er war stehen geblieben und musterte mich aufmerksam.

Ich schüttelte den Kopf »Nein. Keine Ahnung.«

»Eine Vorladung«, sagte er. »Das ist eine Vorladung.«

»Und das wissen Sie ... *woher?*«

Er lächelte ansatzweise. »Wegen der Farbe des Umschlags und des Absenders. Ich müsste mich sehr täuschen, wenn es anders wäre.«

»Okay. Danke.« Ich machte Anstalten, mich abzuwenden.

»Frau Groß?«, hielt mich Wuttke auf.

Ich blickte ihn an.

»Ein kleiner Hinweis, wenn Sie es mir erlauben…«

Ich nickte.

Er lächelte nicht mehr. »Es gibt zwei Arten von Vorladungen: solche für Zeugen und solche für Beschuldigte. Sollten Sie zu dem zweiten Personenkreis gehören, würde ich Ihnen gerne einen Rat mit auf den Weg geben. Völlig unverbindlich.«

»Und der wäre?«

Er deutete mit dem Zeigefinger auf das Kuvert. »Gehen Sie da nicht alleine hin. Nehmen Sie einen Anwalt mit.«

Jetzt verstand ich. »Sie sind auf der Suche nach neuen Mandanten?«

Seine Reaktion überraschte mich. Das Lächeln kehrte auf sein Gesicht zurück – intensiver als zuvor. Mit einer deutlichen Spur von Traurigkeit. »Leider muss ich Sie enttäuschen. Ich praktiziere nicht mehr.«

»Ach so?", entfuhr es mir.

»Trotzdem«, beharrte er. »Engagieren Sie sich einen Anwalt, wenn es sich um eine Vernehmung als Beschuldigte handelt. Der kann Akteneinsicht nehmen und mit Ihnen eine Strategie erarbeiten, bevor … und das ist wichtig! … bevor Sie zur Polizei gehen und eine Aussage machen.«

Es schien ihm Ernst damit zu sein. Ich blickte zu Frau Scuderi. Sie hatte gerade eine Karte in der Hand und betrachtete das bunte Bild darauf. Auch sie wirkte ernst.

»Haben Sie einen Anwalt?«, hakte Wuttke nach.

»Ich?« Ich schüttelte den Kopf. »Nein. Ich könnte ihn mir auch gar nicht leisten.«

Wuttke runzelte die Stirn. »Das ist bedauerlich. Sehr bedauerlich.«

»Ich denke, das können Sie getrost meine Sorge sein lassen«, sagte ich.

Ohne eine Erwiderung abzuwarten, drehte ich mich um und ging.

Im Treppenhaus riss ich den Briefumschlag auf. Ich faltete das Schreiben auseinander und las:

*Sehr geehrte Frau Groß,*
*Sie werden beschuldigt, folgende Straftat begangen zu haben:*
*Tatvorwurf: Körperverletzung (§ 223 StGB).*

*Gemäß §163a Absatz 1 StPO wird Ihnen hiermit Gelegenheit gegeben, sich im Rahmen einer Vernehmung zu dieser Beschuldigung zu äußern...*
*Bitte erscheinen Sie mit diesem Schreiben zu folgendem Termin...*

Gedankenverloren knüllte ich das Papier halb in der Hand zusammen. Jetzt war genau das eingetreten, was ich all die Jahre hatte vermeiden wollen. Und wenn ich nicht aufpasste... Ich holte tief Luft, strich das Schreiben auf meinem Oberschenkel glatt, faltete es und steckte es sorgfältig in den Umschlag zurück.

Dann straffte ich die Schultern und stieg die restlichen Stufen zu meiner Wohnung hinauf.

## 8

Der lange Zeiger der Uhr bewegte sich geräuschlos ein kleines Stück weiter. Die Uhr selbst war ein schlichtes Ding. Groß genug, dass man sie auch aus einer Entfernung von einigen Metern gut erkennen konnte. Funktional und ohne jeden Schmuck.

Genauso war der gesamte Raum gehalten, in dem ich saß. Ein Tisch mit Kunststoffplatte, mir gegenüber ein leerer Stuhl. Am Boden ein graumelierter Teppichboden, die Wände in einem hässlichen Ockerton gestrichen. Ein typisches Behördenzimmer.

Das einzige Fenster war geschlossen. Draußen schien die Sonne, und hier drinnen wurde es langsam heiß und stickig. Ich trank einen Schluck von meinem lauwarmen Mineralwasser. Die hellblaue Plastikflasche hatte ich bei meiner Ankunft von einer uniformierten Polizistin erhalten. Sie hatte mir gesagt, die zuständige Kommissarin, Frau Fleischmann, würde gleich kommen, um die Vernehmung durchzuführen.

Bislang hatte sich diese Kommissarin allerdings nicht gezeigt.

Unvermittelt trat eine Frau in den Raum. Durch die dick isolierte Tür hatte ich ihre Schritte nicht gehört. Sie machte hinter sich zu, ging zu dem freien Stuhl, setzte sich und stellte einen Laptop vor sich auf den Tisch. Daneben legte sie einen Aktenhefter.

Die rund Dreißigjährige trug Zivilkleidung, einen Blazer mit passender Stoffhose, darunter eine dezent geblümte Bluse. Kein Schmuck, kein Ehering, nur eine Armbanduhr. An ihrem Revers baumelte eines dieser Schilder zum Anstecken, darauf in der rechten oberen Ecke das Siegel der Berliner Polizei, in der Mitte fett der Name *Pardis Fleischmann*, darunter *PKin*.

Sie hatte pechschwarzes, dichtes Haar, gebräunte Haut und ebenfalls pechschwarze Augen. Ihrem Aussehen und ihrem Vornamen nach zu urteilen, stammte sie, oder einer ihrer Vorfahren, vermutlich aus Persien.

»Guten Tag, Frau Groß«, begann sie völlig sachlich ohne zu lächeln. »Sie haben Ihren Personalausweis zwar schon an der Pforte vorgezeigt, aber ich brauche ihn noch einmal, um Ihre Identität festzustellen. Vorschrift.«

Ich langte in meine Tasche, nahm den Geldbeutel heraus und reichte ihr das Kärtchen.

Sie betrachtete es prüfend, öffnete die Akte, zog einen Kuli aus ihrem Sakko und übertrug einige der Angaben auf ein Formular. Sie arbeitete ohne Hast. Ihre Schrift war sauber und klar.

Sie gab mir den Ausweis zurück.

Ich verstaute ihn, wobei ich mir Zeit ließ. Dann sah ich sie an.

»Ich war für drei Uhr bestellt. Jetzt ist es fast vier«, sagte ich.

Sie hielt meinem Blick stand. »An mir liegt das nicht.«

»An wem dann?«

Ein leichtes Zucken um den Mund. »Das wissen Sie doch ganz genau. An Ihrem Anwalt.«

»Anwalt?« Damit hatte ich nicht gerechnet.

»Natürlich«, erwiderte sie gereizt. »Sie haben doch einen Anwalt?«

Der Umstand schien ihr nicht zu gefallen. Sie ärgerte sich darüber. Also sagte ich – auch wenn das nicht der Wahrheit entsprach – im Brustton der Überzeugung: »Selbstverständlich habe ich einen.«

Sie nickte kurz angebunden. »Sehen Sie. Und er müsste gleich da sein. Er hat ausdrücklich darauf bestanden, dass ich nicht ohne ihn anfange, was ja Ihr gutes Recht ist.« Sie lehnte sich zurück, fixierte mich und schwieg. Ihre gesamte Körperhaltung und auch ihre Mimik signalisierten mir mehr als deutlich, was sie von mir hielt: nicht viel. Sie konnte mich nicht ausstehen.

Ihr Problem.

Ich machte es ihr nach, lehnte mich ebenfalls zurück und betrachtete sie meinerseits eingehend und abschätzig. Von mir aus konnte das stundenlang so weitergehen.

Ein dumpfes Pochen, die Tür wurde geöffnet und ein Polizeibeamter steckte seinen Kopf herein. »Der Anwalt ist jetzt hier.«

»Ja. Danke«, sagte die Kommissarin. »Lassen Sie ihn bitte eintreten.«

Ein Mann in einem perfekt sitzenden, dunkelblauen Anzug. Äußerst seriös. Mitte bis Ende dreißig.

Blaue Augen. Die blonden Haare sauber nach hinten gekämmt und zu einem Pferdeschwanz gebunden. Die Haut am Kinn, über der Oberlippe und an den Seiten etwas heller als das übrige Gesicht. Offenbar seit längerem das erste Mal rasiert. Ziemlich gutaussehend.

Dann erkannte ich ihn: Der Verrückte mit der Flex – nur diesmal ohne Flex. Und er würdigte mich keines Blickes.

Die Kommissarin rührte sich nicht vom Stuhl. Sie machte auch keine Anstalten, ihm die Hand zu reichen.

»Herr Storm?«, sagte sie. »Nehmen Sie doch bitte bei Ihrer Mandantin Platz.« Sie hielt inne und fügte an: »Frau Groß ist doch Ihre Mandantin?«

»Sieht ganz danach aus.« Er setzte sich zu mir.

Frau Fleischmann holte Luft und öffnete den Mund, um etwas zu erwidern. Doch dazu kam sie nicht, denn Storm war schneller.

»Ich bitte Sie, meine Verspätung zu entschuldigen«, begann er. »Das alles war doch sehr kurzfristig. Insbesondere Ihre Vorladung.«

Er sprach flüssig, mit einem bestimmenden, aber angenehmen Tonfall. Ich musterte ihn unauffällig. Eindeutig mein idiotischer Nachbar. Er hatte noch schwarze Ränder unter seinen Fingernägeln. Aber sonst war er tipptopp.

»Die Vorladung für Frau Groß wurde ordnungsgemäß zugestellt«, bemerkte die Kommissarin trocken. So schnell ließ sie sich nicht aus der Ruhe bringen.

»Daran zweifle ich auch gar nicht«, meinte Storm leichthin. »Aber das ändert nichts daran, dass der Termin extrem kurzfristig von Ihnen anberaumt wurde. Das wissen wir beide. Frau Groß hat Ihren Brief am Samstag erhalten. Jetzt ist Montagvormittag. Es lag nur ein Wochenende dazwischen.« Er machte eine Pause, die er für ein kaltes, überaus professionelles Lächeln nutzte. »Frau Groß hatte rein objektiv betrachtet keine Möglichkeit, sich adäquat vorzubereiten. Und deshalb bitte ich um Ihr Verständnis, wenn Frau Groß heute noch keine Stellungnahme zu den Anschuldigungen abgibt.«

Erneut wollte die Kommissarin etwas erwidern. Laut ihrem Gesichtsausdruck etwas nicht ganz so Freundliches. Doch wieder war er schneller.

»Wir, Frau Groß und ich, würden diesen Termin gerne nutzen, um Ihnen die Gelegenheit zu geben, uns den Sachverhalt zu erläutern.« Er beugte sich ein wenig vor. »Selbstverständlich möchte Frau Groß kooperieren. Sehen Sie es als ihren guten Willen an, dass wir jetzt hier sind.« Er lehnte sich zurück. »Im Anschluss an diese Unterredung brauche ich Akteneinsicht. Das übliche Procedere. Sie kennen das ... Und dann treffen wir uns erneut.«

Die Kommissarin wirkte, als hätte er ihr eine Ohrfeige verpasst.

»In Ordnung«, presste sie schließlich heraus.

Storm streckte die Beine aus und machte es sich bequem. »Was haben Sie? Worum geht es?«

»Frau Groß wird der Körperverletzung verdächtigt.«

»Körperverletzung.« Storm zog die Augenbrauen in die Höhe. »Ein hartes Wort. Was genau ist passiert und wer ist die geschädigte Person?«

»Nicht eine Person, sondern drei.«

»Drei?« Diesmal schien Storms Überraschung echt. Er warf mir einen schnellen Blick zu. Ich zuckte vage mit den Schultern.

»Ja.« Die Kommissarin nickte. »Vergangenen Mittwochabend, um einundzwanzig Uhr siebenunddreißig, verließ Ihre Mandantin die Bankfiliale in der Prenzlauer Allee. Beim Hinausgehen führte sie ein Gespräch mit drei Männern, den späteren Geschädigten. Es kam in Folge dessen zu Handgreiflichkeiten.« Sie hielt inne und tippte mit dem Finger auf die Tischplatte. »Alle drei wurden schwer verletzt.«

»Wie bitte?«, Storm setzte sich aufrechter. »Habe ich richtig gehört? *Drei Männer?*«

Ein grimmiges Lächeln von ihr. »Drei Männer. Ihre Mandantin schlug sie krankenhausreif.«

»*Krankenhausreif?* Wie kann ich mir das vorstellen? Was waren das für Männer? Vielleicht Insassen eines Seniorenstifts? Alt und gebrechlich?«

Sie räusperte sich. Diese Art Räuspern, das man macht, wenn man verlegen ist und sich über sich selbst ärgert. »Nein.«

»Geht es ein wenig präziser?«

Ein zweites Räuspern. Sie senkte die Augen, schlug die Akte auf und blätterte darin herum. »Drei junge Männer, im Alter zwischen zweiundzwanzig und dreiundzwanzig.«

»Gesunde Männer?«

»Ja.«

»Männer mit normaler Statur?«

»Ja.« – sehr knapp.

»Wie groß?«

Wieder ein Blättern. Und dann: »Eins sechsundachtzig bis eins siebenundneunzig.«

»Ach.« Storm verstummte, als hätte er etwas Belastendes gehört. Dann lachte er unvermittelt schallend auf.

»Warum lachen Sie jetzt?«

Storm wurde schlagartig wieder ernst. »Das glauben Sie doch selbst nicht!« Er wandte sich mir zu. »Haben Sie sich meine Mandantin eigentlich schon einmal bewusst angeschaut? Was wiegt Sie wohl?« Und zu mir: »Entschuldigung, Frau Groß.« Dann wieder zu Frau Fleischmann: »Maximal fünfundvierzig?«

»Achtundvierzig«, bemerkte ich.

»Und Ihre Größe?«, fragte er mich, ohne seine Augen von der Kommissarin zu nehmen.

»Eins neunundfünfzig«, antwortete ich.

»Frau Fleischmann«, fuhr Storm fort, und seine Stimme hatte einen eindringlichen Klang: »Ganz ehrlich, unter uns: Muss ich wirklich noch die Akten einsehen? Offensichtlich handelt es sich um ein Missverständnis. Ich schlage vor, Frau Groß und ich gehen, und Sie legen den Fall ab, oder suchen sich einen anderen Verdächtigen, dem man den Tatbestand einer Körperverletzung zutraut und abnimmt.«

»Nein.« Entschieden schüttelte sie den Kopf.

»Nein?«

»Wir haben Beweise.«

»Welche Beweise?«

Sie legte eine Hand auf den Laptop. »Der Geldautomat der Bankfiliale hat registriert, dass Frau Groß dort zum fraglichen Zeitpunkt Geld abgehoben hat.«

Er nickte. »Ja. Gut. Und?«

»Wir haben die übereinstimmenden Aussagen der Geschädigten, und die Beschreibung passt auf Ihre Mandantin.«

»Diese drei Geschädigten. Die sind glaubwürdig?«

Ein drittes Mal räusperte sich die Kommissarin.

»Haben Sie Halsschmerzen?«, erkundigte sich Storm mit übertrieben besorgter Miene.

»Warum?« Irritiert runzelte sie die Stirn.

»Weil Sie sich ständig räuspern müssen.«

Sie warf ihm einen bösen Blick zu, ging auf seine Provokation aber nicht weiter ein. »Die späteren drei Geschädigten haben versucht, Frau Groß beim Verlassen der Bank zu überfallen.«

»Das haben die Drei zu Protokoll gegeben?«

»Dann schon.«

»Wie, *dann schon*?«

Sie verzog den Mund. »Wir haben eine Aufnahme.«

Storm hob hilflos beide Hände an. »Das wird immer verworrener. Handelt es sich jetzt um einen Überfall auf meine Mandantin? Dann müssten eigentlich wir Anzeige erstatten.«

»Das steht Ihnen natürlich frei.« Frau Fleischmann nickte. »Aber der Staatsanwalt wird meiner Meinung nach ohnehin gegen die Drei ermitteln.« Sie hielt kurz inne. »Und auch gegen Frau Groß.«

»Wegen Körperverletzung? Entschuldigen Sie bitte, so etwas habe ich noch nie gehört.«

»In den Akten werden Sie die wirklich aussagekräftigen Fotos der Verletzten finden. Die sprechen für sich. Die Wunden sind zudem ausführlich dokumentiert. Und ich zeige Ihnen auch gleich noch das Video.«

»Das sagten Sie ja bereits, dass Sie eine Aufnahme besitzen. Vom wem stammt sie? Haben sich die Drei bei ihrem Überfall mit dem Handy gefilmt?«

»Der Mitschnitt stammt von der Überwachungskamera der Bank.« Das klang trotzig.

Auf Storms Gesicht breitete sich ein nahezu herzliches Grinsen aus. »Ich schaue mir das gerne an. Ich bin nämlich ein großer Filmfan. Aber, Frau Fleischmann, wir beide wissen, dass das keinerlei Beweiskraft vor Gericht hat.«

»Das sagen *Sie*!«, gab sie hitzig zurück.

»Nicht nur ich.« Er schüttelte den Kopf. »Die Beweiserhebung ist rechtswidrig. Dazu gibt es diverse Urteile. Trotzdem: netter Versuch.«

»Wollen Sie das Video jetzt sehen oder nicht?« Die Kommissarin bewegte den Kopf in meine Richtung »Zumindest damit Ihnen klar wird, mit wem Sie es bei Frau Groß zu tun haben.«

»Sicher«, sagte er und wandte sich an mich. »Oder haben Sie etwas dagegen, Frau Groß?«

Natürlich hatte ich etwas dagegen. Sogar jede Menge. Aber was blieb mir anderes übrig, als mitzuspielen? Ich durfte nicht noch mehr Aufmerksamkeit auf mich lenken.

Ich gab mich unbeteiligt. Ich versuchte sogar ein Lächeln. Sehr überzeugend fiel es wohl nicht aus, denn sein siegessicherer Ausdruck fror für eine Sekunde ein. Als er sich der Kommissarin zuwandte, hatte er sich wieder unter Kontrolle.

»Dann Film ab«, sagte er.

# 9

»Ich kenne die Aufnahme bereits.« Mit diesem Wort drehte uns Frau Fleischmann den Bildschirm des inzwischen eingeschalteten Laptops zu, und der Film begann…

Ein Schwarzweiß-Video, ohne Ton. Der Eingangsbereich der Bankfiliale mit der Säule, rechts die Schiebetür und links ein Stück des Bauzauns. Das Ganze von einer erhöhten Position aus aufgenommen.

Die drei Kerle stehen einfach da, schauen wie zufällig nach innen. Ab und zu blickt sich einer um. Sie warten. Geduldig.

Am unteren Bildende läuft eine Uhr mit: *21:37:17.*

Eine Frau kommt aus der Bank. Ich – in Jeans und T-Shirt, die Umhängetasche über der Schulter, mein Kopf gesenkt.

Ich blicke auf, entdecke die drei Typen. Ich versuche, an ihnen vorbeizukommen, doch der Große in der Mitte stellt sich mir in den Weg. Ich will ausweichen, einer seiner Kumpel verhindert es.

Wir reden miteinander. Dann schlägt mir der Große ins Gesicht und ich pralle gegen den Pfeiler.

Ich richte mich wieder auf.

Erneut reden wir. Ich sage etwas, und die drei Männer werfen ihre Köpfe zurück und lachen.

Jetzt zieht der von mir aus links Stehende ein Messer.

Noch einmal werden ein paar Worte gewechselt. Nicht besonders viele.

Ich lasse meine Tasche zu Boden gleiten.

Die mitlaufende Uhrzeit sagt: *21:39:33*.

Ich wende mich dem Großen zu. Ich trete ihm in den Unterleib. Sein Oberkörper klappt nach vorne.

Ich drehe mich um die eigene Achse, treffe dabei mit meinem Fuß sein linkes Bein. Er fällt hin.

Ich nutze meinen Schwung aus und trete ihm ins Gesicht.

Der Typ mit dem Messer greift zeitgleich an. Er sticht nach mir. Ich blocke ihn ab, doch zu spät. Er erwischt mich an der rechten Seite.

Meine Hand ist aber schon oben, und ich schlage ihm auf den Kehlkopf. Er taumelt rückwärts. Ich lasse ihn nicht weg. Ich komme ihm nach, packe seinen Kopf, knalle ihn gegen den Pfeiler. Zweimal, dreimal.

Er geht zu Boden.

Der Dritte packt mich von hinten. Er hebt mich hoch. Ich trete mit der Ferse nach ihm, lande einen Treffer in seinen Unterleib. Er lässt mich los.

Im Runterfallen trete ich ihm gegen die Kniescheibe. Das zwingt auch ihn zu Boden.

Ich wende mich ihm zu. Er versucht mich abzuwehren, trampelt mit dem unverletzten Bein nach mir.

Ich weiche aus, lasse mich auf die Knie fallen und lande dabei auf seinem Brustkorb. Ich fixiere ihn und traktiere ihn mit Faustschlägen gegen die Schläfe.

Er fängt stark zu bluten an. Schließlich wird sein Körper schlaff. Seine Abwehrbewegungen hören auf.

Ich erhebe mich.

Der Große hat sich inzwischen bereits wieder halb aufgerichtet. Ich trete ihn noch einmal. Er sackt zurück und rührt sich nicht mehr.

Alle außer Gefecht gesetzt. Nur ich nicht.

Die Zeitleiste der Aufnahme: *21:40:12.*

Ich sehe mich nach meiner Tasche um, hebe sie auf und zucke zusammen. Ich lange mit der freien Hand an meine rechte Seite. Das T-Shirt dort ist dunkel. Der Messerstich. Ich betrachte kurz meine blutige Hand, bevor ich die Tasche schultere und gegen meine Wunde presse.

Ich straffe die Schultern. Ohne zurückzuschauen, gehe ich aus dem Bild.

*21:41:04…21:41:05…21:41:06…*

Der Monitor wurde schwarz.

Ich sah die Kommissarin an. Sie beobachtete mich und Storm aufmerksam, ein triumphierendes Leuchten in den Augen. Ich warf Storm einen Blick zu. Die Haut um seine Nase schien ein wenig heller als zuvor.

Er räusperte sich, wie sich vorhin die Kommissarin geräuspert hatte.

Mit einer energischen Bewegung klappte Frau Fleischmann den Deckel des Laptops zu. »Nun, Herr Anwalt, handelt es sich hierbei nicht eindeutig um Körperverletzung, wenn nicht sogar um schwere Körperverletzung?«

Storm reagierte anders, als ich erwartet hatte. Er zog lediglich eine Augenbraue hoch und meinte: »Seien Sie nicht albern. Das muss ich gar nicht bewerten, denn das Beweismittel ist nicht zulässig. Wenn Sie versuchen sollten, es vor Gericht einzubringen, werde ich dagegen vorgehen. Ich werde der Verwertung durch das Gericht mit dem Hinweis widersprechen, dass sowohl die Beweiserhebung rechtswidrig ist, als auch eine mögliche Beweisverwertung durch das Gericht. Daraufhin wird das Amtsgericht die Videoaufnahme in dem Verfahren weder einsehen und schon gleich gar nicht berücksichtigen. Und dann fliegt Ihnen der ganze Fall nur so um die Ohren.«

»Trotzdem«, protestierte die Kommissarin.

»Nein.« Storm erhob sich. »Ich komme übermorgen zur Akteneinsicht vorbei. Ist Ihnen neun Uhr recht?«

Sie sah ihn vollkommen entgeistert an. »Übermorgen«, sagte sie nach einer Weile. »Um neun.«

»Fein.« Er nickte. »Das wär's für heute.« Und an mich gewandt: »Frau Groß? Kommen Sie?«

Ich stand auf. Gemeinsam verließen wir den Raum.

## 10

Auf dem Rückweg nach Hause hatte Storm kaum ein Wort mit mir gewechselt. Mir kam das entgegen. Ich war auch nicht gerade in redseliger Stimmung. Zudem: Worüber hätte ich mich mit ihm unterhalten sollen? Über Ruhestörung und gegenseitige Rücksichtnahme in einer Mietergemeinschaft? Oder ich hätte ihm erklären können, wo und von wem ich das gelernt hatte, was auf dem Video zu sehen war. Danach hätte ich ihn allerdings umbringen müssen.

Gut für ihn, dass er nicht danach fragte.

In der U-Bahn saßen wir schweigend nebeneinander, zumindest ich mit meinen eigenen Gedanken beschäftigt. Das setzten wir in der Straßenbahn fort. Und den anschließenden kurzen Fußweg bewältigten wir ebenfalls, ohne miteinander zu sprechen.

Wir kamen in den ersten Hinterhof, gelangten in den Durchgang, der zu unserem Treppenhaus führte. Unbeweglich stand eine schemenhafte Gestalt im Halbdunkel vor den Stufen. Frau Scuderi. Die Tür zu ihren Privaträumen war nur angelehnt. Sie musste auf uns gewartet haben.

»Wie ist es gelaufen?«, fragte sie ohne Umschweife.

»Was meinst du?«, erwiderte Storm – mir kam sein Unterton leicht spöttisch, vielleicht auch trotzig vor.

Und er duzte sie. Offenbar kannten sie sich näher.

Frau Scuderi antwortete nicht, sondern beschränkte sich darauf, ihn durchdringend anzusehen.

Storm seufzte. »Wir haben Zeit gewonnen. Ein erster Schritt.«

»Gut.« Sie nickte.

Das lief hier in eine völlig falsche Richtung. Dem musste ich Einhalt gebieten. Auf der Stelle. »Haben Sie mir *Mister Flex* auf den Hals gehetzt?«, erkundigte ich mich bei ihr.

Sie ließ sich nicht provozieren. Stattdessen lächelte sie milde. »Alleine wären Sie da nicht rausgekommen.«

Das stimmte. Und das ärgerte mich. Ich schluckte meine Wut herunter, indem ich tief durchatmete. Dabei fiel mir etwas auf: »Woher wussten Sie überhaupt, wann und wo ich diesen Termin habe?«

Ich sah sie an. Ihr Blick war unmissverständlich.

»Sie haben den Umschlag geöffnet«, beantwortete ich mir meine Frage selbst.

»Ich habe Sie am Mittwoch blutend heimkommen sehen.« Sie machte nicht einmal den Versuch, zu leugnen. »Dann, am Samstag, erschien der Postbote mit dem Brief. Hans, ich meine, Dr. Wuttke, sagte, es handle sich zweifelsohne um eine Vorladung. Ich habe eins und eins zusammengezählt und nachgeschaut.« Sie zog eine Augenbraue hoch. »Haben Sie ein Problem damit?«

»Ob ich ein Problem damit habe?«, wiederholte ich ungläubig und völlig aus dem Konzept gebracht. »Ernsthaft? Sie hatten kein Recht dazu. Niemand mischt sich in meine Privatangelegenheiten ein!«

»Privatangelegenheiten«, meinte sie sanft. »Ich weiß nicht, was vorgefallen ist. Ich will es auch gar nicht wissen. Aber ohne einen Anwalt hätten Sie bestimmt einen wesentlich schwereren Stand bei der Polizei.« Sie blickte Storm an. »Nicht wahr, Maximilian?«

»Kann man so sagen«, knurrte er. »Ich habe sie rausgeholt, damit sind wir beide jetzt quitt.« Der letzte Satz ging eindeutig an Frau Scuderis Adresse, und ich ertappte mich dabei, wie ich darüber nachdachte, welche Verbindung zwischen den beiden wohl bestand.

»Sind denn alle Anschuldigungen fallengelassen worden?«, hakte sie seelenruhig nach.

Er schnaubte. »Nein. Ganz und gar nicht. Ihr steht die Scheiße buchstäblich bis zum Hals. Und ich verstehe auch nicht, warum ich ihr helfen soll. Sie ist… Sie hat…« Er holte tief Luft. »Du weißt überhaupt nicht, wen du da unter deinem Dach beherbergst!«

»Das lass mal meine Sorge sein«, erwiderte sie unbeeindruckt. »Und um auf deine Frage von vorhin zurückzukommen: Du und ich … wir beide sind noch lange nicht quitt.«

»Du verlangst doch nicht allen Ernstes von mir, dass ich mich weiterhin um diese gemeingefährliche Durchgeknallte kümmere!«

Ich hatte genug. Von der Polizei und von allem anderen. Von Storm und von Scuderi. Sie hatten keine Ahnung, was sie mit ihrer Fürsorge anrichteten. In welche Gefahr sie mich und damit auch sich selbst brachten. Sie lebten in einer völlig anderen Welt als ich.

Schluss damit. Ich musste deutlich werden – zu ihrem eigenen Schutz und auch zu meinem.

»Wenigstens flexe ich nicht den ganzen Tag und die halbe Nacht.« Ich wurde lauter. »Um das klarzustellen: Ich wollte nicht, dass mir jemand hilft. Bisher bin ich ganz gut alleine zurechtgekommen. Das werde ich auch in Zukunft. Ich suche keine Freunde, ich brauche auch keinen Anschluss, sonst wäre ich in eine WG gezogen. Ich will einfach meine Ruhe haben.« Ich hielt kurz inne. »Trotzdem danke. Aber ich bin Ihnen nichts weiter schuldig. Und ich will auch nicht, dass sich jemand anderes mit meinen Angelegenheiten befasst.«

Ich drehte mich um und begann, die Treppe zu meiner Wohnung emporzusteigen. Ich sah nicht noch einmal zurück.

# 11
# DRESDEN

D ie Angestellte hob ihren Blick vom Monitor. Erfahrungsgemäß würde es jetzt eine Weile dauern, bis sich das Pfarrbüro meldete, um den Termin zu bestätigen. Eine halbe Stunde, vielleicht eine. Länger nicht.

In der Zeit konnte sie noch einiges erledigen. Oder einfach mal eine kleine Pause machen. Sie sah hinaus durchs Fenster: sauber angelegte Parkplätze entlang einer Wendeplatte. Ringsum die schlichten Gebäude des Mischgebietes. Gegenüber eine Kindertagesstätte, daneben ein paar Wohnhäuser, angrenzend das Seniorenzentrum. Eine nahezu ideale Lage für ein Bestattungsunternehmen.

Ein silbergrauer Mondeo rollte langsam näher und hielt schließlich an. Ein Mann stieg aus. Kurze, graue Haare, grauer Anzug. Mit gesenktem Kopf blieb er am Wagen stehen.

*Wieder ein Trauerfall*, dachte sie. Das Geschäft ebbte eben nie ab. Menschen starben. Jeden Tag. Für die

Menschen selbst war das schlimm. Für sie, ihre Kollegen und ihren Chef bedeutete es ein sicheres Einkommen. Und mit ein wenig Routine, konnte man sich von der Trauer der Kunden, die hierher kamen, freimachen. Dann handelte es sich sogar um einen durchaus angenehmen Job. Trauernde beschwerten sich so gut wie nie, die hatten ganz andere Sorgen. Und die Toten – sie konnte sich den Anflug eines Grinsens nicht verkneifen –, die hatten es ohnehin hinter sich.

Der Grauhaarige war bei der Tür angelangt. Er öffnete sie und trat ein. Sie schaute ihm entgegen. Teurer Anzug. Er hatte Geld.

Er erreichte den Tresen, hinter dem sie saß. Jetzt konnte sie sein Gesicht betrachten. Zerfurcht, markant. Seine Augen beunruhigten sie etwas, obwohl sie nicht sagen konnte, warum. Aber ein Sterbefall veränderte manche Menschen. Wahrscheinlich musste er seine Frau beerdigen.

Sie setzte ihre mitfühlende Miene auf, während sie sich erhob. »Guten Tag, wie kann ich Ihnen helfen?«, fragte sie und ging ihrerseits zum Tresen.

»Nun«, begann er und verstummte.

Manchmal fiel es den Kunden schwer, den Anfang zu machen. In solchen Situationen half sie ihnen. Das ging schneller, als abzuwarten, bis sie die richtigen Worte fanden.

»Ein Trauerfall, nicht wahr?«, sagte sie sanft.

»Ja.« Er nickte.

»Mein herzliches Beileid.« Sie wies zu dem luxuriös ausgestatten Wartebereich. »Wenn Sie mir bitte folgen würden? Ich verständige meinen Kollegen. Herr Schuster wird gleich bei Ihnen sein.«

»Nein«, sagte er. »Ich möchte nicht zu Herrn Schuster.«

Sie runzelte die Stirn. Normalerweise war es den Kunden egal, wer sich ihrer annahm. Sein deutliches *Nein* war eine ungewöhnliche Reaktion.

»Es handelt sich um einen besonderen Todesfall. Er liegt mir sehr am Herzen«, erklärte der Grauhaarige. »Es muss alles perfekt sein. Und mir ist Ihr Chef, Herr Lutz, wärmstens empfohlen worden.«

Sie nickte. »Ich kann Ihnen versichern, dass alle, die hier arbeiten, dies hochprofessionell tun.«

Er lächelte. Nicht traurig, aber auch ganz sicher nicht fröhlich. »Ich muss auf Herrn Lutz bestehen. Ich hoffe auf Ihr Verständnis.«

Sie holte tief Luft. »Natürlich. Aber das kann ein wenig dauern. Herr Lutz ist noch beschäftigt.«

Der Grauhaarige verzog den Mund. »In dieser Situation spielt Zeit keine Rolle.«

»Natürlich«, wiederholte sie. Sie umrundete die Theke und führte ihn hinüber zu den Sitzgelegenheiten. »Darf ich Ihnen etwas zu trinken anbieten?«

»Sehr nett, aber das ist wirklich nicht nötig.« Er nahm Platz.

Sie kehrte zu ihrem Schreibtisch zurück, ergriff das Telefon und drückte die Kurzwahltaste mit der Ziffer *1*.

»Silke?«, begrüßte sie eine nuschelnde Stimme am anderen Ende.

»Da ist ein Kunde«, sagte sie.

»Schick ihn zu Schuster. Ich esse gerade.«

»Habe ich schon versucht, aber er will unbedingt zu dir.«

»Zu mir?«

»Ausdrücklich.«

Ein resignierter Seufzer. Das Rascheln von Papier. »Ich bin gleich da.«

Harald Lutz legte auf. Noch einmal biss er in sein Brötchen, dann wickelte er es in die Alufolie ein, aus der er es vor nicht einmal fünf Minuten ausgepackt hatte. Er verstaute es in der untersten Schublade – zusammen mit der halb getrunkenen Colaflasche. Sorgfältig fegte er die Brösel von der Schreibtischplatte in seine Hand und entsorgte sie im Papierkorb. Noch ein Blick in den Spiegel. Ein Krümel hatte sich auf seiner dunklen Krawatte verirrt. Er schnipste ihn weg. Alles okay.

Mit seinem in langen Jahren antrainierten In-Stiller-Trauer-Blick ging er zur Tür und öffnete sie.

Ein Mann im grauen Anzug saß im Wartebereich und sah ihm entgegen. Er trat zu ihm und streckte den Arm aus. »Guten Tag. Lutz. Meine aufrichtige Anteilnahme.«

Der Fremde erhob sich. »Vielen Dank. Gruber.« Sie schüttelten sich die Hände.

Harald Lutz geleitete den Kunden in sein Büro, ließ ihm den Vortritt und dirigierte ihn zur Besprechungsecke. Sie nahmen Platz.

»Nochmals mein herzliches Beileid.« Lutz griff sich den bereitliegenden Block, schlug ihn auf und nahm seinen Füller aus dem Jackett. »Darf ich fragen, wen Sie zu betrauern haben?«

»Einen guten Freund. Einen sehr guten Freund. Er lag mir ganz besonders am Herzen.«

*Aha*, dachte Lutz. *Ein Schwuler. Nun ja, die sterben auch.*

Laut sagte er: »Der Abschied ist immer schlimm.«

»Ja«, stimmte ihm Herr Gruber zu. »Besonders, wenn der Tod überraschend und plötzlich kommt. Aus heiterem Himmel, in jungen Jahren.«

»Schrecklich.« Lutz beugte sich vor. »Und der Name Ihres lieben Freundes?«

»Andrej Solotow.«

Lutz schrieb die ersten drei Buchstaben, dann spürte er einen kalten Schauer über seinen Rücken laufen. Er sah auf.

»Was ist?«, fragte der Kunde milde.

Die Kälte in seinem Nacken breitete sich aus und erreichte seinen Magen. »Ich glaube nicht«, begann Lutz, und er erkannte seine Stimme kaum, »dass wir das richtige Institut für Sie sind.«

Herr Gruber lehnte sich zurück. Er lächelte. »Ich glaube schon. Ich bin mir da sogar ganz sicher.«

Lutz warf einen Blick zum Telefon, das in Reichweite stand. Aus dem Augenwinkel bemerkte er, dass Gruber in beobachtete.

»Andrej hat mir verraten, dass Sie nicht nur ein Spezialist für Bestattungen sind, sondern auch für…« Gruber schürzte die Lippen, »für *Wiedergeburten.*«

»Ich verstehe nicht, was Sie meinen.« Lutz' Hand, die den Stift hielt, begann zu zittern.

»Doch«, meinte Gruber. »Sie verstehen mich nur allzu gut. Nehmen wir Andrej. Der wurde auch wiedergeboren. Als Martin Müller. Sie waren sein Schöpfer und gaben ihm ein völlig neues Leben.« Er hielt inne. »Eine ganz neue Identität, neue Papiere. Das haben Sie ihm verschafft. Und deshalb bin ich hier.«

Ein Stein fiel Lutz vom Herzen. Doch ein Kunde, nur hatte dieser Gruber nicht am Bestattungsunternehmen Interesse, sondern an seinem anderen Geschäftszweig.

»Sie brauchen eine neue Identität?«, beeilte er sich zu sagen. »Das ist kein Problem, aber es wird nicht billig.«

Gruber sah ihn an. Er schwieg.

»Zehn-, vielleicht zwölftausend.«

»Und dafür gibt es das ganze Paket?«, hakte Gruber nach.

»Ja.« Lutz nickte deutlich. »Neuer Pass, neuer Name, neue Urkunden, eine komplett neue Vergangenheit. Gegen Aufpreis auch entsprechende Einträge im Internet. Ich bin da sehr gründlich.«

»Gründlich? Das haben wir gemeinsam. Wie steht es mit Ihrer Diskretion?«

»Absolute Diskretion. Das ist eins meiner Grundprinzipien. Meine Kunden müssen und können sich auf mich verlassen.«

»Das hat mir Andrej auch versichert«, erwiderte Gruber.

»Wie geht es Herrn Solotow? Ich meine, Herrn Müller, jetzt?«

»Nun«, antwortete Gruber ruhig. »Herr Müller ist leider kürzlich gestorben.«

»Und woran?« Sobald Lutz die Worte gesprochen hatte, bereute er sie. Er wollte die Antwort nicht hören.

»Hm«, machte sein Gegenüber. »Lassen Sie mich nachdenken. Wenn ich mich recht entsinne, habe ich ihm zum Schluss eine Kugel in die Stirn gejagt. Aber das war mehr aus Mitleid. Zu dem Zeitpunkt ging es ihm bereits wirklich *sehr* schlecht.«

Lutz blickte in die Augen von Gruber. Keine Spur von Wärme. Kein Mitgefühl.

Lutz räusperte sich. »In Ordnung. Wie viel wollen Sie, damit Sie wieder gehen?«

»Wie viel haben Sie denn?«, fragte Gruber mit mildem Interesse. Er unterstrich seine Frage mit einer Bewegung der linken Hand. Seine Rechte war unter dem Tisch verschwunden.

»Fünfzigtausend habe ich hier.« Und als Gruber nicht sofort antwortete, fügte er hinzu: »Ich kann aber mehr besorgen.«

»Hört sich doch gut an.«

»Ich hole Ihnen das Geld sofort.« Er machte Anstalten, aufzustehen.

»Sitzenbleiben«, sagte Gruber.

»Aber«, erwiderte Lutz. »Das Geld. Es ist wirklich dort drüben.« Er deutete in die Richtung des Schrankes.

»Das hat keine Eile. Ich brauche noch etwas anderes, bevor ich Sie verlasse.«

»Was denn?«, stieß Lutz hervor.

»Zwei Dinge: Einen Namen und eine Adresse.« Gruber beugte sich vor. »Katharina Dubkova. So hieß sie früher. Klein, zierlich. Dunkle Haare, dunkle Augen. Wirkt absolut harmlos. Das täuscht aber.«

»Bitte. Ich kann nicht«, flüsterte Lutz.

Gruber verzog den Mund. »Das ist aber schade. Sehr schade.«

»Ich kann Ihnen lediglich den Namen nennen, der in dem neuen Pass steht.«

»Ein Anfang.«

»Helena Groß.«

Gruber schnaubte. »Es gibt Tausende, die so heißen!«

»Das ist ja der Sinn der Sache. Untertauchen und möglichst nicht auffallen…«

»So wird das nichts! Ich brauche mehr!«

»Ich habe ihre gegenwärtige Adresse aber nicht. Ich weiß nur, wo sie gewartet haben – Andrej und diese Katharina, während ich die Papiere angefertigt habe. Dort waren sie auch erstmals gemeldet. Das war nötig, für die neue Identität.«

»Wunderbar«, sagte Gruber. »Aufschreiben!«

Mit hastigen Bewegungen gehorchte Lutz. Dabei sprach er weiter. »Leider gibt es diesen Unterschlupf nicht mehr. Die Leute, die ihn geleitet haben, sind irgendwo in der Karibik. Die haben sich zur Ruhe gesetzt.« Er riss den Zettel vom Block ab und reichte ihn Gruber.

»Die Karibik wird überschätzt.« Gruber nahm den Zettel mit der Linken an sich, warf einen Blick darauf und steckte ihn in die Jackentasche. Seine Rechte blieb unter dem Tisch.

»Das war's jetzt?«, fragte Lutz. »Dann hole ich noch das Geld.«

Grubers Kopfschütteln hielt ihn auf. »Das brauchen Sie nicht.«

»Wieso nicht?«

»Das mache ich nachher selbst.«

Gruber schoss mit seiner Luger durch die Tischplatte. Die Kugel traf Lutz mitten ins Herz. Tot sackte er in sich zusammen.

Gruber erhob sich bedächtig und behielt die Pistole mit Schalldämpfer in der Hand. Er ging hinüber zum Schrank. Nach kurzem Suchen fand er das Geldbündel und steckte es ein. Dann verließ er das Büro und schloss sorgfältig die Tür. Die Waffe verbarg er hinter dem Rücken.

Die Sekretärin, die ihn vorhin empfangen hatte, saß an ihrem Arbeitsplatz. Sie tippte etwas in ihren

Computer. »Alles in Ordnung?«, erkundigte sie sich, als sie ihn bemerkte.

Gruber lächelte. »Ja. Herr Lutz hat mir sehr weitergeholfen.« Er sah sich um. »Ein beeindruckendes Institut haben Sie. Darf ich fragen, wie viele Mitarbeiter hier tätig sind?«

»Neben Herrn Lutz noch drei«, gab sie bereitwillig Auskunft. »Herr Schuster, ich und noch eine Kollegin. Aber die hat heute freigenommen.«

»Die Glückliche«, sagte Gruber.

»Ja, nicht wahr?« Die Sekretärin lächelte.

Sie lächelte noch immer, als ihr Gruber in den Kopf schoss.

Zwei Räume weiter fand Gruber den letzten Angestellten. Er verzichtete auf Smalltalk und erschoss Schuster gleich.

Gemächlich ging er zum Haupteingang und blickte hinaus. Gerade fuhr ein Wagen vor. Ebenfalls silbermetallic. Ein Opel. Zwei Männer stiegen aus und kamen zu ihm.

»Alles erledigt?«, fragte der Kleinere von beiden.

»Ja«, bestätigte Gruber.

Der Kleinere nickte. »Und was jetzt? Das Gleiche wie bei Andrej?«

»Ja«, sagte Gruber erneut. »Alles abfackeln – wie immer.«

# 12

Das Wasser meiner Elektrodusche wurde nur lauwarm. Aber das genügte mir. Ich trocknete mich ab und inspizierte den genähten Messerstich an meiner Seite. Noch ein paar Tage, dann konnte ich die Fäden ziehen. Die Ränder der Wunde waren zwar noch rot, aber sie heilte problemlos ab.

Ich hatte am Vormittag sogar zum Bouldern gehen können. Auf dem Weg zur Halle war mir im Treppenhaus Storm begegnet. Wieder im Anzug. Wieder frisch gewaschen. Sah wie ein normaler Mensch aus. Ein dezent-angenehmer Geruch nach Aftershave umgab ihn. Und er trug einen Blumenstrauß in der Hand.

Wenn ich Glück hatte, hatte er sich eine Freundin angelacht. Die würde ihn dann hoffentlich beschäftigen, er hätte keine Zeit mehr für seine Schrottkarre im Schuppen und ich meine Ruhe. Eine Win-Win-Situation. Jedenfalls für mich. Bei der neuen Freundin war ich mir nicht so sicher.

Ich schlüpfte in Jeans und T-Shirt, schaltete die Lampe im Atelier an — es war schon fast dunkel —, nahm meinen Lieblingspinsel und überlegte mir, wie ich am Bild weitermachen sollte. Heute wollte ich mich den Bäumen widmen.

Durch das offene Fenster zum Hinterhof vernahm ich das Geräusch von Schritten. Kurz darauf das vertraute Quietschen des Verschlags.

*Scheiße*, dachte ich.

Mit dem Pinsel in der Hand ging ich zum Fenster und spähte nach unten. Das Tor der Holzhütte stand sperrangelweit offen. Licht fiel hinaus. Davor entdeckte ich einen gut hergerichteten Oldtimer. Der Lack fehlte noch. Aber ansonsten sah das Ding bereits recht passabel aus, wenn man sich für alte Autos begeisterte. Die viele Arbeit meines verrückten Nachbarn hatte sich gelohnt. Ein schönes Stück.

Storm kam aus dem Schuppen. Noch immer im Anzug, noch immer schick. Doch statt dem Blumenstrauß trug er zwei Flaschen. Er stellte die volle am Boden ab, schraubte die andere auf und nahm einen tiefen Schluck — mit weit nach hinten gelegtem Kopf, leicht breitbeinig, leicht schwankend.

Alkohol — kein Wein, etwas Hochprozentiges.

Er setzte die Flasche erst ab, als sie leer war. Dann holte er aus und schleuderte sie gegen die Wand des Schuppens. Sie zersplitterte mit einem lauten Knall, dessen Echo zwischen den Wänden der Hinterhäuser gespenstisch hin- und hergeworfen wurde.

Anschließend bückte er sich nach der zweiten Flasche, öffnete sie und trank erneut. Und diesmal schüttete er das Zeug regelrecht in sich hinein.

*Tolle Ein-Mann-Party*, dachte ich.

Storm verschwand torkelnd in der Bretterbude. Das Klappern von Metall, und er erschien wieder bei seinem Auto – links die Flasche, rechts einen großen, scheinbar schweren Gegenstand, den ich nicht genau sehen konnte. Er verharrte, als ob er nachdenken würde – mehrere Minuten.

Ich rätselte schon, ob er sich überhaupt jemals erneut bewegen würde, da hob er den Arm. Jetzt erkannte ich auch, was er sich im Schuppen geholt hatte: einen großen Hammer. Mit voller Wucht schlug er auf die Motorhaube ein. Immer und immer wieder.

Monatelang, seitdem ich eingezogen war, hatte er an dem Wagen herummontiert – in letzter Zeit nahezu ohne Unterlass bis tief in die Nacht hinein. Und jetzt? Er zerstörte alles, was er in mühevoller Arbeit restauriert hatte.

Er hatte eindeutig den Verstand verloren.

Frau Scuderi tauchte im Hof auf, dicht gefolgt von Wuttke. Sie eilten zu Storm, redeten auf ihn ein. Ich hörte ihre Stimmen, sie wurden lauter, aber ich verstand nicht, was sie sagten. Ihrer Gestik und Körperhaltung nach zu urteilen, versuchten sie, ihn zu beschwichtigen, hatten damit aber keinen Erfolg.

Storm schob Frau Scuderi zur Seite, die sich zwischen ihn und das Auto gestellt hatte. Wieder schwang er den Hammer. Der Scheinwerfer ging zu Bruch, dann war einer der Kotflügel dran.

Das alles ging mich nichts an. Es durfte mich nichts angehen. Ich wohnte hier nur, in ein paar schäbigen, billigen Zimmern. Genau das Richtige, um nicht aufzufallen.

Ich schloss das Fenster und wandte mich meinem Bild zu.

Die Bäume ... Ich nahm das Grün, quetschte etwas aus der Tube auf meine Palette. Gedankenverloren verrieb ich die Farbe.

»Lasst mich in Ruhe!«, hörte ich Storm brüllen. Kurz danach das Klirren einer Fensterscheibe.

Das lief vollkommen aus dem Ruder.

Ich betrachtete die friedliche Landschaft auf der Leinwand. Das Geschrei im Hof wurde zunehmend lauter. Storm tobte wie ein Wahnsinniger.

Ich seufzte und legte die Malutensilien zur Seite. Ich wusste, ich würde es bereuen. Bitter.

Ich ging durch die Wohnung, sperrte meine Tür auf und machte mich auf den Weg nach unten.

# 13

Im Durchgang blieb ich stehen.

Vor mir, im zweiten Hinterhof, das ramponierte Auto. Dazu Storm, noch immer mit dem Hammer in der Hand. Frau Scuderi redete auf ihn ein und Wuttke, der alte Anwalt, schien sie dabei zu unterstützen.

Noch hatte mich niemand gesehen. Noch konnte ich mich einfach leise umdrehen, in meine Wohnung zurückkehren und so tun, als hätte ich nichts gemerkt oder als wäre ich gar nicht zuhause gewesen.

Ein guter Plan. Ein verdammt guter und vernünftiger Plan.

In dem Moment, in dem ich mich abwenden wollte, packte Wuttke Storms freien Arm und versuchte, ihn vom Wagen wegzudrängen. Das war ein Fehler. Storm machte eine ungelenke Bewegung und erwischte den alten Mann mit dem Ellenbogen seitlich im Gesicht.

Wuttke gab einen Schmerzensschrei von sich und stürzte auf die Knie.

Das reichte.

Ich eilte zu der Gruppe und tippte Storm auf die Schulter. »Hey«, sagte ich.

»Was?«, brüllte er und wirbelte herum. Dabei schwang er den Hammer und hätte damit beinahe Frau Scuderi verletzt. Sein Atem stank nach Alkohol. Er war sturzbetrunken und längst nicht mehr zurechnungsfähig.

»Ich lasse mir nicht…!«, schrie er.

Ich schlug ihm kurzerhand auf die bestimmte Stelle an der Schläfe. Nicht zu fest, aber hart genug. Eine Sekunde blieb er noch stehen, den Mund offen, dann brach er bewusstlos zusammen. Er rührte sich nicht mehr.

Ich sah Frau Scuderi an, erwartete Fassungslosigkeit oder Entsetzen in ihrem Gesicht. Weit gefehlt: Ihr Blick war ruhig, beinahe erleichtert.

»Danke«, sagte sie. »Alleine wären wir diesmal nicht mit ihm fertig geworden.«

Wuttke erhob sich. Er hielt sich das Kinn – dort, wo ihn Storm vorhin getroffen hatte.

»Alles in Ordnung?«, fragte ich ihn.

»Es geht schon«, meinte er. »Man sieht es mir vielleicht nicht an, aber das war nicht meine erste Prügelei.« Ihm gelang sogar ein schiefes Grinsen.

Ich deutete auf Storm. »Was machen wir mit ihm?«

»Ich denke, das Beste wird sein, wir bringen ihn zu mir«, sagte Frau Scuderi.

»Wenn er zu sich kommt, könnte er weiterrandalieren«, gab ich zu bedenken.

»Nein«, meinte sie. »Das glaube ich nicht.«

»Gut. Ihr Risiko. Draußen kann er jedenfalls nicht bleiben.« Ich packte einen seiner Arme. »Helfen Sie mir mit ihm?«

Frau Scuderi und Wuttke kamen an die andere Seite. Gemeinsam schleiften wir Storm durch den Durchgang bis zur Ladentür und brachten ihn schließlich in den Nebenraum mit den Büchern.

Storm war ein ziemlich schwerer Brocken. Sicher gute neunzig Kilo. Es dauerte, bis wir ihn aufs Sofa gehievt hatten. Mir stand der Schweiß auf der Stirn. Frau Scuderi und der alte Anwalt atmeten schwer.

Frau Scuderi wischte sich eine Haarsträhne aus der Stirn. »Wie lange wird er in diesem Zustand sein?«

»Bewusstlos?« Ich zuckte mit den Schultern. »Er hat davor ganz schön heftig gebechert. Ich denke, bestimmt zehn Minuten, vielleicht eine Viertelstunde. Wenn Sie wollen, bleibe ich, bis er aufwacht.«

»Das ist nicht nötig«, sagte sie.

»Sie haben doch gesehen, was er draußen angestellt hat. Er ist sogar auf Herrn Wuttke los!«, entgegnete ich.

Der alte Anwalt nickte bestätigend.

»Mir tut er aber nichts«, erwiderte sie.

»Warum das?«, fragte ich.

»Wir sind verwandt.«

»Ach«, sagte ich. Das erklärte natürlich Vieles. »Wenn Sie meinen, dass Sie mit jemandem fertigwerden, der grundlos vollkommen durchdreht: dann viel Spaß!«

Ich wollte gehen. Wuttkes Stimme hielt mich auf.

»Nun ... *grundlos* macht er das nicht«, sagte er.

»Hans!«, fiel ihm Frau Scuderi ins Wort. »Bitte!«

»Du kannst es ihr ruhig erzählen, Gabriele«, meinte er milde. »Sie wird es früher oder später sowieso mitbekommen.«

Eigentlich wollte ich es gar nicht wissen. Ich wollte nicht noch mehr in die Sorgen und Nöte der Hausbewohner verstrickt werden. Ich hatte genug mit meinen eigenen Problemen zu tun.

»Also gut«, begann Frau Scuderi zögernd. »Maximilian war ein brillanter Anwalt. Strafverteidiger.« Sie lächelte traurig. »Das ist er immer noch. Er hatte eine große Kanzlei, er war sehr erfolgreich, hatte zahlungskräftige Kunden…« Sie brach ab.

»Was ist passiert?«, hörte ich mich gegen meinen Willen fragen.

»Nun«, sie zögerte erneut. »Meine Großnichte Lea, seine Frau, und er waren zu einem Abendempfang eingeladen. Und vielleicht, oder nein, ganz sicher, hat er zu viel gefeiert und getrunken. Auf dem Heimweg…« Sie senkte den Kopf.

»Er hat damals schon für Oldtimer geschwärmt«, übernahm Wuttke. »Er ist mit dem Wagen, der jetzt im Hof steht, nach Hause gefahren. Zusammen mit Lea. Er ist gerast, kam von der Straße ab, und der Mercedes stürzte in die Spree.« Wuttke setzte sich in den Sessel und rieb sich das Kinn. Es schien ihm zu schmerzen.

»Der Wagen ging unter«, sagte Frau Scuderi. »Er konnte sich retten und er hat auch Lea herausgezogen. Aber es war zu spät. Er hat sie verloren…« Frau Scuderi holte tief Luft. »Und ihr gemeinsames Kind. Lea war im fünften Monat schwanger.«

Frau Scuderis Schilderung traf mich unvorbereitet und damit umso härter. Ich konnte es nicht verhindern. Ich erinnerte mich. An das, woran ich mich nicht erinnern wollte…

*Ich liege am Boden. Die Kugel hat mich am Oberschenkel erwischt. Ich habe viel Blut verloren. Ich kann nicht mehr. Nicht mehr weg. Nicht mehr fliehen. Mir wird kalt. Ich zittere.*

*Im Gegenlicht sehe ich ihn kommen. Nur seine Silhouette.*

*»Na, Katinka? Wie geht es dir?«, fragt er, und seine raue Stimme kratzt über meine Seele.*

*»Eine Schusswunde ... Ist nicht so schlimm ... Damit werde ich fertig«, presse ich abgehakt heraus.*

*Er wartet, den Kopf leicht schief gelegt. »Was regt dich dann so auf, Katinka?«*

*»Mein Baby«, sage ich. »Ich bekomme ein Baby. Ich bin im vierten Monat.«*

*»Ich weiß«, sagt er, und ein Lächeln spielt um seinen Mund.*

*Ich beginne zu weinen. »Bitte. Nein. Tu das nicht.«*

*Sein Lächeln verschwindet. Er tritt mir in den Bauch. Mit voller Wucht...*

Storm bewegte sich unruhig auf dem Sofa. Er stöhnte und murmelte etwas Unverständliches.

Frau Scuderi redete weiter. »Maximilian begann, seine Arbeit zu vernachlässigen. Alkohol kam hinzu. Er hat alles verloren.« Sie sah mich mit ihren großen Augen an. »Zuerst lebte er von seinen Ersparnissen, dann verkaufte er seine Villa. Er zog in eine Mietwohnung. Und als er sein letztes Geld aufgebraucht hatte, habe ich ihn bei mir aufgenommen.«

»Der Mercedes ist das Einzige, was ihm von früher geblieben ist«, sagte Wuttke. »Anfangs fanden wir es ganz gut, dass er die Limousine behalten hat. Besonders, als er damit anfing, sie zu restaurieren. Aber inzwischen...«

Frau Scuderi ließ sich auf einem Sessel nieder. »Er ist von dem Auto besessen. Vermutlich denkt er, wenn er an dem Wagen alle Schäden beseitigt hat, kehrt Lea zu ihm zurück.«

Das klang unlogisch. Vor allem aber klang es nach sehr viel Verzweiflung. »Aber was sollte dieser Auftritt heute Abend? Er hat den Mercedes kurz und klein geschlagen.«

»Heute jährt sich der Unfall. Zum vierten Mal. Immer, wenn der Tag kommt, reagiert er extrem. Und jedes Jahr wird es schlimmer.«

Jetzt verstand ich. »Weil er es nicht schafft, sich von seiner Schuld reinzuwaschen.«

Frau Scuderi nickte.

»Als der Postbote Ihre Vorladung brachte«, sagte Wuttke, »haben wir gedacht, wir könnten Maximilian ablenken, indem wir ihn dazu bringen, sich um Ihren Fall zu kümmern. Ich hoffe, Sie tragen uns nicht mehr nach, dass wir den Brief geöffnet haben. Wir haben es einfach probiert.«

»Ist schon okay«, sagte ich. »Bei der Polizei war er auch wie ausgewechselt. Er hat seine Sache sehr gut gemacht.«

»Aber das reicht nicht aus. Ihr Fall ist für ihn nur eine Lappalie.« Frau Scuderi wandte sich an Wuttke. »Hans, das fordert ihn nicht genug.«

Der alte Anwalt strich sich durch sein weißes Haar und verengte die Augen zu Schlitzen. Er schien zu überlegen. »Ich hätte schon einen passenden Fall für ihn«, meinte er schließlich. »Ein Mord … ziemlich kompliziert. Eine richtige Herausforderung.«

»Wirklich?«, fragte sie erstaunt.

»Doch. Obwohl ich meine Lizenz verloren habe, wenden sich noch immer Leute an mich. Mundpropaganda stirbt eben nur langsam.«

»Dann geben Sie ihm doch den Fall«, schlug ich vor.

Wuttke sah mich zweifelnd an, und Frau Scuderi schnaubte. »Wenn es nur so einfach wäre! Sie haben ihn doch gerade erlebt. Er ist momentan viel zu labil. Alleine schafft er das unmöglich. Er würde nicht durchhalten.«

Wir schwiegen. Und dann richteten Frau Scuderi und Wuttke ihre Blicke nahezu zeitgleich auf mich.

Ich brauchte eine Weile, bis ich den stummen Impuls verstand. »Oh nein!«, beeilte ich mich zu sagen. »Sie meinen doch nicht allen Ernstes, dass ich…«

»Sie sind die Einzige, die mit ihm zurechtkommt.«

»Und wenn schon. Nein!« Energisch schüttelte ich den Kopf. »Ich habe mehr als genug damit zu tun, mich um mich selbst zu kümmern. Es tut mir leid, aber das kann ich beim besten Willen nicht machen.«

»Frau Groß, bitte überlegen Sie sich das noch einmal.« Frau Scuderis Augen waren feucht. »Er braucht sie.« Sie stockte. »Ich würde Sie auch bezahlen.«

Ich sah mich in dem schäbigen, vollgestopften Laden um. »Bezahlen? Seit wann haben Sie denn Geld?«

»Geld habe ich wirklich nicht«, gab sie mir recht. »Aber Ihre Miete. Auf die würde ich verzichten.«

Ich hätte mich auf diese Diskussion überhaupt nicht einlassen sollen. Das führte zu nichts. »Warum, glauben Sie, wohne ich hier? In diesem Loch? Ich habe meine Gründe. Verdammt gute Gründe. Wenn er mit mir zusammen ist und wir Staub aufwirbeln, kann es sein, dass ich in Gefahr gerate und er mit mir.«

»Schauen Sie ihn sich an!«, gab Frau Scuderi nicht minder heftig zurück und wies zum Sofa. »Was kann schlimmer sein als der Zustand, in dem er sich jetzt befindet?«

*Eine ganze Menge*, dachte ich. *Sei froh, dass du dir das nicht vorstellen kannst.*

»Tut mir leid«, sagte ich zu ihr.

»Sie sind seine letzte Chance«, erwiderte sie.

Ich schüttelte erneut den Kopf und setzte mich Richtung Ausgang in Bewegung.

Storm stöhnte. »Lea«, sagte er laut. »Das Baby!«

Mit gesenktem Kopf blieb ich im Durchgang zum vorderen Verkaufsraum stehen. Ich ballte die Hände zu Fäusten.

Storm stöhnte wieder.

Ich drehte mich zu Frau Scuderi. »Wie lange wohne ich mietfrei?«

# 14

**N**ächster Tag, Mittwoch.

Ich betrat den kleinen Laden, das Glockenspiel oberhalb der Eingangstür klimperte. Heute roch es nach Sandelholz, und ich hörte leise Musik, die aus China zu stammen schien.

Frau Scuderi stand hinter der Verkaufstheke bei dem geöffneten Glasschränkchen, das den echten Schmuck enthielt. Sie war dabei, einen silbernen Armreif mit einem weichen Tuch zu polieren. Vermutlich war er angelaufen.

Sie schaute auf. »Er sitzt hinten«, sagte sie anstelle einer Begrüßung.

»Danke.« Ich wandte mich dem Nebenraum zu.

»Möchten Sie heute einen Tee?«, fragte sie mich.

Ich zögerte, aber nur kurz. »Ja«, erwiderte ich, zögerte erneut und fügte ein »gerne« hinzu.

Sie nickte, als ob sie mit meiner Antwort gerechnet hätte, und über ihr Gesicht huschte ein kleines Lächeln. »Ich bringe Ihnen eine Tasse.«

Die alten, unebenen Dielen knarzten bei jedem meiner Schritte, während ich in das Bücherzimmer ging. Storm saß am runden Holztisch, vor sich eine Mappe mit Papieren. Er blickte mir entgegen, sagte aber nichts. Wortlos nahm ich ihm gegenüber Platz.

Frau Scuderi erschien und stellte vor mir und vor Storm jeweils eine Tasse Tee ab.

»So, bitte. Ungesüßt. Wenn Sie Zucker wollen, kann ich Ihnen Kandis bringen.« Unschlüssig blieb sie neben uns stehen.

»Danke«, sagten Storm und ich fast zeitgleich.

Die Glöckchen beim Eingang bimmelten. Frau Scuderi schenkte mir und Storm ein Lächeln und ging in den vorderen Verkaufsraum zurück.

Ich hörte sie etwas sagen, und eine fremde, weibliche Stimme antwortete ihr. Kundschaft.

Storm und ich schwiegen und tranken von unserem Tee. Über den Rand meines Bechers hinweg sah ich ihn mir genauer an. Er war rasiert, seine Haare hatte er zu einem ordentlichen Pferdeschwanz gebunden. Und er trug ein gebügeltes weißes Hemd sowie einen gut geschnittenen Anzug. Seine Schuhe wurden durch die Tischplatte verdeckt. Jede Wette, dass auch sie frisch geputzt waren.

Was nicht ganz zu seiner gepflegt-gestylten Erscheinung passte, waren seine dunklen Augenringe und seine blass-graue Gesichtsfarbe. Auch wenn er sich nichts anmerken ließ und aufrecht saß, musste er von seinem gestrigen Trinkgelage einen höllischen Kater haben. Etwas unterhalb seiner linken Schläfe hatte sich ein Bluterguss gebildet. Er schillerte rotbläulich selbst in dem dämmrigen Licht des Zimmers.

»Die Beule schmerzt«, durchbrach er die Stille.

»Das haben Sie sich selbst zuzuschreiben«, gab ich zurück.

Seine blauen Augen blitzten auf. »Nach dem, was ich auf dem Video vorgestern gesehen und vorhin in der Polizeiakte gelesen habe, kann ich mich wohl glücklich schätzen, dass ich so glimpflich davongekommen bin. Das wollten Sie damit ausdrücken, nicht wahr?«

Zu einem Streit gehören zwei. Und ich hatte nicht vor, mich von ihm provozieren zu lassen.

»Wie auch immer«, meinte ich. »Was hat Ihre Akteneinsicht ergeben?«

Er blinzelte einmal, dann holte er tief Luft und sagte: »Ich habe mir die Fotos von den drei Verletzten angeschaut. Und ich habe den Zeitablauf genauer unter die Lupe genommen. Es scheint wohl so zu sein, dass Sie angegriffen wurden und sich zur Wehr gesetzt haben. Dabei haben Sie in jeder Beziehung überreagiert.«

»Und?«

»Dadurch, dass das Video als Beweismittel nicht herangezogen werden kann, und im Hinblick darauf, dass Sie so klein und harmlos wirken...« Er beugte sich vor und sah mich direkt an. »Was Sie ja, wie wir beide wissen, nicht sind...«

Ich zuckte nachlässig mit den Schultern.

Er lehnte sich wieder zurück. »Ich denke, dass wir gute Chancen haben, das vom Tisch zu bekommen. Ich werde damit argumentieren, dass eine tatsächliche Notwehrlage gegeben war. Sie haben in Notwehr gehandelt, dabei allerdings aus Furcht und Schrecken das erforderliche Maß der Verteidigung überschritten. Damit liegt ein klassischer Notwehrexzess vor, und dafür werden Sie laut Strafgesetzbuch nicht belangt.«

»Gut«, sagte ich.

»Allerdings«, er hob seinen Zeigefinger in die Höhe, »die Kommissarin hat Sie, aus welchen Gründen auch immer, mit Haut und Haaren gefressen. So, wie sie sich vorgestern verhalten hat … und im Hinblick auf ihre heutigen Äußerungen … Sie wird alles versuchen, um Sie trotzdem dranzukriegen. Wir müssen nicht so sehr auf die Staatsanwaltschaft aufpassen, aber auf Frau Fleischmann schon.«

»Was kann man dagegen tun?«, fragte ich.

»Sie meinen mich mit *man*«, erwiderte Storm. Langsam kehrte so etwas wie Farbe in sein Gesicht zurück. Er trank einen Schluck und stellte die Tasse wieder ab. »Ich werde versuchen, etwas über die drei Kerle herauszubekommen, die Sie angegriffen haben. Ich müsste mich gewaltig täuschen, wenn sie nicht etwas auf dem Kerbholz hätten. Ich kann zwar deren Vorstrafen nicht so ohne Weiteres einsehen – wenn Sie denn welche haben, aber vielleicht kommen wir hier über Dr. Wuttke weiter.«

»Wie soll das gehen?« Ich runzelte die Stirn und wies mit dem Kopf in Richtung der leerstehenden Praxis. »Er hat seinen Laden doch dicht gemacht und arbeitet nicht mehr als Anwalt.«

»Richtig. Aber er hat aus seiner aktiven Zeit enorm viele Kontakte.« Storm hielt inne und starrte mich erneut durchdringend an. Eigentlich sah er ganz gut aus, wenn man auf gescheiterte Juristen stand. Was ich nicht tat. Ganz eindeutig nicht. Ich hatte kein Helfersyndrom.

»Und Sie, Frau Groß«, redete er weiter, »Sie halten sich in der nächsten Zeit zurück. Keine Schlägereien mehr. Keine sonstigen Übergriffe.«

Das entsprach auch meinem Plan. »Ich bin Kunstlehrerin. Wo denken Sie hin?«

»Was ich denke, tut nichts zur Sache. Sie sind meine Mandantin.«

»Fein«, sagte ich.

Er öffnete die vor ihm liegende Mappe und zog ein Blatt Papier heraus, das er mir reichte. »Und als meine Mandantin brauche ich diese Vollmacht von Ihnen, sonst kann ich nicht für Sie tätig werden.«

Ich nahm den Vordruck, ergriff den Kuli, den er mir ebenfalls entgegenstreckte, und unterschrieb blind auf der gestrichelten Linie am unteren Rand des Blattes.

»War's das?« Ich machte Anstalten, aufzustehen.

»Nein.« Er schüttelte den Kopf.

»Nein?«

»Gabriele, ich meine, Frau Scuderi, hat mich…«, er zögerte, »genötigt, einen weiteren Fall zu übernehmen.«

*Shit.*

Eigentlich war ich trotz meiner nächtlichen Zusage, mit Storm zusammenzuarbeiten, davon ausgegangen, dass ich aus der Sache elegant wieder herauskommen würde. Ich hatte angenommen, dass Storm sich schlicht und ergreifend weigern würde. Wir konnten uns nicht ausstehen, und ich hatte ihn gestern Abend k.o. geschlagen – lauter triftige Gründe für ihn, abzulehnen. Ganz offensichtlich hatte ich mich geirrt.

Ich blickte ihn an. Er sah aus, als hätte er in eine Zitrone gebissen. Ihm behagte die Situation ebenso wenig wie mir. Wenigstens etwas. Frau Scuderi musste großen Einfluss auf ihn haben.

»Aber das alles wissen Sie ja bereits«, fuhr Storm fort. »Das haben Sie mit meiner Tante vereinbart, nachdem Sie mich außer Gefecht gesetzt haben und ich mich dazu nicht äußern konnte.«

»Ich habe nichts vereinbart«, konterte ich. »Ich wurde auch mehr oder weniger genötigt. Und damit das klar ist: Meine Zusage gilt nur für diesen einen Fall. Keinesfalls für einen weiteren.«

Er verzog den Mund. »Wunderbar. Ich lege keinen gesteigerten Wert auf eine Zusammenarbeit mit Ihnen. Aber aus irgendeinem Grund meint Gabriele, ich bräuchte Unterstützung.«

»Und wie soll das jetzt laufen?«, fragte ich.

Er sah auf seine Uhr. »Dr. Wuttke ist unterwegs, um die Mandantin zu holen. Er müsste eigentlich schon längst zurück sein. Es handelt sich um…«

Das Glöckchen am Eingang des Ladens bimmelte.

## 15

Z uerst erschien Dr. Wuttke. Hinter ihm betrat eine Frau zögerlich den Raum: vielleicht Mitte zwanzig, dunkle Haare, südländischer Typ.

»Kommen Sie doch bitte, meine Liebe«, sagte Wuttke zu ihr. Und an uns gewandt: »Darf ich Ihnen Frau Demircan vorstellen?«

Storm und ich erhoben uns. Hände wurden geschüttelt.

»So«, meinte der alte Anwalt. »Damit ist meine Arbeit getan. Ich warte vorne und trinke einen Tee mit Frau Scuderi.«

»Könnten Sie nicht hierbleiben?«, fragte Frau Demircan mit einem Anflug von Unsicherheit in der Stimme, während sie sich setzte.

»Sie brauchen sich keine Gedanken zu machen. Herr Storm ist ein exzellenter Strafverteidiger. Das hat er schon sehr häufig bewiesen«, erwiderte Wuttke.

»Besser zwei gute Strafverteidiger, als einer«, meinte Storm leichthin. Er zog den freien Stuhl neben sich zurück und wies darauf. »Bitte, Herr Kollege, nimm doch auch Platz.«

Lächelnd akzeptierte Wuttke die Einladung.

Frau Demircan musterte mich unverhohlen. An Selbstvertrauen schien es ihr nicht zu mangeln. »Und wer ist sie?«, meinte sie mit einer Kopfbewegung in meine Richtung.

Storm verzog sarkastisch den Mund. »Frau Groß. Meine Mitarbeiterin fürs Grobe.«

»Wie?« Die junge Frau runzelte die Stirn.

»Helena«, sagte ich. »Nennen Sie mich Helena. Ich bin seine Kollegin.«

Frau Demircan lächelte mich an. »Ich heiße Kybell.« Dann wurde sie schlagartig wieder ernst, blickte zu Storm.

»Worum geht's?«, meinte er knapp.

»Sie sollen nachweisen, dass mein Bruder unschuldig ist.«

»Unschuldig.« Storm nickte emotionslos. »Was wird ihm denn vorgeworfen?«

»Er war es nicht.« Eine leichte Röte kroch über Kybells Gesicht.

Storm runzelte die Stirn. »Ich muss schon wissen, was geschehen ist. Die Aussage, dass er nichts getan hat, reicht leider nicht aus.«

Kybell drehte sich zu Wuttke. Der räusperte sich. »Vor ein paar Tagen gab es gegen Mittag ein Feuer in dem Mehrfamilienhaus, in dem Frau Demircan zur Miete wohnte. Das Gebäude ist vollkommen ausgebrannt. Dabei kam ihr Mitbewohner ums Leben.« Er wies auf Kybell.

»Ihr Lebensgefährte?«, frage Storm.

»Florian«, flüsterte sie, plötzlich mit Tränen in den Augen. »Florian Hoffmann.«

»Mein herzliches Beileid.« Storm machte eine Pause, und fuhr fort. »Ihr Bruder. Was hat er mit dem Ganzen zu tun?«

»Die Polizei meint, es war Brandstiftung. Abbubekir, mein Bruder, wurde am Tatort von der Feuerwehr gefunden. Er war bewusstlos und hatte einige Brandwunden.«

»Und eine Rauchvergiftung«, fügte Wuttke hinzu.

»Warum soll ihr Bruder das Haus anzünden, in dem Sie wohnen?«, fragte Storm weiter. »Hatten Sie Streit?«

Kybell blickte zu Boden. Sie schwieg.

»Ehrenmord«, bemerkte Wuttke trocken.

»Ehrenmord?«, wiederholte Storm ungläubig. Er lehnte sich auf seinem Stuhl zurück.

Kybell hob trotzig den Blick. »Meine Familie legt großen Wert auf Tradition. Ich nicht. Deswegen musste ich mit meinen Leuten brechen und bin ausgezogen. Ich wohne seit über zwei Jahren mit Florian zusammen.« Sie schluckte. »Wohnte…« Die Tränen kamen zurück.

Storm ging darauf nicht weiter ein. »Ihr Bruder hat eine Rauchvergiftung und Brandwunden. Er wurde am Tatort aufgegriffen. Und jetzt denken alle, er hat es gemacht, weil sie mit einem Mann zusammenleben, ohne verheiratet zu sein? Ist das korrekt?«

»Ja«, sagte Kybell leise, aber bestimmt.

»Wie kommt die Polizei auf diese Geschichte?«, übernahm ich. Dafür kassierte ich einen irritierten Blick von Storm.

»Mitglieder meiner Familie haben mich bedroht und sie haben auch Florian bedrängt. Einmal haben sie ihn sogar geschlagen. Mich…«, sie biss sich auf die

Unterlippe, »mich öfter. Bevor ich zu Florian kam, war ich auch ein paarmal im Frauenhaus.«

Storm atmete hörbar aus. »Aber dann ist es doch ziemlich wahrscheinlich, dass Ihr Bruder schuldig ist.«

Kybell schüttelte energisch den Kopf. »Niemals. Abbubekir war das nicht. Ganz bestimmt nicht.«

»Und warum nicht?«, erkundigte ich mich.

Ich erhielt keine Antwort. Kybell schaute wieder zu Boden.

»Welche Vermutung haben Sie?«, fragte Storm. »Wer hat das Haus Ihrer Meinung nach angezündet, wenn es nicht Ihr Bruder war?«

Sie hob unschlüssig die Schultern. »Keine Ahnung. Nur eins weiß ich hundertprozentig: Abbubekir hat das nicht getan.«

So kamen wir nicht weiter. »Wo waren Sie, als das Feuer ausbrach?«

»Auf der Arbeit«, sagte sie ohne zu zögern. »Ich bin Kellnerin im *Silberdollar*.«

»Das ist ein Burgerladen«, erklärte Wuttke. »Machen ziemlich ausgefallene Sachen. Solltet ihr mal probieren.«

»Ich musste eine Sonderschicht für eine erkrankte Kollegin übernehmen«, sagte Kybell.

»Dann wären Sie zu dem Zeitpunkt normalerweise zuhause gewesen?«, vergewisserte ich mich.

Sie brauchte eine Weile. »Ja. Schon.«

»Das macht Ihren Bruder nur noch verdächtiger«, stellte Storm fest.

Gewitterwolken zogen über Kybells Gesicht. In ihren Augen blitzte eine Mischung aus Wut und Verzweiflung auf. »Wollen Sie mir jetzt helfen, oder nicht?«

Storm schürzte die Lippen und atmete schließlich hörbar aus. »Ich schaue … Ich meine, wir, Frau Groß und ich, schauen uns die Sache genauer an. Aber ich kann nichts versprechen.«

»Ich muss Ihnen aber gleich sagen, ich habe fast kein Geld. Und Abbubekir auch nicht.«

Storm lächelte. Ich hatte ihn bislang noch nicht nett lächeln sehen. Stand ihm gut.

»Das macht nichts«, sagte er. »Das geht hier jedem so. Ich mache das pro bono.« Und als sie nicht verstand, fügte er hinzu: »Ich werde Ihnen keine Rechnung schicken.«

Er wandte sich Wuttke zu. »Hat er einen Pflichtverteidiger?«

»Ja«, meinte Wuttke knapp.

»Hm.« Storm schien eine Weile nachzudenken. »Wir versuchen es. Und entweder informiere ich den Verteidiger, wenn wir etwas Entlastendes finden, oder ich übernehme den Fall dann selbst.« Er sah Kybell direkt an. »Aber eins muss klar sein: Sollte sich herausstellen, dass Ihr Bruder doch schuldig ist, kann ich nichts für ihn tun.«

Diesmal hielt sie seinem Blick stand.

»Wo kommen Sie jetzt unter?«, fragte ich sie.

Sie richtete ihre Aufmerksamkeit auf mich. »Erstmal bin ich wieder ins Frauenhaus gezogen. Die Wohnung ist ja kaputt. Alles, was ich hatte, ist weg.«

»Auch Florian«, sagte ich.

»Ja«, meinte sie leise. »Er auch.«

# 16

Wir nahmen die Straßenbahn bis nach Wedding. Kurz nach eins, die Waggons vollgepackt mit Fahrgästen. War mir ganz recht. Ich hatte überhaupt keine Lust, mit Storm Smalltalk zu betreiben. Zudem wäre aufgrund der vielen Menschen, die dicht an dicht bei uns standen, an eine längere Unterhaltung sowieso nicht zu denken gewesen. Stattdessen schauten Storm und ich schweigend aus dem Fenster, jeder in seine Gedanken versunken. Zumindest nahm ich an, dass er an irgendetwas dachte.

Was mich betraf, ging mir Kybells Geschichte nicht aus dem Kopf. Wiederholt hörte ich ihre Worte, sah sie zu Boden blicken und fragte mich, was sie uns nicht erzählt hatte und warum.

Wir stiegen aus und mussten noch mehrere Minuten zu Fuß laufen. Schließlich hatten wir die Ruine des Hauses erreicht, in dem Kybells Freund verbrannt war. Ein fünfstöckiges Gebäude, das Dach teilweise eingebrochen und löchrig, die Balken darunter schwarz verkohlt – ebenso große Teile der Fassade. Das Feuer musste in dem Gebäude mit ungeheurer Kraft gewütet haben. Das Glas in den Fenstern war zersprungen. Und an allem haftete intensiver Brandgeruch.

Dicht an der Ruine stand ein Bauzaun aus vergittertem Metallstäben. Mehrere Schilder mit der Aufschrift *Betreten verboten, Einsturzgefahr* hatte man daran befestigt. Die Haustür war mit einem rotweißen Plastikband versehen.

Ich stellte mich an die Absperrung und sah auf die Klingelleiste, die noch relativ intakt geblieben war. *Demircan/Hoffmann* hatten auf der linken Seite im fünften Stock gewohnt.

Storm und ich traten ein Stück zurück, legten unsere Köpfe in den Nacken und blickten hinauf.

»Kybells Freund hatte keine Chance«, sagte ich.

»Nein«, bestätigte Storm. »Sehen Sie sich die Rußspuren auf der Fassade an. Das Feuer dürfte vermutlich weiter oben im Treppenhaus ausgebrochen sein. Es hat sich dann schnell hochgefressen und ihm den Fluchtweg versperrt.«

»Das Haus ist sicher so alt wie unseres«, sagte ich. »Und auch nicht wesentlich besser in Schuss. Da gibt es keine gesonderten Fluchttreppen, -leitern oder ähnliches.«

Storm nickte »Und die Stufen sind aus Holz. Das brennt wie Zunder ... Tja«, fügte er an, und schaute sich um, »vielleicht sollten wir mal mit jemandem aus der Nachbarschaft reden. Könnte sein, dass wir noch ein paar nützliche Informationen erhalten.«

Schräg gegenüber gab es eine Kneipe. Bistrotische standen am Gehweg in der Sonne. Wir gingen hinüber und setzten uns.

Ein junger Kellner erschien. »Was darf ich euch bringen?«, fragte er, wobei er mir nur einen kurzen Blick zuwarf. Storm musterte er länger. Kein Wunder, der wirkte in dieser Umgebung mit seinem teuren Anzug leicht deplatziert.

»Ein Pils«, sagte Storm, schüttelte im nächsten Moment den Kopf und korrigierte sich: »Ein großes Wasser, bitte.«

»Und du?«, fragte mich der Kellner.

»Auch ein Wasser«, sagte ich.

»Kommt sofort!« Der Kellner verschwand im Lokal und war wirklich ein paar Minuten später wieder da. Er stellte zwei Gläser mit jeweils einer Zitronenscheibe vor uns auf den Tisch.

»Danke«, sagte ich zu ihm.

Storm nickte dem Kellner zu und wies anschließend auf Kybells Haus. »Da drüben muss ganz schön was losgewesen sein.«

»Ja«, meinte der Kellner »Der Brand.« Er blickte Storm an. »Seid Ihr … Sie sind von der Versicherung?«

»Darf ich fragen, woran Sie das erkennen?«, erwiderte Storm.

Der Kellner drückte das runde Tablett gegen seinen Oberkörper. »Ich will in die Sache nicht hineingezogen werden.«

»Gibt's denn da etwas, in das man hineingezogen werden könnte?«, hakte Storm nach.

»Na ja«, sagte der Kellner. »Da ist jemand gestorben. Einer der Mieter.«

»Furchtbar«, sagte ich. »Du musst aber keine Bedenken haben. Wir brauchen nur ganz allgemeine Auskünfte. Würde uns sehr helfen.«

Er zuckte mit den Schultern. »Allgemein kann ich dir schon was sagen. Vor vier Tagen, so etwa um diese Zeit, fing es an. Alles hat gebrannt. Es hat laut geknallt, als die Fenster zu Bruch gegangen sind. Die Scherben flogen nur so rum. Meterlange Flammen … Der Wahnsinn.«

»Was war mit der Feuerwehr?«, fragte Storm.

»Die war im Handumdrehen hier. Sie kamen gleich mit mehreren Löschzügen. Haben trotzdem Stunden gebraucht.«

»Die alten Häuser brennen lichterloh«, bemerkte Storm.

»Ja.« Der Kellner nickte. »Wir hatten echt Angst, dass das Feuer übergreift.«

»Und der Mieter, der gestorben ist?«, übernahm ich.

»Das ist schrecklich. Die Feuerwehr hat erst später gemerkt, dass noch jemand drinnen war. Der Mann hat im obersten Stockwerk gewohnt. Die meisten waren ja gottseidank auf der Arbeit, der Rest konnte sich ins Freie retten. Bis auf ihn…«

»Kanntest du ihn?«

Ein vages Schulterzucken.

»Jedenfalls ist das Haus jetzt unbewohnbar«, stellte Storm fest.

»Bestimmt«, gab ihm der Kellner recht. »Das herzurichten, wird teuer … Vielleicht muss es auch abgerissen werden.«

»Was wohnten dort für Leute?«, übernahm ich.

»Was für Leute? Unterschiedliche. Wie überall in der Stadt. Du bist doch von hier. Dann weißt du auch, wie die Leute so sind. Gehen auf Arbeit oder nicht, kommen heim … Machen das Beste aus ihrem Tag.«

»Gibt es in der Gegend größere Probleme mit Drogensüchtigen, Obdachlosen oder so?«, bohrte Storm nach. Das musste ich ihm lassen. So schnell gab er nicht auf.

Ein erneutes Schulterzucken. »Nicht mehr als anderswo. Nachts macht man die Durchgänge zu, damit dort niemand übernachtet. Aber ansonsten… keine größeren Probleme. Nur das Übliche.«

»Gab es in der Umgebung ähnliche Brände?«

Der Kellner grinste. »Uns ist in der Küche mal die Fritteuse abgefackelt. Aber sonst… nein.«

»Und Streit?«, übernahm ich. »Hatten die Mieter untereinander vielleicht Zoff?«

Er runzelte die Stirn. »Nö. Ich weiß jedenfalls von nichts.«

Drei junge Frauen setzten sich an einen der freien Bistrotische. Der Kellner nickte uns zu, ging hinüber und nahm deren Bestellung auf.

Storm trank von seinem Wasser. »War bestimmt nicht verkehrt, sich das Gebäude einmal anzuschauen. Aber es bringt uns nicht direkt weiter.«

»Sehe ich auch so.« Ich nahm die Zitrone von meinem Glas, biss hinein und saugte sie aus.

Storm schaute auf seine Uhr.

»Was?«, fragte ich kauend.

»Es ist noch Bürozeit. Wir sollten versuchen, Demircans Pflichtverteidiger zu erreichen. Vielleicht können wir ihn kurz sprechen.« Er zögerte. »Oder haben Sie noch etwas anderes vor?«

Mein Abendkurs begann erst um sieben. Und außerdem fing mich die Sache langsam aber sicher an zu interessieren.

»Nein«, sagte ich.

»Gut. Dann rufe ich gleich mal bei ihm an.« Er langte in seinen Anzug und holte ein Handy heraus, dessen Display deutliche Risse aufwies. Das Telefon hatte sicher seine fünf Jahre auf dem Buckel, war aber noch immer um Welten besser als meins. Er tippte darauf herum.

Der Kellner lief mit einem vollen Tablett an uns vorbei.

»Wenn du drüben fertig bist, würden wir gerne zahlen«, sagte ich zu ihm.

»Sofort«, erwiderte er. Er bediente die Gäste am Nebentisch und kam anschließend zu uns.

Storm sprach gerade in sein Handy.

»Gehört ihr zusammen?«, fragte der Kellner.

Ich schüttelte den Kopf. »Nein. Wir zahlen getrennt.«

»Drei Euro jeder.«

Ich holte vier Ein-Euro-Münzen aus meinem Geldbeutel. »Stimmt so.« Ich ließ das Geld in seine Handfläche fallen.

Storm gab ihm einen Fünf-Euro-Schein. Er telefonierte noch immer.

Der Kellner bedankte sich mit einem Lächeln und ließ uns allein. Ich schaute ihm nach. Von dem Geld, das ich ihm gegeben hatte, hätte ich einen Tag lang leben können.

## 17

Ein Wartebereich wie bei einem Arzt. Mit dem Unterschied, dass anstatt Zeitschriften über Krankheiten, juristische Magazine auslagen. Mich interessierte das eine so wenig wie das andere.

Eine resolute Mitarbeiterin hatte uns empfangen und uns hier hineinbugsiert. Storm und ich saßen da, vermieden Augenkontakt und schwiegen. Mal wieder.

Die zweite Tür, die zu unserem Zimmer führte, wurde geöffnet. Ein vielleicht fünfzigjähriger Mann sah zu uns herein. »Frau Groß und Herr Storm? Sie können jetzt kommen.«

Als wir in sein Büro traten, hatte er sich bereits wieder an seinen Schreibtisch gesetzt – ein riesengroßes Möbelstück, wuchtig aus dunklem Holz gearbeitet. Es passte vom Stil her zu dem raumhohen Regal voller Gesetzbücher, welches sich an der linken Wand befand. Daneben hing ein Bilderrahmen, der eine Urkunde oder ein Diplom enthielt.

Herr Vierheimer, der Pflichtverteidiger von Kybells Bruder, bedachte uns mit einem aufmerksamen Blick und wies schweigend auf die beiden Stühle, die vor seinem Arbeitsplatz standen. Storm und ich ließen uns darauf nieder.

»Es geht um Herrn Demircan, hat meine Mitarbeiterin gesagt?«, begann er, ohne sich vorzustellen. Wenigstens kam er gleich zur Sache.

»Was kann ich für Sie tun?«, fügte er an.

»Wir möchten gerne ein paar Auskünfte zu Herrn Demircan einholen«, sagte Storm, und als Vierheimer irritiert die Augenbrauen zusammenzog, ergänzte er: »Ich bin selbst Anwalt. Ich weiß, Sie unterliegen der Schweigepflicht, was Ihre Mandanten betrifft.«

»Anwalt?« Vierheimer wirkte überrascht. Er betrachtete Storm mit neuem Interesse – den Anzug, den Zopf, die Beule an der Stirn. Dann machte sich eine Art ungläubige Erkenntnis auf seinem Gesicht breit. »Storm? Doch nicht Maximilian Storm, der frühere Inhaber der Kanzlei Advocatus?«

»Genau«, erwiderte Storm. »Dort habe ich gearbeitet.«

»Hatten Sie sich nicht aus dem Geschäft zurückgezogen?« Der Pflichtverteidiger runzelte die Stirn.

»Wie Sie sehen, bin ich wieder da.«

»Hm.« Vierheimer biss sich auf die Unterlippe. »Hat Sie Herr Demircan engagiert? Aber bei den Gebührensätzen, die Sie üblicherweise verlangen, kann er Sie sich doch gar nicht leisten!«

Ich musste mich dazu zwingen, Storm nicht direkt anzusehen. Stattdessen beobachtete ich ihn aus dem Augenwinkel. Frau Scuderi und Dr. Wuttke hatten mir zwar erzählt, dass er ein sehr erfolgreicher Jurist gewesen war, aber ich hatte angenommen, sie hätten ein wenig übertrieben, um mir die Arbeit mit ihm schmackhaft zu machen.

Gut, er wirkte nicht gerade dumm. Eigentlich schien er mir recht intelligent zu sein, sonst hätte er mir nicht so schnell und scheinbar mühelos bei der Polizei helfen können. Zugegebenermaßen sah er auch nicht schlecht aus, wenn er nüchtern war und nicht gerade die Flex schwang. Und im Anzug machte er richtig was her. Aber dass Storm tatsächlich ein Staranwalt gewesen war … das überraschte mich jetzt doch.

»Ich arbeite nicht für Herrn Demircan«, riss mich Storms Stimme aus meinen Gedanken. »Ich bin für jemanden anderen tätig.«

»Wie soll das gehen?« Vierheimer beugte sich vor. »Unter diesen Vorzeichen ist ein Interessenkonflikt zwischen uns beiden vorprogrammiert!«

Storm hob abwehrend eine Hand. »Ich kann Sie beruhigen. Das ist ganz bestimmt nicht der Fall. Wenn überhaupt, möchten Frau Groß und ich Sie lediglich unterstützen. Auch unser Auftrag lautet, Herrn Demircan zu entlasten. Und wenn wir in dieser Richtung Informationen finden, werden wir sie Ihnen zukommen lassen.«

Vierheimer holte tief Luft. Er schien noch immer skeptisch.

»Wir berechnen Ihnen nichts«, setzte ich nach.

Offensichtlich hatte ich seine Bedenken richtig gedeutet. Sichtlich entspannter erwiderte er: »Da ist immer noch die Schweigepflicht, an die ich gebunden bin.«

»Wir auch«, sagte Storm. »Vorerst. Ich kann Sie aber allgemein darüber informieren, was uns berichtet wurde: Herr Demircan wurde im Gebäude mit einer

Rauchvergiftung und mit Brandwunden bewusstlos aufgefunden. Und jetzt wird er beschuldigt, dass er das Wohnhaus seiner Schwester angezündet hat, weil er sie töten wollte. In dem Feuer ist ihr Freund umgekommen. *Ehrenmord*, heißt es seitens der Polizei.«

Vierheimer verschränkte die Arme vor der Brust.

»Unser Mandant ist fest davon überzeugt, dass Herr Demircan unschuldig ist«, fuhr Storm ungerührt fort. »Wir wollten uns heute bei Ihnen sehen lassen, damit Sie von vornherein Bescheid wissen. Als nächstes beschaffen wir uns einen Besuchsschein für die JVA, und ich spreche mit Herr Demircan.«

»Zu welchem Zweck?«

»Ich werde ihn bitten, Sie von Ihrer Schweigepflicht uns gegenüber zu entbinden. Und gleichzeitig werde ich uns von unserer Schweigepflicht Ihnen gegenüber entbinden lassen. Dann können wir uns problemlos austauschen.«

Vierheimer überlegte eine Weile. Aber nicht lange. »Das ginge. Und offen gestanden, würde ich das auch begrüßen. Ich kann in dem Fall jede Hilfe gebrauchen.«

Das klang ehrlich.

»Ist Herr Demircan wohl nicht besonders gesprächig?«, fragte ich.

Vierheimers Lächeln wirkte gezwungen. »Das werden Sie ja sehen, wenn Sie selbst mit ihm reden.«

Storm schaute mich kurz an, und wir erhoben uns.

»Danke für Ihre Zeit«, sagte er zu dem Anwalt.

»Aber nicht doch.« Vierheimer stand ebenfalls auf. Er streckte den Arm aus, um mir die Hand zu schütteln, stockte aber mitten in der Bewegung und wandte sich Storm zu. »Eine Frage hätte ich noch.«

»Ja?«, sagte Storm.

»Wenn Sie nicht mehr in Ihrer bisherigen Kanzlei tätig sind … Ich habe im Moment keinen Partner und mehr Anfragen, als ich übernehmen kann.« Er hielt kurz inne. »Natürlich ist meine Praxis nicht mit dem zu vergleichen, was Sie gewohnt sind«, sprach er schnell weiter. »Trotzdem, ein Mann mit Ihrer Erfahrung und…«

»Vielen Dank«, unterbrach ihn Storm freundlich, aber bestimmt. »Ich übernehme nur diesen einen Fall.« Er deutete auf mich. »Und, wie Sie sehen, habe ich schon einen Partner.«

# 18

Auf dem Rückweg hatte Storm für Frau Scuderi Lebensmittel besorgt. Der Supermarkt lag direkt gegenüber der Haltestelle, an der wir ausgestiegen waren. Ich weiß auch nicht genau, warum ich mitgegangen war. Jedenfalls hatte er sich einen Einkaufswagen genommen, mir Frau Scuderis Liste in die Hand gedrückt, und im Nu hatten wir sie abgearbeitet. Dem Inhalt der beiden Papiertüten nach zu urteilen, brauchte Frau Scuderi auch nicht viel zum Leben, da ähnelte sie mir.

Ich half Storm tragen, und wir brachten die Sachen in ihren Laden.

Wir fanden Frau Scuderi im zweiten Verkaufsraum. Sie saß am runden Tisch, vor sich wieder Reihen von Karten, diesmal war keine von ihnen aufgedeckt.

»Oh, das ist aber lieb«, sagte sie und blickte Storm an. »Habt ihr alles bekommen?«

»Ja.«, erwiderte Storm.

»Super.« Sie erhob sich, nahm uns die Tüten ab. »Ich räume die verderblichen Lebensmittel schnell in den Kühlschrank. Nehmt euch so lange einen Tee. Ich bin gleich wieder zurück.«

Ich wollte in meine Wohnung und mich auf meinen Kunstkurs in der VHS vorbereiten. »Ich möchte aber…«

»Nur ein paar Minuten, Frau Groß«, unterbrach sie mich. »Bitte. Sie müssen mir doch haarklein berichten, was draußen vor sich geht.«

Bevor ich etwas erwidern konnte, war sie mit ihren Einkäufen verschwunden. Unschlüssig blieb ich stehen.

»Na, dann hole ich uns mal einen Tee«, sagte Storm.

»Eine halbe Tasse reicht für mich«, erwiderte ich.

Er nickte. »Und kein Zucker. Ist schon klar.«

Ich setzte mich auf den gleichen Stuhl wie am Vormittag.

Storm kam mit zwei Bechern zurück und reichte mir einen. Ich trank einen Schluck. Jasmintee.

Storm nahm ebenfalls Platz. In dem Moment erschien auch bereits Frau Scuderi wieder. Sie gesellte sich zu uns.

»Und?«, fragte sie, während sie mit einer Hand einige Karten zurechtschob.

»Der Fall ist recht vertrackt«, sagte Storm. »Allzu viel haben wir nicht erfahren.«

»Wir waren bei dem abgebrannten Haus und wir waren beim Pflichtverteidiger von Kybells Bruder«, ergänzte ich.

»Ein Anfang«, meinte er.

Frau Scuderi lächelte uns aufmunternd zu. »Der erste Tag ist immer der schwierigste.«

»Falls du darauf hinauswillst: Deine Anstandsdame«, Storm deutete vage in meine Richtung, »hat sich ganz gut gemacht.«

»Ach ja?«, sagte ich bissig. Ich hatte mich Frau Scuderi gegenüber bereiterklärt, Storm bei seinem ersten Fall zu helfen. Aber wenn er meinte, sich über mich lustig machen zu können, hatte er sich geirrt.

»Ja.« Er hielt den Augenkontakt mit mir. »Sie haben sich gut geschlagen – also im übertragenen Sinne des Wortes ...für eine Kunstlehrerin ... oder was immer Sie auch sein mögen.«

Eigentlich hätten mich seine Ausführungen ärgern müssen. Stattdessen hätte ich beinahe laut herausgelacht. Ich beherrschte mich.

Storm wandte sich an Frau Scuderi. »Wie war dein Tag?«

Sie zuckte mit den Schultern. »Wie jeder andere. Wenn es dunkel wird, werde ich mich vielleicht noch ein wenig ins Freie setzen und den Sommer genießen.«

Storm trank seine Tasse aus, stellte sie ab und erhob sich. »Nun, dann verschwinde ich mal. Bis morgen.«

»Haben wir etwas zu befürchten?«, hielt ihn Frau Scuderi auf.

Storm sah sie lange an. Schließlich meinte er: »Nein. Ich habe oben keinen Alkohol.« Er wandte sich an mich: »Und ich werde auch nicht flexen. Ich bin hundemüde und muss schlafen.«

Ich verzog den Mund. »Ein geregeltes, rechtschaffenes Leben ist anstrengend.«

»Rechtschaffen.« Seine blauen Augen blitzten. »Sie müssen es ja wissen.« Er setzte sich in Bewegung. »Wir sehen uns morgen um acht.«

»Wegen Demircan«, sagte ich.

Er blieb stehen und blickte zu mir zurück. »Auch. Aber zuerst müssen wir zur Polizei wegen Ihrer *Petitesse.* Sie wissen schon: schwere Körperverletzung in — was war es noch gleich?« Er runzelte übertrieben die Stirn, als würde er nachdenken. »Genau! Schwere Körperverletzung in drei Fällen.«

»Ist doch kein Problem für *Herrn Advocatus Storm,* den großen Staranwalt«, konterte ich. »Oder?«

Er hob eine Hand zum Gruß und verließ uns.

»Kann ich Ihnen noch etwas bringen?«, fragte Frau Scuderi, als wir alleine waren. »Haben Sie vielleicht Hunger?«

»Nein, danke«, lehnte ich ab.

»Ich rechne es Ihnen hoch an, dass Sie mit ihm zusammenarbeiten.«

»Er ist noch immer ganz schön fertig.«

Sie schüttelte den Kopf. »Wirklich kein Vergleich zu sonst. Er hat sich vom Jahrestag viel schneller erholt, als die letzten Male. Es tut ihm gut, wenn er etwas zu tun hat.«

Die Flüssigkeit in meiner Tasse glänzte durchsichtig. »Mit seiner Frau … das war eine glückliche Ehe?« Ich blickte sie an.

»Die ganz große Liebe«, meinte sie. »Soll es ja manchmal geben.«

Ich lächelte. »Davon habe ich auch schon gehört.«

»Und dann war da noch das Baby«, fügte sie leise an.

Wir schwiegen. Ich verdrängte meine eigenen Erinnerungen und trank den Tee aus.

Frau Scuderi hatte sich von mir abgewandt. Sie schaute zum Fenster.

»Warum gehen Sie nicht gleich an die frische Luft?«, fragte ich sie. »Kundschaft dürfte wohl kaum noch kommen, Sie könnten den Laden für heute einfach schließen.«

»Könnte ich.« Sie drehte sich mir zu. »Aber noch ist es zu hell.«

»Im Hinterhof ist kaum Sonne.«

Sie schüttelte den Kopf. »Immer noch zu viel für mich. Ich kann erst im Dunkeln nach draußen.«

»Im Dunkeln?« Ich verstand nicht.

Sie begann zu lächeln. »Klingt nach Vampir, nicht wahr? Aber ich habe gesundheitliche Gründe, das erzähle ich Ihnen vielleicht ein andermal.«

Ich hatte keinen Vorwand mehr, länger zu bleiben. Ich stand auf. Meine Hand streifte eine der Karten, die noch immer mit der Rückseite nach oben auf dem Tisch lagen.

»Was machen Sie mit den Dingern?«, fragte ich.

»Das ist Tarot«, sagte sie. »Manchmal schaue ich ein wenig in die Zukunft.«

Damit konnte ich nichts anfangen. Mehr aus Höflichkeit fragte ich: »Und das funktioniert für Sie?«

»Manchmal.«

Ich zögerte.

»Haben Sie vielleicht eine Frage an die Karten?«, erkundigte sie sich.

»Eine Frage?« Ich holte tief Luft. »Fragen habe ich viele, aber ganz ehrlich, will ich die Antworten darauf gar nicht kennen.«

Ihr Gesicht blieb vollkommen ernst. »Wenn es einmal anders ist – Sie wissen, wo Sie mich finden.«

# 19

Welch gewaltigen Unterschied doch ein Anwalt machte! Kein steriler Befragungsraum mehr wie beim letzte Mal, sondern eine für die Polizei geradezu komfortable Wartezone mit Plastikstühlen, einem Gummibaum in der Ecke und einem großen Fenster mit Blick auf ein rotgedecktes Ziegeldach und über Berlin.

Das Fenster selbst war sogar gekippt. Frische, warme Sommerluft strömte herein.

Zehn vor elf – Storm musste gleich hier sein. Mein Termin bei Frau Fleischmann war für elf vereinbart.

Punkt acht hatte ich mich mit Storm getroffen. Er hatte mir eingeschärft, bei der Polizei einfach zu schweigen, bestenfalls zu nicken. Das kam mir sehr entgegen. Sollte er mit seinem juristischen Blabla die Leute, besser gesagt, die Kommissarin, verrückt machen. Hauptsache, es funktionierte, und ich kam mit einem blauen Auge davon.

Dann hatte er es plötzlich eilig gehabt. Er hatte auf seine Uhr geblickt und gemeint, er müsse noch etwas erledigen und wir würden uns direkt bei der Polizei treffen. Und weg war er.

Jetzt saß ich hier, genoss lauwarmen Kaffee aus einem Pappbecher, und war mir sicher, dass Storm bald kommen würde. Na ja, ziemlich sicher.

Die Minuten tickten dahin. Auf dem roten Dach ließen sich Tauben nieder und begannen zu gurren. Einige flogen weg, dafür kamen andere dazu. Vielleicht waren es auch die gleichen.

Zehn nach elf. Kein Storm.

Die Tür wurde geöffnet. Frau Fleischmann blickte in den Raum.

»Ihr Anwalt verspätet sich. Schon wieder!« Offenbar war sie über diese Tatsache alles andere als erfreut. Ihr Gesichtsausdruck sprach Bände.

Ich zuckte mit den Schultern. »Sorry. Ich weiß auch nicht, wo er bleibt.«

Wahrscheinlich hatte ich einen falschen Ton angeschlagen. Jedenfalls schoss ihr die Röte in die Wangen. Nicht diese Verlegenheitsröte, sondern die andere, die wütende.

Ohne eine Erwiderung schloss sie geräuschvoll die Tür und ließ mich wieder allein.

Ich nahm mir vor, Storm nach seiner Handynummer zu fragen, um solche Situationen künftig zu vermeiden.

Weitere Minuten verstrichen. Die Tauben flatterten fröhlich gurrend umher. Ein fast schon italienisch anmutendes Ambiente.

Die Tür öffnete sich erneut. Und wieder war es nicht Storm, sondern ein kleiner Junge. Acht, neun Jahre alt, eher schmal, mit riesengroßen dunklen Augen und hellbraunen, lockigen Haaren. Er huschte ins Zimmer, schloss die Tür und lehnte sich mit dem Rücken dagegen. An seine Brust gedrückt hielt er ein großes Schulheft, ein Federmäppchen und eine Packung Tempos.

»Hallo«, sagte ich.

Er antwortete mir nicht und schien auch keine Notiz von mir zu nehmen. Er atmete schnell, als wäre er gerannt.

Nach einer Weile ging er zu einem der freien Stühle, setzte sich und legte seine Habseligkeiten exakt ausgerichtet vor sich auf den kleinen Tisch, der in der Mitte des Raumes stand. Er nahm sich ein Taschentuch, faltete es sauber auseinander, um sich ausgiebig zu schnäuzen. Vermutlich hatte er Schnupfen.

Dann öffnete er das Heft, ergriff seinen Füller, zog die Kappe ab und begann, sorgfältig und betont langsam zu schreiben. Zwei Worte.

Draußen auf dem Dach erhob sich eine ganze Schar von Vögeln. Ihre Flügel flatterten wild.

Der Junge ließ den Stift sinken. Wie gebannt beobachtete er die Tiere. Schließlich verschloss er den Füller, steckte ihn an seinen Platz zurück und wählte einen bunten Fineliner. Mit sicheren Bewegungen glitt die Mine über das Papier. Wieder und immer wieder. Er zeichnete. Und wenn ich seine Blickrichtung korrekt deutete, malte er die Tauben.

Er arbeitete völlig konzentriert, bekam nichts von seiner Umgebung mit. Nur das Bild war für ihn wichtig.

Plötzlich hielt er inne und starrte auf das Heft. Seine rechte Hand zitterte.

Ich erhob mich. Langsam ging ich zu ihm hinüber. Als ich neben ihm stand, packte er das offene Heft und presste es gegen seine Brust – wie er es getan hatte, als er ins Zimmer getreten war.

Stumm blieb ich stehen, sah hinaus auf das rote Dach, hinaus zu den Vögeln. Aus dem Augenwinkel beobachtete ich, wie seine Anspannung nachließ. Schließlich legte er das Heft zurück auf den Tisch.

Jetzt konnte ich auch genauer betrachten, was er gezeichnet hatte: Die Konturen einer Taube. Und ich erkannte auch den Grund für seine Aufregung. Der Übergang vom Kopf zum Rumpf, der Umriss eines Flügels passte noch nicht.

Kurzentschlossen setzte ich mich neben ihn, streckte meine Hand aus und tippte mit dem Finger auf die betreffende Stelle. »Etwas breiter«, sagte ich. »Genau hier.«

Er schaute mich an, aber irgendwie hatte ich das Gefühl, er würde durch mich hindurchsehen. Doch nach einiger Zeit nickte er und setzte seine Arbeit fort. Und diesmal stimmte der Verlauf seiner Linien.

Für sein Alter war er erstaunlich weit.

Als nächstes widmete er sich den Federn. Aus eigener Erfahrung wusste ich, dass das nicht ganz einfach war. Ich half ihm, zeigte ihm den Unterschied zwischen dem Federkiel in der Mitte und den beiden links und rechts verlaufenden Fahnen. Es machte uns Spaß, gemeinsam zu zeichnen, die Tauben auf dem Dach vor dem blauen Himmel und der schier endlosen Stadt zu beobachten.

Irgendwann waren wir fertig, und seine Augen strahlten. Er schnäuzte sich erneut – ganz eindeutig hatte er starken Schnupfen. Dann beugte er sich vor und schrieb *Darius* unter das Bild. Er hielt mir den Stift hin.

»Ich soll auch signieren?«, fragte ich.

Keine Reaktion in seinem Gesicht.

Ich ergriff den Fineliner. Gut lesbar schrieb ich *Helena* daneben.

Die Tür wurde aufgerissen. Ich schaute auf und blickte in die zornigen Augen von Kommissarin Fleischmann.

»Frau Groß, Ihr Anwalt ist noch immer nicht…« Sie stockte, sah auf den Jungen. »Darius! Was machst du denn hier? Du kommst sofort mit in mein Büro. Du solltest doch Hausaufgaben machen!«

Langsam schüttelte Darius den Kopf.

»Du kannst nicht hierbleiben. Keine Widerrede!«

Darius öffnete wie in Zeitlupe den Mund und sagte laut und deutlich: »Nein.«

Frau Fleischmann seufzte. Mit einem Mal wirkte sie traurig. »Darius. Du weißt doch, was wir abgemacht haben: Du sollst nicht alleine im Gebäude herumlaufen. Das kann gefährlich für dich sein. Und für mich ist es auch nicht gut. Kommst du jetzt mit? Bitte!«

Darius senkte den Kopf, packte den Filzstift ein und schloss den Reißverschluss seines Mäppchens. Er nahm sein Heft und riss mit einem Ruck die Seite heraus, auf die wir die Taube gemalt hatten. Das Bild hielt er mir entgegen. Dabei schaute er über meine linke Schulter an die Wand.

Ich nahm ihm die Zeichnung ab. »Vielen Dank.«

Er stand auf und lief zu seiner Mutter.

»Ich habe noch einiges zu tun, aber du kannst zu meiner Kollegin, Frau Wein. Du kennst sie«, sagte sie zu ihm. »Geh schon mal vor, ich komme gleich nach.«

Der Junge entfernte sich, ohne sich noch einmal nach uns umzublicken.

Frau Fleischmann wartete, bis er außer Hörweite war, dann wandte sie sich mir zu und straffte die

Schultern. »Noch zehn Minuten, Frau Groß. Länger gedulde ich mich nicht mehr. Wenn Ihr Anwalt bis dahin nicht anwesend ist, muss er eben einen neuen Termin vereinbaren.« Sie machte eine Pause. »Eins noch: Lassen Sie Ihre Finger von meinem Sohn!«

»Wir haben nur gemalt«, erwiderte ich.

»*Nur*«, schnaubte sie. »Er sollte seine Hausaufgaben machen.«

»Aber er ist doch erkältet.«

»Genau. Deswegen ist er heute nicht in der Schule, sondern bei mir. Und deshalb soll er üben.«

»Er ist ein außergewöhnlich talentiertes Kind«, stellte ich fest.

Die Kommissarin starrte mich durchdringend an. »Er ist außergewöhnlich in jeder Beziehung. Er ist Autist. Und ich will nicht, dass Sie sich mit ihm abgeben. Er kann zwischen guten und bösen Menschen nicht unterscheiden.«

»So?«, konnte ich mir nicht verkneifen. »Den Eindruck hatte ich ganz und gar nicht.«

Ihre Augen blitzten. »Das diskutiere ich nicht mit Ihnen«, sagte sie leise, aber überaus bestimmt. »Sie sind die letzte Person auf der Welt, mit der ich das besprechen würde.« Sie tippte auf ihre Uhr. »Noch zehn Minuten.«

## 20

Die Straßenbahn ratterte über die Schienen. Immer, wenn wir eine Weiche passierten, ging ein Ruck durch den gesamten Waggon. Insgesamt waren nicht viele Fahrgäste unterwegs. Ich hatte problemlos einen Sitzplatz gefunden, und Storm hatte den mir gegenüber genommen. Er wirkte müde, erschöpft und ausgebrannt. Hinzu kam, dass er es bislang nicht für notwendig erachtet hatte, mir zu erklären, warum er zu meiner Vorladung bei der Polizei fast eine Dreiviertelstunde zu spät erschienen war.

Ich beugte mich vor, sprach leise, aber doch laut genug, dass er mich verstand: »Wo waren Sie vorhin?«

»Was meinen Sie?«, erwiderte er.

»Sie wissen genau, wovon ich spreche. Es kam bei Frau Fleischmann nicht gerade gut an, dass Sie sie haben warten lassen.«

Sein Gesicht verschloss sich vor mir. »Ich hatte noch einen wichtigen Termin, der Sie rein gar nichts angeht. Und was diese Kommissarin Fleischmann betrifft...« Er zuckte nachlässig mit den Schultern.

Ich dachte daran, wie die Polizistin mich angesehen hatte. Welch eine Wut in ihren Augen geschwelt hatte. »Sie wird nicht lockerlassen, was mich angeht. Das kann hässlich werden.«

»Nun, dann können Sie ja froh sein, dass Sie mich haben.« Das klang verdammt selbstzufrieden.

»Sie haben doch auch gehört, was sie gesagt hat«, beharrte ich. »Sie hat angekündigt, meine Vergangenheit zu durchleuchten. Das waren ihre exakten Worte.«

Als ich geendet hatte, wurde mir bewusst, dass ich für kurze Zeit meine Deckung ihm gegenüber hatte fallen lassen. Ich hatte ihm meinen wunden Punkt gezeigt. Aber vielleicht hatte er es gar nicht bemerkt.

Falsch gedacht.

Auch er beugte sich jetzt vor und musterte mich mit neuem Interesse. »Haben Sie denn etwas zu verbergen?«

Ich verzog den Mund zu einem spöttischen Lächeln. »Nicht mehr, als jeder andere auch.«

Die Antwort gefiel ihm nicht. Er hielt weiterhin Blickkontakt: »Auf alle Fälle, scheint mir Frau Fleischmann die Sache mit Ihnen persönlich zu nehmen. Sie hat noch heftiger reagiert als beim letzten Gespräch.«

Ich biss mir auf die Lippe. Auch das entging ihm nicht.

»Haben Sie eine Ahnung, warum sie derartig auf Sie abfährt?«, hakte er nach.

Ich zwang mich dazu, nicht wegzusehen.

»Haben Sie sie vor meiner Ankunft vielleicht beleidigt oder bedroht?«, forschte er weiter. »Wenn ja, wäre das jetzt ein günstiger Zeitpunkt, mir davon zu erzählen.«

»Bedroht oder beleidigt?«, wiederholte ich lahm. »Nein. Jedenfalls, nicht direkt.«

»*Nicht direkt?*«

Ich holte tief Luft. »Als ich im Wartebereich saß, kam ein Junge herein. Wir haben zusammen gemalt.«

»Was hat das mit der Kommissarin zu tun?«

»Der Junge ist künstlerisch sehr begabt. Und er ist Autist.«

»Aha?« Er runzelte die Stirn. »Das ist noch nicht alles, oder?«

»Nun, wie sich herausgestellt hat, ist er auch ihr Sohn.«

»Frau Fleischmanns Sohn?«

»Ja. Genau. Was für ein Zufall, nicht wahr?« Ich versuchte zu lächeln, aber er lächelte nicht zurück.

»Sie hat mitbekommen, dass Sie mit ihrem Jungen gespielt haben?«

»Gemalt«, korrigierte ich. »Wir haben eine Taube gemalt. Er hat mir das Bild geschenkt. Wollen Sie es mal sehen?« Ich wollte in meine Tasche langen.

»Lassen Sie das!«, meinte er scharf. »Wie hat sie sich verhalten, als sie Sie beide gesehen hat?«

»Es hat ihr nicht gerade gefallen. Es hat ihr…«, ich atmete tief ein, »nicht gepasst.«

»Was kann ich mir darunter vorstellen?« Sein Gesicht war nur wenige Zentimeter von meinem entfernt.

»Also gut!«, platzte ich heraus. »Sie war angepisst. Tierisch angepisst. Okay?«

Sein linker Mundwinkel zuckte. Ansonsten hatte er sich unter Kontrolle. »Machen Sie das eigentlich absichtlich?«, fragte er. »Alle Leute gegen sich aufzubringen?«

Ich lehnte mich zurück. »Woher, bitteschön, hätte ich denn wissen sollen, dass der Junge ihr Kind ist? Und überhaupt, sind Sie an allem schuld.«

»Ich?«

Ich nickte überdeutlich. »Natürlich. Wer sonst? Wenn Sie rechtzeitig gekommen wären, wäre das nicht passiert.«

Bevor er antworten konnte, meldete sich die automatische Ansage der Straßenbahn. »Nächste Haltestelle: Lesser-Ury-Weg«

Storm hob den Kopf und sah zum Fenster. »Wir sind bei der JVA. Wir müssen aussteigen.«

## 21

Der uniformierte Beamte kontrollierte unsere Ausweise. Zuerst den von Storm, dann meinen. Er tat dies gründlich und nahm sich Zeit.

Ich verhielt mich, wie sich jeder verhält, oder zumindest verhalten sollte, dessen Papiere von einer offiziellen Stelle geprüft werden: Ich gab mich gelangweilt, überzeugt, dass alles in Ordnung sei, und ein klein wenig ungeduldig. Die Angst, die in mir aufstieg, hielt ich mit eisernem Willen in Schach – wie ich es gelernt und unzählige Male zuvor gemacht hatte.

Das funktionierte. Jedenfalls, was den JVA-Mitarbeiter anging. Storm hingegen warf mir einen Blick von der Seite zu, der mich vermuten ließ, dass er mir meine Show nicht so ganz abkaufte. Vielleicht hegte er bereits einen Verdacht. Bestimmt tat er das. Dumm war er ja nicht. Und nach dem, was er auf dem Video der Bank gesehen hatte…

Der Beamte hinter Panzerglas gab uns die Pässe mithilfe der eigens dafür vorgesehenen Schleuse am

Tresen zurück. Ein Summer ertönte, und wir wurden ins Innere des Gebäudes vorgelassen.

Ein zweiter Angestellter führte uns wortlos zu einem Besprechungsraum. Bei jedem seiner Schritte klimperte der große Schlüsselbund, den er seitlich an der Hüfte trug.

Er öffnete die Tür, ließ uns eintreten und machte hinter uns wieder zu.

Karge Wände. Vergittertes Fenster. Gegenüber eine zweite Tür. Daneben eine weitere Mitarbeiterin der JVA mit verschränkten Armen vor der Brust. In der Mitte des Raumes ein Tisch mit vier Stühlen. Auf einem davon saß in betont lässiger Haltung ein vielleicht fünfundzwanzigjähriger Mann. Südländischer Typ, die Haare an den Seiten kurzgeschoren, der Rest länger und gegelt. Dreitagebart, T-Shirt. Seine eine Hand war bandagiert und lag auf dem Tisch, mit dem anderen Arm stützte er sich an der Rückenlehne ab. Auf seiner linken Gesichtshälfte, im Schläfenbereich, verlief ein blauroter striemenförmiger Bluterguss von vielleicht zehn Zentimetern bis hinauf zur Stirn und verschwand in seinem Haaransatz. Was auch immer ihn an der Stelle getroffen hatte, hatte ihn hart getroffen.

»Herr Demircan?«, begann Storm. »Mein Name ist Storm, ich bin Anwalt. Und das«, er wies auf mich, »ist meine Mitarbeiterin, Frau Groß. Ihre Schwester schickt uns.«

Demircans Ausdruck blieb desinteressiert mit einer deutlichen Spur von Arroganz, während er uns wie beiläufig musterte. »Ach. *Sie* sind das. Kybell hatte mir bei unserem letzten Telefonat schon angekündigt, dass sie jemanden engagieren will.«

»Bevor ich überhaupt tätig werden kann, müssen Sie mir das hier unterschreiben.« Storm zog ein Papier aus seiner Aktenmappe und legte es zusammen mit einem Kuli auf den Tisch.

»Was ist das?«, fragte Demircan. Vom Tonfall her, klangen seine Worte eher nach: *Geh mir nicht auf den Sack.*

»Eine Vollmacht«, erwiderte Storm völlig ungerührt. »Absolut notwendig. Sonst können wir uns über das Wetter unterhalten oder andere Belanglosigkeiten austauschen, aber wir dürfen nicht über den Tatvorwurf reden. Aus rechtlichen Gründen.« Er schaute mit einem Lächeln zur Schließerin. Die verzog zustimmend den Mund.

»Wenn Sie mein Mandant sind, können wir unser Gespräch unüberwacht fortsetzen.« Er holte ein zweites Dokument aus der Tasche. »Und nachdem Sie schon dabei sind, unterschreiben Sie das bitte auch. Das entbindet Ihren Pflichtverteidiger uns gegenüber von der Schweigepflicht und andersherum ebenfalls.«

»Papiere, Papiere«, spottete Demircan. »In Deutschland muss man alles unterschreiben. Ohne das geht hier überhaupt nichts.« Er packte den Stift und kritzelte schwungvoll und übergroß seine Signatur auf die Blätter.

Er senkte den Kuli, schubste ihn in unsere Richtung und sah uns abwartend an.

Storm nahm die Formulare an sich. Eines davon reichte er an die JVA-Mitarbeiterin weiter. »Mit sofortiger Wirkung vertrete ich Herrn Demircan. Sie können sich gerne eine Kopie für Ihre Unterlagen anfertigen. Das Original nehme ich nachher an der Pforte wieder mit. Wir machen jetzt ohne Überwachung weiter.«

Die Beamtin überflog das Dokument, nickte und ließ uns allein.

Storm und ich setzten uns gegenüber von Demircan.

»Gut«, sagte Kybells Bruder. »Jetzt holen Sie mich so schnell wie möglich raus.«

Storm deutete ein Lächeln an. »Das ist nicht ganz einfach. Wir werden unseres Bestes tun.«

»War ja klar.« Demircan schnaubte. »Erst ein Riesentamtam mit Unterschriften und oberwichtigem Getue. Und dann, sobald es konkret wird, nichts als heiße Luft. Zwei super Versager hat mir meine Schwester da angeschleppt!«

Der Typ legte es geradezu darauf an, die Fresse poliert zu kriegen.

»In Ihrer Situation kann man nicht gerade wählerisch sein«, stellte ich trocken fest.

Demircan öffnete den Mund, um etwas zu erwidern, und seine Antwort wäre bestimmt nicht nett ausgefallen. Storm kam ihm zuvor.

»Sie beteuern, Sie wären unschuldig. Wieso sollen wir das glauben?«, fragte er.

»Wieso?« Demircans Lider flackerten. »Weil ich es nicht getan habe. Punkt.«

»Hm«, machte Storm. »Sie wurden am Tatort gefunden. Sie hatten Brandverletzungen und eine Rauchvergiftung. Und, was am wichtigsten ist: Sie hatten ein Motiv.«

»Sie sind ganz schön am Arsch«, fasste ich zusammen.

Demircan schob seinen Stuhl geräuschvoll zurück und erhob sich. Er stierte mich an. »Das lasse ich mir nicht gefallen!«

»Mord«, sagte Storm milde. »Zumindest Totschlag. Kann lebenslänglich werden. Auf alle Fälle sind Ihnen viele Jahre in dieser Einrichtung sicher.«

»Mein anderer Anwalt boxt mich problemlos raus«, entgegnete Demircan verächtlich. »Der ist kein so großer Loser wie ihr zwei.«

Storm nickte. »Wenn Sie meinen … Ich glaube das nicht.« Er beugte sich vor. »*Ehrenmord*, Herr Demircan! Das mögen die Richter überhaupt nicht, weil das in der Öffentlichkeit gar nicht gut ankommt. Aber«, er wies zur Tür, »rufen Sie ruhig die Schließerin zurück. Gehen Sie. Ihre Entscheidung. Wir halten Sie nicht auf.«

Demircans Brustkorb hob und senkte sich. Er atmete hörbar aus. Nach einer Weile setzte er sich wieder auf seinen Platz.

»Gut«, sagte Storm. »Das wäre also geklärt.«

»Kybell hat uns versichert, Sie hätten nichts mit der Brandstiftung zu tun«, übernahm ich.

Er sah mich vorwurfsvoll an. »Niemals würde ich etwas tun, was meine Schwester in Gefahr bringt.«

»Okay.« Ich nickte. »Bei Florian, Kybells Freund, war das schon anders, oder?«

»Florian?« Er vollführte eine fahrige Handbewegung. »Der ist mir egal.« Er senkte die Lider. »Florian geht nur Kybell etwas an.«

»Aber andere Mitglieder Ihrer Familie haben eine andere Meinung«, sagte Storm.

Demircan seufzte. »Wir sind eine türkische Großfamilie.« Er schaute Storm direkt an. »Tradition. Sie verstehen?«

»Nein«, sagte Storm. »Erklären Sie mir das.«

Demircan biss sich auf die Lippe. Sein Blick irrte durch den Raum. »Kybell war immer sehr unabhängig. Sie will leben, wie es ihr gefällt. Das mögen einige aus meiner Familie nicht. Vor allem nicht die Alten.«

»Wen genau meinen Sie mit den *Alten*?«, hakte ich nach.

»Komm schon!«, sagte er zu mir. »Das ist meine Familie!«

»Das bringt uns nicht weiter«, stellte Storm fest. »Wenn Sie als Täter ausscheiden, müssen wir der Polizei jemand anderen liefern. Den wahren Täter.«

Demircan blieb stumm.

»Wir brauchen einen Namen«, drängte Storm.

»Ich habe aber keinen!«

Das klang in meinen Ohren ehrlich.

Wir schwiegen.

»Sie könnten uns erzählen, warum Sie an dem Tag, an dem der Brand ausbrach, überhaupt bei Ihrer Schwester waren«, sagte ich.

Demircan überlegte kurz, dann nickte er. »Wenn ich Zeit habe, besuche ich Kybell. Ziemlich oft und ziemlich regelmäßig. Weil sie doch mit dem Rest der Familie keinen Kontakt mehr hat. Damit sie nicht ganz alleine ist.« Er sah von mir zu Storm und wieder zurück. »Ich arbeite als Taxifahrer und habe Schichten. Und wenn ich frei habe und Kybell auch, dann komme ich bei ihr vorbei.«

»Das hatten Sie an diesem Tag auch vor?«, fragte Storm.

»Ja.«

»Und? Wie lief das ab?«

»Na ja. Ich bin hingefahren und wollte hinten auf den Parkplatz.«

»Sie haben einen eigenen Parkplatz bei Kybell?«, vergewisserte ich mich.

»Nicht ich. Hinten im Hof. Ein Stellplatz. Der ist an Kybell vermietet, aber sie hat ihren Fiat verkauft. Und wenn ich sie besuche, parke ich dort. Ist ganz praktisch.«

»Sie haben also Ihren Wagen auf dem Hof abgestellt?«, fragte Storm.

Demircan hob abwehrend eine Hand. »Das wollte ich, aber es ging nicht.«

»Warum?«

»Kybells Stellfläche war belegt.«

»Und dann?«

»Dann bin ich durch die Straßen gekurvt und habe nach einem anderen Parkplatz gesucht. Ist nicht so einfach, wo sie wohnt … Gewohnt hat…« Er atmete tief ein. Wesentlich leiser fuhr er fort. »Ich hatte aber kein Glück, also bin ich wieder zurück, weil ich dachte, vielleicht ist im Hof jetzt frei.« Er schluckte. »Und ich komme da hin und alles ist voller Rauch…« Er brach ab.

»Was ist dann passiert?«, fragte ich.

»Ich habe das Auto einfach auf der Straße gelassen. Ich bin ins Haus gerannt. Innen war auch alles voller Qualm. Ich bin die Stufen hoch. Zu Kybell. Aber die Treppe hat schon lichterloh gebrannt. Irgendwas hat mich am Kopf getroffen.« Seine Hand fasste unbewusst an den Bluterguss. »Ich bin gestürzt und wohl ohnmächtig geworden…« Er holte tief Luft. »Ich bin erst wieder aufgewacht, als mich die Feuerwehr rausgetragen hat. Ich kann mich nur wie im Nebel daran erinnern.«

»Haben Sie im Gebäude jemanden gesehen?«

»Nein. Nur die Flammen.«

»Was hat Sie am Kopf getroffen? Wissen Sie das?«

Er zuckte mit den Schultern. »Keine Ahnung. Vermutlich ist Holz vom brennenden Treppenhaus abgebrochen und heruntergefallen.«

»Als Sie an dem Tag das erste Mal beim Wohnhaus Ihrer Schwester ankamen, war da vielleicht irgendetwas Auffälliges? Irgendetwas, das anders war als sonst?«

Demircan dachte nach. »Nein. Gar nichts.«

»Okay«, erwiderte Storm. »Oder auch nicht okay. Ganz ehrlich? Das wird schwierig.«

»Glauben Sie, das weiß ich nicht?« Für einen Moment ließ Demircan seine coole Maske fallen, und ich erkannte pure Verzweiflung.

»Gibt es Leute, die bezeugen können, wie gut das Verhältnis zwischen Ihnen und Kybell ist?«, erkundigte ich mich.

»Reicht es denn nicht, wenn es meine Schwester bestätigt?«, brauste er auf. »Sie glauben uns beiden nicht?«

»Ihre Schwester könnte voreingenommen sein«, erklärte Storm. »Oder die Familie beeinflusst sie, bedroht sie, setzt sie unter Druck. Sie sagten vorhin ja selbst: Tradition…« Er hielt inne. »Wir brauchen die Aussage von Dritten. Von Außenstehenden, die nicht mit Ihnen verwandt sind und mit Ihrer Familie möglichst wenig zu tun haben. Leumundszeugen.«

Demircan runzelte die Stirn. »Wenn ich mit dem Taxi in der Nähe war und das Geschäft lief nicht, habe ich Pause gemacht und Kybell bei ihrer Arbeit besucht. Die Leute im Silberdollar können das bestätigen.«

»Dann machen wir da weiter«, sagte Storm.

Demircan sah ihn ungläubig an. »Das war's? Mehr können Sie nicht tun?«

»Momentan nicht.« Storm erhob sich, und ich stand ebenfalls auf.

»Scheiße!« fluchte Demircan.

Storm drückte den Klingelknopf, um die JVA-Mitarbeiter zu verständigen. »Wenn Ihnen noch etwas einfällt, kommen wir wieder.«

# 22

Haltestelle Spenerstraße. Wir warteten auf den Bus.

Storm stand vor den ausgehängten Fahrplänen. »Die 245 kommt in sechs Minuten.«

»Ist doch okay«, sagte ich.

»Mit einem eigenen Auto könnten wir gleich los.«

Ich dachte an den Wagen, den er im Hinterhof mühsam und liebevoll restauriert hatte, um ihn anschließend zu Schrott zu verarbeiten. Ich warf ihm einen Blick zu. Seinem Gesichtsausdruck nach zu urteilen, gingen seine Gedanken in eine ähnliche Richtung wie meine.

»Ach«, sagte ich leichthin. »Wir machen ohnehin nur den einen Fall zusammen. Da werden wir auch so zurechtkommen.«

»Hm.« Er vermied den Augenkontakt mit mir.

»Außerdem«, beeilte ich mich fortzufahren, »würde uns das Auto nicht viel nützen.«

»Warum?« Er sah auf.

»Na, das ist doch klar: Wegen der elenden Park-platzsuche. Letztendlich würden wir ein Übel gegen ein anderes eintauschen. Statt an der Haltestelle zu stehen, würden wir sinnlos im Auto herumkurven und nach einer Parklücke Ausschau halten.«

»Wie es uns gerade unser frischgebackener Mandant geschildert hat.«

»Ganz genau. Wenn Demircan früher bei seiner Schwester gewesen wäre, vielleicht…«, ich zuckte mit den Schultern, »hätte er den Brand sogar verhindern können.«

»Zumindest hätte er ihren Partner vermutlich war-nen und damit retten können.«

»Wer weiß«, sagte ich.

Mein Handy klingelte. Ich kramte es aus der Ta-sche und nahm das Gespräch an.

»Frau Groß?«, meldete sich eine junge Stimme.

»Ja.«

»Hier ist Frau Kaluza von der VHS. Hätten Sie ei-nen Moment Zeit?«

Ich machte Storm ein Zeichen und entfernte mich einige Schritte. »Hallo, Frau Kaluza, was kann ich für Sie tun?«

»Sie leiten doch den Kurs *Zeichnen lernen* für uns. Nummer neunzehn Schrägstrich fünfunddreißig im Vorlesungsverzeichnis.«

»Richtig.«

»Ich hatte vorhin eine telefonische Anfrage wegen Ihres Diploms.«

»Das von der Kunsthochschule Dresden?«

»Ja.«

»Und was ist mit dem Diplom?«

»Das Polizeipräsidium hätte gerne eine Kopie da-von.«

Ich hatte das Gefühl, der Boden würde sich unter meinen Füßen auftun. Ich schluckte. »Warum, bitte, wenn ich fragen darf, wollen die das Diplom sehen?«

Zögern auf der anderen Seite. »Das haben sie mir nicht gesagt. Und wenn ich ehrlich bin, habe ich vergessen, danach zu fragen.«

»Ach ja?«,

»Aber ich habe der Dame von der Polizei erklärt, dass ich ohne Ihr Einverständnis das Dokument nicht einfach so herausgeben kann. Datenschutz«, sprach sie hastig weiter. »Meine Chefin meinte, ich solle Sie informieren und fragen, ob ich das Dokument weitergeben darf.« Pause, und sie fügte an: »Sie haben doch nichts dagegen, oder?«

Tausende Alarmglocken begannen in meinem Kopf zu schrillen. »Nein. Warum sollte ich etwas dagegen haben?«, hörte ich mich wie aus der Ferne antworten.

»Gut. Dann scanne ich unsere Kopie, die wir in den Unterlagen haben, ein, und maile sie der Polizistin zu.«

Ich zwang mich zur Ruhe. »Diese Polizistin. Hat die auch einen Namen?«

»Sicher. Warten Sie.« Das Rascheln von Papier. »Fleischmann. Kommissarin Pardis Fleischmann.«

»Prima«, sagte ich knapp. »Senden Sie das Dokument ruhig an Frau Fleischmann.«

Ich verabschiedete mich und beendete das Gespräch.

Diese Fleischmann war mir auf der Spur. Sie musste sofort nach unserem Gespräch von heute Vormittag damit angefangen haben, in meiner Vergangenheit herumzuwühlen. Und über kurz oder lang würde sie etwas finden. Etwas, das…

»Der Bus kommt«, sagte Storm.
Gemeinsam stiegen wir ein.

## 23

Ich saß im Schneidersitz in meinem Atelier. Ich hatte auf mein halbfertiges Bild gestarrt. Lange und unbeweglich. Irgendwann hatten sich die Farben aufgelöst, die Wände des Zimmers waren verschwunden, und nur ich selbst blieb zurück.

Nichts drang zu mir durch. Meine Gedanken hörten auf zu existieren. Ruhe und Entschlossenheit erfüllten mich.

Ich wartete.

Ein Pochen. Irgendwoher. Es ging mich nichts an. Ich hatte eine Aufgabe zu erledigen. Sonst nichts.

Wieder dieses Pochen. Ich wehrte mich dagegen, aber ich kehrte in die Realität zurück, nahm die Zeichnung auf der Leinwand wieder bewusst wahr, meine Pinsel, die Farbtuben und meine Palette.

Daneben lagen schwarze Handschuhe aus Leder.

Erneut das Klopfen an meiner Tür. Ich blickte auf die Uhr. Kurz vor zehn. Draußen war die Nacht bereits hereingebrochen.

Ich erhob mich, ging durch die unbeleuchtete Wohnung und öffnete.

Frau Scuderi. Sie lächelte mich an, ihr Blick glitt an mir herunter – über mein schwarzes Hemd, meine schwarze Jeans bis zu meinen dunklen Schuhen.

»Habe ich Sie gestört?«, fragte sie.

»Nein.« Ich schüttelte den Kopf. »Was gibt's?«

»Könnten Sie uns unten wohl mal helfen?«

»Wobei?«

Sie lächelte entschuldigend. »Das Auto. Maximilians Auto muss wieder in den Schuppen. Aber er schafft das nicht alleine.«

Ich runzelte die Stirn. »Und warum fragen *Sie* mich und nicht *er*?«

Ihr Lächeln wurde schelmisch. »Sie wissen doch: Männer.«

»Gut. Ich komme mit.«

Sorgfältig sperrte ich hinter uns zu. Wortlos liefen wir nebeneinander die Treppe hinunter.

Im Durchgang zum zweiten Hinterhof roch es nach brennender Holzkohle. Irgendwo wurde gegrillt.

Storm machte sich am arg ramponierten Wagen zu schaffen. Er hatte sich durch das Fenster an der Fahrerseite nach innen gebeugt, ein Arm am Lenker. Mit dem anderen versuchte er, das Auto zu schieben. Offensichtlich klemmte irgendetwas. Er konnte den Mercedes nicht alleine bewegen. Ich ging zur anderen Seite, stemmte mich gegen den Rahmen. Metall quietschte protestierend, und dann rollte das Wrack in den Schuppen hinein.

»Danke«, sagte er zu mir, während wir uns aufrichteten.

»Kein Problem«, gab ich zurück.

Wir traten ins Freie.

Um den alten Gartentisch bei der ausrangierten Badewanne hatte jemand dicke Kerzen am Boden verteilt und angezündet. Die gelblichen Flammen erzeugten ein warmes Licht, das sich flackernd auf die Wände ringsum legte. Der Deckel des rostigen Kugelgrills war geöffnet und gab den Blick auf rotglühende Kohle frei. Daher der Geruch, der mir vorhin in die Nase gestiegen war.

Frau Scuderi hielt eine Schüssel in der Hand, holte mit einer Gabel etwas heraus und legte es auf den Rost. »Ich dachte, es ist an der Zeit, den Grill in Betrieb zu nehmen«, sagte sie dabei.

»Schön. Viel Spaß noch!« Ich wandte mich zum Gehen.

»Ja. Genau«, sagte Storm. »Dann will ich auch nicht länger stören.« Er machte ebenfalls Anstalten, in seine Wohnung zurückzukehren.

»Eigentlich habe ich genug für uns alle«, sagte Frau Scuderi.

Storm blieb stehen, und ich wusste plötzlich nicht mehr, was ich tun sollte. Ich wies über meine Schulter. »Ich wollte noch…«, begann ich.

»Haben Sie etwas vor?«, unterbrach mich Frau Scuderi. Im Schein der Glut konnte ich erkennen, dass sie mich aufmerksam musterte. »Es ist doch schon nach zehn.«

»Nein«, sagte ich lahm. »Ich habe natürlich nichts mehr vor.«

»Na also! Und du, Maximilian?«

Storm steckte die Hände in die rückwärtigen Hosentaschen. Sein Anzug war verschwunden, er hatte ihn gegen Jeans und T-Shirt eingetauscht. »Das ist nett von dir, aber ich habe mir vorhin schon ein Brot gemacht.«

»Ein solch großer Kerl wie du«, sagte Frau Scuderi, »kann ruhig zweimal zu Abend essen.«

Schritte näherten sich aus dem Durchgang.

»Wo ist die Party?«, rief uns Dr. Wuttke bester Laune zu, während er in den Hinterhof trat. Er hob den rechten Arm. In einer Papiertragetasche klirrte Glas.

Ich blickte zu Frau Scuderi. Sie hatte das geplant, das war keine spontane Sache. Sie lächelte mich an und hob entschuldigend die Schultern.

»Können wir helfen?«, fragte Storm.

»Nein, nein. Setzt euch nur hin.« Sie wies auf die wackeligen, uralten Gartenstühle. Vorsichtig ließ ich mich nieder, aus Angst, mein Stuhl könnte unter mir zusammenkrachen. Er gab einen rostigen Laut von sich, aber er hielt.

Storm und Dr. Wuttke nahmen ebenfalls Platz, und Wuttke versorgte uns mit den Bierflaschen, die er aus der mitgebrachten Einkaufstüte zog. Sogar an einen Öffner hatte er gedacht.

Frau Scuderi stellte vor jeden von uns einen Teller auf den Gartentisch. Sie deutete auf eine zugedeckte Schüssel, die in der Mitte zwischen uns stand. »Selbstgemachter Kartoffelsalat. Bedient euch.«

Der Duft von gegrilltem Fleisch erfüllte die Luft. Ich schnupperte. »Ich hätte von Ihnen alles Mögliche erwartet, aber keine...«, ich reckte den Hals. »Was ist das? Bratwürstchen?«

Frau Scuderi lachte, während sie am Grill hantierte. »Ich kann meine Wurzeln eben nicht verleugnen. Zwar habe ich so ziemlich die ganze Welt gesehen.« Sie drehte sich zu uns herum und hob die Gabel zur Bestätigung ihrer Worte in die Höhe. »Leute, da waren wirklich interessante Orte dabei! Aber ich bin nun mal in Bayern geboren und aufgewachsen.«

»Und die Bayern«, fügte Wuttke hinzu, »essen den ganzen Tag nichts anderes als Bratwürstchen und Kartoffelsalat.« Er klatschte sich eine ordentliche Portion davon auf den Teller.

»Dazu trinken sie Bier«, sagte Storm.

Frau Scuderi lachte erneut. Ich hatte sie bislang noch nie derartig gelöst erlebt. Sie kam mit einer Schüssel an unseren Tisch und stellte sie neben den Kartoffelsalat. »Bitteschön!«, sagte sie. »Und hört nicht auf Hans. Bayern essen nicht nur Bratwürstchen. Das ist ein Klischee. Aber ich hatte mal wieder richtig Lust darauf, also habe ich welche aufgetaut. Und Kartoffeln hatte ich sowieso im Haus.«

Wir bedienten uns.

Ich merkte, wie hungrig ich war. Ich hatte den ganzen Tag über nur ein kleines Frühstück gehabt, und das war viele Stunden her.

»Lecker«, sagte Wuttke kauend.

»Der Salat ist ein Rezept meiner Mutter«, erklärte Frau Scuderi. »Ich war überzeugt davon, ich hätte längst vergessen, wie man ihn macht. Aber als ich angefangen habe, kam die Erinnerung zurück.«

Storm hob seine Bierflasche, und wir prosteten uns zu. Über uns, in dem kleinen, zwischen den Gebäuden sichtbaren Ausschnitt des Himmels, funkelten ein paar Sterne. Die Blätter des großen Nussbaums gaben ein leises Rauschen von sich, wenn der laue Wind über sie strich.

»Wie war euer Tag heute?«, fragte Frau Scuderi.

»Interessant«, meinte Storm einsilbig, und steckte sich das nächste Stück Bratwurst in den Mund.

»Der Bruder eurer Mandantin, ist er kooperativ?«, fragte sie weiter.

Storm hob einen Finger in die Höhe, um zu signalisieren, dass er gleich antworten würde, wenn er heruntergeschluckt hätte.

Ich übernahm für ihn. »Kybells Bruder ist ein ziemliches Arschloch.«

Dr. Wuttke lachte laut auf. »Und denkt ihr, er war's?«

Storm sah mich für einen Moment an. Ich schüttelte den Kopf, und er sagte: »Eigentlich nicht. Aber er weiß definitiv mehr, als er preisgibt.«

»Kennt er den Täter?« Wuttke beugte sich interessiert vor.

Ich zuckte mit den Schultern. »Keine Ahnung. Jedenfalls hält er Infos zurück – wie übrigens auch seine Schwester.«

»Ja. Das stimmt«, pflichtete mir Storm bei. »Beide sind nicht offen und auch nicht ganz ehrlich zu uns.«

»Ihr werdet der Sache schon auf den Grund gehen.« Frau Scuderi reichte jedem von uns noch eine Bratwurst. »Und wie lief es heute früh bei der Polizei, Frau Groß?«

Für einen winzigen Moment hatte ich es vergessen. Für einen winzigen Moment hatte ich nicht mehr daran gedacht, was ich in dieser Nacht noch tun musste. Das Essen in meinem Mund verlor seinen Geschmack.

»Du meinst die Anhörung von Frau Groß?«, vergewisserte sich Storm.

»Genau«, Frau Scuderi nickte. Sie stockte kurz und sah von Storm zu mir und wieder zurück: »Ihr seid doch junge Leute, warum siezt ihr euch eigentlich noch? Frau Groß, Herr Storm … das klingt total zugeknöpft. In eurem Alter waren wir in dieser Beziehung wesentlich lockerer.«

»Nicht nur in der«, ergänzte Wuttke grinsend.

Ich hatte die letzten Sätze nur wie durch einen Schleier wahrgenommen. Einen grauen Schleier aus Kälte.

»Also gut«, hörte ich Storm sagen. »Frau Groß? Ich meine, Helena?« Er hielt mir seine Flasche entgegen.

Automatisch stieß ich mit ihm an. »Maximilian?«, sagte ich.

»Du hast uns aber immer noch nicht erzählt, wie es heute früh bei der Polizei gelaufen ist«, nahm Frau Scuderi den Faden wieder auf.

»Ach ja.« Maximilian atmete hörbar aus. »Ich kam leider zu spät. Ich hatte noch etwas zu erledigen.«

»Oh.« Frau Scuderi blickte ihn wissend an.

»Die Kommissarin, Frau Fleischmann, nimmt das irgendwie persönlich mit Helena«, fuhr Maximilian schnell fort.

»Das ist ein Problem?«, fragte Frau Scuderi.

»Und ob das ein Problem sein kann! Ein sehr großes sogar!«, warf Wuttke trocken ein.

Frau Scuderis Blick fiel auf mich. »Ist es wirklich so schlimm?«

Ich ließ mir mit der Antwort Zeit.

»Nicht unbedingt«, sagte ich schließlich.

## 24

Ein Uhr nachts.

Vor rund einer Stunde hatten wir den Hinterhof verlassen. Jeder war in seine Wohnung zurückgekehrt. Trotzdem gab es noch ein paar Geräusche im Haus. Wasser lief. Schritte im Gang in der Etage unter mir und im Treppenhaus. Nach und nach kehrte Stille ein.

Ich erhob mich von meinem Platz im Atelier, verließ mein Appartement, stieg die Stufen leise hinunter und stand schließlich auf der Straße.

Mein Ziel war circa acht Kilometer entfernt. Es lag im Bayerischen Viertel, Tempelhof-Schöneberg.

An Werktagen fuhren Busse und Straßenbahn nachts sporadischer. Zudem wurden sie gelegentlich videoüberwacht – nichts für mich. Jedenfalls nicht jetzt. Ich lief zügig, nicht zu schnell und nicht zu langsam, den Blick gesenkt, um keine Aufmerksamkeit auf mich zu lenken. Wenn mir Passanten entgegenkamen, wechselte ich, wenn möglich, die Straßenseite, oder blieb stehen und blickte angestrengt in ein Schaufenster.

Ich brauchte eineinhalb Stunden.

Die Umgebung hatte sich verändert. Keine endlosen Reihen aneinandergebauter Häuser mehr, dafür Wohngebäude für Familien – sogar mit dem Luxus kleiner Grünflächen.

Ich fand die Hausnummer zweiunddreißig auf Anhieb. Im Vorbeigehen warf ich einen Blick auf die Klingelanlage: Pardis Fleischmann wohnte im dritten Stock rechts.

Ich umrundete das Apartmenthaus. Auf der Rückseite befanden sich Balkone. Verzinkte Stahlkonstruktionen – nachträglich angebracht. Perfekt. Ich zog die Lederhandschuhe über.

Ich kletterte auf den ersten Balkon, stellte mich auf dessen Brüstung, sprang nach oben und bekam die unterste Stange des darüberliegenden Balkons zu fassen. Ich schwang zweimal hin und her, mein Fuß hakte sich im Zwischenraum zwischen der Stange und dem Boden ein und ich zog mich hoch.

Ein Kinderspiel für mich. Das übte ich jede Woche mehrmals beim Bouldern.

Der zweite Balkon…

Der dritte Balkon…

Hier lebte sie.

Lautlos kam ich auf den Fliesen auf. Eine Sitzgarnitur aus Eukalyptusholz. Zwei weitere Stühle, noch zusammengeklappt, an der Wand. Ein paar Geranienkästen, eine Palme und ein Vogelhäuschen.

Die Balkontür war gekippt – kein Wunder bei der Hitze. Ich griff hinein, entriegelte sie. Das dauerte keine Minute.

Ich gelangte ins Wohnzimmer der Kommissarin. Alles dunkel, alles still. Lediglich das Standby-Lämpchen des Fernsehers leuchtete rot. Ein bequemes Ecksofa mit Récamiere. Ein Beistelltisch. Die übliche Wohnwand.

Ein offener Durchgang führte mich in die Küche. Ebenfalls dunkel bis auf das Licht der digitalen Uhr am Herd. *2:47* zeigte das Display.

Meine Augen hatten sich mittlerweile an die Dunkelheit gewöhnt. Ich entdeckte einen Messerblock auf der Arbeitsfläche. Ich wählte das Tranchiermesser. Es lag gut in der Hand.

Ich verließ die Küche, gelangte in den Flur. Hinter der nächsten Tür musste sich das Bad befinden – wegen der Wasseranschlüsse. Es folgten zwei weitere Räume und der Eingang.

Die eine Tür war mit gemalten Bildern beklebt. Das Kinderzimmer. Blieb noch eine Tür übrig. Ich langte an die Klinke und drücke sie behutsam nach unten.

Ein Doppelbett, auf dem nur eine Decke und ein Kissen lagen. Keine Atemgeräusche. Ich trat näher, hob die zerwühlte Decke an. Leer.

Was hatte das zu bedeuten?

Erste Möglichkeit: Sie war nicht so unerfahren, wie sie aussah. Sie wusste, dass ich kommen würde, hatte sich irgendwo versteckt und wartete darauf, mir eine Kugel zu verpassen ... Nein, höchst unwahrscheinlich.

Zweite Möglichkeit: Sie war im Bad. Auch unwahrscheinlich. Ich hätte das unter der Tür durchscheinende Licht sehen müssen. Niemand geht im Dunkeln auf die Toilette.

Was dann?

Sie war bei ihrem Sohn.

Ich kehrte in den Flur zurück. Die Tür zum Kinderzimmer stand einen Spaltbreit offen. Ich stupste sie vorsichtig nach innen. Sie gab ein leises Knarzen von sich. Nicht laut genug, um jemanden zu wecken.

Im Raum brannte ein kleines Nachtlicht in der Steckdose. Ein Regal, vollgestopft mit Spielzeug. Ein Schrank, ein Schreibtisch. Ein schmales Bett, in dem ich die Umrisse eines schlafenden Kindes erkennen konnte.

Die Kommissarin saß in einem Schaukelstuhl vor dem Bett. Ihr Kopf war zur Seite gesunken. In ihrem Schoß lag ein Buch.

Offenbar hatte sie dem Jungen vorgelesen. Und als er eingeschlafen war, hatte sie das große Licht gelöscht und war noch eine Weile sitzen geblieben. Dabei war sie selbst eingenickt.

Ich stellte mich hinter sie. Sie atmete tief und fest.

Keine Falle. Ich konnte das tun, weshalb ich gekommen war.

Ich brachte die Klinge des Tranchiermessers bis knapp vor ihrem Hals in Position. Meine linke Hand bereitete sich darauf vor, ihren Schopf zu fassen. Ein Ruck nach hinten, ein sauberer, tiefer Schnitt durch die Kehle. Von links nach rechts. Sie würde tot sein, bevor sie aufwachte. Und auch der Junge würde nichts merken. Zunächst. Bis zum Morgen...

Ich verdrängte den Gedanken.

Meine Finger umschlossen den Griff des Messers – fest, aber nicht verkrampft. Ich holte tief Luft und ließ sie sanft wieder ausströmen...

Der Junge bewegte sich im Schlaf. Er strampelte seine Decke herunter. Vermutlich war ihm zu warm.

Draußen musste wohl eine Wolke gewandert sein, die den Mond verhüllt hatte. Augenblicklich ergoss sich silbriges Licht in das Zimmer. Es fiel auf das Gesicht des Jungen.

Darius, hieß er. Ich hatte mit ihm gemalt. Eine Taube. Er hatte mir das Bild geschenkt. Und seine Mutter saß vor mir und schlief ... Wie beneidete ich sie! Sie konnte ihr Kind heranwachsen sehen. Sie konnte ihm nachts Geschichten erzählen. Seine Zeichnungen aufhängen…

Erneut holte ich Luft – langsam, wie ich es gelernt hatte. Doch die Gedanken wollten nicht weichen. Die Gedanken an mein eigenes Kind, an mein ungeborenes Kind. Das in mir gestorben war, damals, als Gruber…

Meine Hand zitterte. Ich versuchte, mich zu zwingen. Ich versuchte, mich zu überwinden. Ein Schnitt, ganz einfach. Ganz schnell. Und dann wieder weg.

Ich schaffte es nicht.

Ich ließ die Klinge sinken, entfernte mich rückwärtsgehend aus dem Zimmer.

Das Tranchiermesser steckte ich an seine gewohnte Stelle zurück. Niemand würde merken, dass ich jemals dagewesen war.

Aber was bedeutete das für mich? Die Kommissarin würde keine Ruhe geben. Über kurz oder lang würde sie aufdecken, dass ich nicht die war, für die ich mich ausgab. Sie würde meiner Vergangenheit auf die Spur kommen. Gruber würde mich finden. Dann war ich verloren.

Und alles nur, weil ich nicht die Stärke aufbringen konnte, einen simplen Einsatz durchzuführen.

# 25

Mit geöffneten Augen lag ich auf dem Rücken in meinem Bett. Hatte ich überhaupt geschlafen? Ich konnte es nicht sagen.

Draußen begann allmählich ein neuer Tag. Eine graue, durchsichtige Helligkeit nahm schleichend von meinem Zimmer Besitz. Der Putz an der Decke über mir war mit zahlreichen Rissen durchzogen – manche ausgeprägter, manche feiner, ein schier endloses Gewirr, wie die Adern eines Lebewesens.

Wieso war ich hier gelandet, an diesem Ort, in dieser Situation? Weil ich schwach war.

Ich war schon damals schwach gewesen. Denn schwach ist, wer Gefühle hat und ihnen nachgibt.

Soweit ich zurückdenken konnte, hatte es uns drei gegeben: Andrej, Sascha und mich. Ein unzertrennliches Team – schon als kleine Kinder in der Ausbildungseinrichtung, in der uns Gruber trainierte. Immer hatten wir uns gegenseitig unterstützt und geholfen. Daran hatte sich auch später im Einsatz nichts geändert.

Doch irgendwann hatte Sascha angefangen, mehr für mich zu empfinden. Das war absolut falsch, das wussten wir. Es gefährdete nicht nur unsere Aufträge und unsere Effizienz, sondern unser Leben und das unserer Kameraden. Sex war bedeutungslos, jederzeit erlaubt, mit wem auch immer. Aber keine Liebe.

Ich holte tief Luft und strich mir die Haare nach hinten.

Die Beziehung zu Sascha nahm zunächst unbemerkt, dann immer deutlicher, die verbotene Richtung. Lange hatte ich mir das nicht eingestanden, hatte angenommen, es sei nur der Sex, der mit ihm besonders viel Spaß machte.

Und dann wurde ich schwanger. Das veränderte alles – in mir und auch bei Sascha. Plötzlich wollte er aufhören. Und ich … ich wollte es auch. Gruber hätte mir nie erlaubt, das Kind zu behalten. Wie auch? Wo hätte es aufwachsen sollen?

Aus mir unerklärlichen Gründen kam eine Abtreibung für mich nicht in Frage. Das war *mein* Kind und ich würde es behalten und beschützen. Um jeden Preis.

Für Sascha und mich stand fest: Wir mussten weg.

Andrej gehörte zu uns. Er war unser Bruder. Wir weihten ihn ein. Anfangs reagierte er geschockt, dann skeptisch. Als ihm jedoch bewusst wurde, dass es Sascha und mir bitterernst war, stimmte er zu.

Wir entschieden uns, zu dritt abzuhauen.

Doch Sascha…

Ich veränderte meine Liegeposition, rückte mir das Kissen zurecht.

Sascha wollte nicht einfach nur untertauchen, sondern er wollte eine Zukunft. Und da kam das Geld ins Spiel. Viel Geld.

Wir bereiteten uns auf den letzten Einsatz vor. Unsere Auftraggeber waren Drogenbarone aus dem Iran. Wir mussten dafür Sorge tragen, dass eine große Summe sicher von A nach B kam. Dollars, lauter neue Scheine. Absolut echt, nicht gelistet. Fünfzehn Millionen.

Ich hatte Sascha gewarnt. *Auf gar keinen Fall*, hatte ich gesagt. Gruber würde uns vielleicht verzeihen, wenn wir einfach so gehen würden. Betonung auf *vielleicht*. Aber fünfzehn Millionen – das würde er niemals auf sich beruhen lassen.

Doch Sascha und Andrej sahen das anders. Fünfzehn Millionen durch drei. Fünf Millionen für jeden von uns. Das klang einfach zu gut. Die Versuchung war zu groß.

Wie hatte ich nur so naiv sein können zu glauben, wir hätten eine Chance?

Mein Mund verzog sich zu einem bitteren Lächeln.

Zwei Tage; länger brauchte Gruber nicht, um uns in einen Hinterhalt zu locken. Sascha starb – keinen leichten Tod. Andrej und ich entkamen nur um Haaresbreite. Aber zuvor tötete Gruber mein Baby. Er trat mir in den Bauch, und ich erlitt eine Fehlgeburt.

Ich blickte zum Fenster. Eine Fliege hatte sich zu mir verirrt. Laut summend flog sie immer wieder gegen die verkratzte Scheibe.

Gruber war noch da draußen. Er war noch immer hinter Andrej und mir her. Er würde erst aufhören, wenn wir beide tot waren.

Was hatte ich aus all dem gelernt? Nichts.

Letzte Nacht hatte ich mich wieder einmal von meinen Emotionen leiten lassen. Die Kommissarin war noch am Leben. Es war nur eine Frage der Zeit, bis sie meine Tarnidentität auffliegen lassen würde.

Wie sollte es jetzt weitergehen?

Mir blieb nur eine Option: Ich würde diesen Fall mit Maximilian abschließen, um niemanden argwöhnisch zu machen. Und das schnell. Dann würde ich ein weiteres Mal untertauchen. Ich würde mir eine neue Identität zulegen und in einer anderen Großstadt unsichtbar werden.

# 26
## FLUGHAFEN DANZIG

Gruber betrachtete das goldgerahmte Ölgemälde: Eine futuristisch anmutende Rakete stieg mit brennenden Triebwerken senkrecht in einen schwarzen Nachthimmel. Einzelne Sterne glänzten, und die Scheibe des Mondes war zu sehen.

*Was für ein Kitsch*, dachte er.

Hinter ihm erklang ein Geräusch. Er wandte sich um. Die Tür am Ende des Raumes öffnete sich, und ein vielleicht sechzigjähriger Mann kam herein. Helle Hose, blütenweißes Hemd, ein blaues Tuch locker um den Hals gebunden. In der Hand trug er eine Luger.

Der Mann setzte sich hinter den großen Schreibtisch, der das Arbeitszimmer dominierte. Nur die bullaugenartigen Fenster und die gewölbten Außenwände erinnerten daran, dass sich der Raum in einem Flugzeug befand.

Der Mann legte die Pistole auf die glänzende Tischplatte aus Mahagoni. Mit dem Zeigefinger drehte er sie in Position, sodass ihr Griff zu Gruber zeigte.

Der blieb stehen. »Hallo, Nikitin.« Er tippte gegen den Rahmen des Bildes. »Beeindruckendes Gemälde.«

Der Mann lehnte sich zurück. »Immer, wenn ich an meinem Schreibtisch sitze und arbeite, sehe ich es.«

»Wie weit bist du mit deinem Projekt?«

»Mit dem ersten kommerziellen Flug zum Mond?«

»Wenn es das ist, was du planst?«

Nikitins Augen begannen zu leuchten. »Noch fünf Jahre. Höchstens. Vielleicht weniger. Dann bringe ich die ersten Menschen mit meinem eigenen Raumschiff zum Mond.«

»Klingt nach einem teuren Spaß«, bemerkte Gruber. Er trat zum Schreibtisch, griff sich seine Luger, schlug die Jacke zurück und steckte sie ins Schulterholster.

»Die ersten Plätze werden zwischen hundert- und hundertfünfzig Millionen kosten.«

Gruber zog die Augenbrauen hoch. »Hast du schon welche verkauft?«

Nikitin wartete, bis Gruber sein Sakko wieder gerichtet hatte. »Die Leute stehen Schlange«, erwiderte er betont beiläufig. »Ich werde Geschichte schreiben. Die kommerzielle Erschließung des Weltraums wird mit mir beginnen. Mit meinem Namen. Nikitin Orlow. Zuerst die Mondflüge, dann eine Mondkolonie. Und von da an, die Eroberung des Alls.«

Gruber zog sich einen Stuhl heran und nahm beim Schreibtisch gegenüber von Nikitin Platz. »Träume«, sagte er und lächelte. »Sollte jeder haben.«

»Ich weiß, das kannst du nicht verstehen.«

»Ich bin da etwas einfacher gestrickt. Ich brauche nicht viel.« Gruber klopfte auf den Stoff, der seine Waffe verbarg. »Wie geht's deinem Krebs?«

Das Lächeln auf Nikitins Gesicht fror ein. »Die Behandlung schlägt an. Die Ärzte sind zuversichtlich.«

»Wie lange geben sie dir?«

»Wenn ich die Therapie fortsetze, sieben Jahre. Vielleicht acht.«

Gruber verzog den Mund. »Dann musst du dich ranhalten.«

»Du sagst es.« Nikitin schnaufte. »Also lass uns zum Geschäft kommen. Vor drei Monaten habe ich dich aus dem Knast holen lassen … Wo war das noch mal?«

»Turkmenistan.«

»Genau. Sie haben dich mit deinen Leuten dort reingesteckt und den Schlüssel weggeworfen, damit ihr verrottet.«

»Zwei sind gestorben.«

Nikitin zuckte gleichgültig mit den Schultern. »Selbstverständlich habe ich dir und deinen Kumpanen nicht wegen deiner schönen Augen geholfen.«

»Selbstverständlich.«

»Bei meiner neuen Pipeline in Aserbaidschan gibt's ständig Probleme. Irgendwelche einheimische Gotteskrieger, oder was weiß ich, führen sich auf. Gefährden meine Investitionen.«

»Gib mir ein paar zusätzliche Leute, und ich sorge für Ruhe. Endgültig. Verbrannte Erde.«

»Deine Spezialität. Zuerst eine Kugel zwischen die Augen und dann alles anzünden.« Nikitin hielt kurz inne. »Zurück zum Thema. Wie du vorhin korrekt festgestellt hast, meine Zeit ist begrenzt.«

»Ich kümmere mich um dein Problem, aber zuerst muss ich unbedingt noch etwas in Deutschland erledigen.«

»Deine persönliche Vendetta.«

In Grubers Gesicht zuckte kein Muskel. »Drei meiner Leute sind abgehauen. Sie haben mich beklaut. Das war das erste und einzige Mal, dass so etwas passiert ist. Und ihretwegen bin ich auch noch in den Knast gekommen.«

»Dieses Trio … waren das noch solche, die dir als Kleinkinder überlassen wurden, damit du sie zu Mördern ausbilden kannst?«

Gruber hob eine Hand. »Sie gehörten zur letzten Lieferung, bevor die DDR zusammenbrach. *Antifaschistische Elitekämpfer* hieß das damals.«

Nikitin legte den Kopf zurück und lachte herzhaft. »Die guten alten Zeiten. Du bei der Stasi, ich beim KGB.« Er wurde wieder ernst. »Die drei suchst du jetzt?«

»Nur noch eine. Die anderen beiden sind bereits Geschichte.«

»Eine Frau und das Geld, das sie dir gestohlen haben.«

Gruber nickte. »Ursprünglich fünfzehn Millionen Dollar. Jetzt sind es weniger. Vielleicht noch zehn. Einer hatte seinen Anteil schon fast durchgebracht, als ich ihn vor kurzem besucht habe. Hat das Geld in einen beschissenen Gutshof gesteckt.«

»Nun ja.« Nikitin leckte sich einmal über die Unterlippe. »Zehn Millionen Dollar. Wenn das der Grund ist … darüber können wir reden.«

»Nein, nein«, wehrte Gruber entschieden ab. »Mir geht es auch ums Prinzip.«

»Wer sagt dir, dass sie die zehn Millionen nicht auch schon längst verjubelt hat und mit einem Schirmchendrink irgendwo am Strand liegt?« Er machte eine Pause. »Von mir wäre dir die Summe sicher.«

»Sie hat das nicht ausgegeben.«

»Das weißt du ... woher?«

Gruber lächelte langsam. »Das habe ich ihr beigebracht. Wenn man untertauchen muss, dann anonym. Keiner kümmert sich um Arme. Bei Reichen schaut man zweimal hin. Das ist auch der Grund, warum du Wachen brauchst, die mich vorhin durchsucht und mir meine Pistole abgenommen haben.«

»Eine kleine Vorsichtsmaßnahme«, sagte Nikitin. »Man weiß ja nie.«

»Völlig legitim«, stimmte ihm Gruber zu. »Geld hinterlässt Spuren. Deshalb war es nicht allzu schwer, den Gutshof zu finden. Und jetzt bin ich hinter der letzten aus dem Trio her. Meinem kleinen Liebling.«

»Wie lange muss ich mich noch gedulden?«

»Nicht mehr lange.« Gruber erhob sich. »Nur noch ein paar Tage.«

27

Ich stand auf und trainierte – am Boxsack und am Reck. Richtig hart. Ich ging bis an meine Grenze und darüber hinaus. Anschließend stellte ich mich unter die Dusche. Als ich damit fertig war, hörte ich in der Wohnung unter mir ebenfalls Wasser laufen. Storm, beziehungsweise Maximilian, war anscheinend auch wach.

Das passte mir gut. Je schneller wir in dem Fall Demircan vorankamen, je schneller wir ihn abgewickelt hatten, desto schneller konnte ich hier verschwinden. Und mit ein bisschen Glück war ich weg, bevor diese Fleischmann mir gefährlich werden konnte.

Ich frottierte mir die Haare, den Rest würde die Sonne erledigen. Ich zog mich an, verließ meine Wohnung und stieg die Stufen ein Stockwerk hinunter. Dort klopfte ich an Maximilians Tür.

Keine Reaktion.

Ich wiederholte mein Klopfen und lauschte. Stille auf der anderen Seite. Vermutlich war er bereits ausgeflogen und wartete unten in Frau Scuderis Laden auf mich.

Das Bimmeln der Glöckchen am Eingang, und ich stand in ihrem Geschäft. Ich fand Frau Scuderi am runden Tisch. Zur Abwechslung war sie heute nicht mit ihren Karten beschäftigt. Auch die Glaskugel hatte sie beiseitegeschoben.

Vor sich hatte sie eine offene Holzkiste voll vergilbter Umschläge. Sie selbst hielt einen Bogen Papier in der Hand, den sie aufmerksam las.

Sie blickte auf und lächelte mich an. »Guten Morgen, Frau Groß.«

Dann faltete sie das Blatt gewissenhaft zusammen und steckte es in einen beschrifteten Umschlag. »Wie geht es Ihnen?«

»Gut.«, Ich sah ihr dabei zu, wie sie den Brief in die Kiste zurücklegte und das Kästchen schließlich sorgfältig, beinahe schon liebevoll, schloss.

»Ist Maximilian da?«, fragte ich.

»Den haben Sie gerade verpasst. Er ist schon weg.«

Damit hatte ich nicht gerechnet. »Wo ist er denn hin?«

Mir kam es vor, als würde sie eine Sekunde zögern, bevor sie mir antwortete. »Er hat einen wichtigen Termin.«

»Im Fall Demircan?«

»Nein. Aber vormittags hat er eigentlich jeden Tag einen wichtigen Termin.«

»Er geht arbeiten?« Meine Neugier war geweckt.

»Nein.« Erneut dieses Zögern. Diesmal deutlicher. »Es ist etwas Persönliches.« Sie stand auf, nahm die Holzkiste und schaute mich an. »Ihre Haare sind noch feucht. Sie haben sich extra beeilt, nicht wahr?« Und bevor ich antworten konnte, fügte sie hinzu: »Sicher haben Sie noch nicht gefrühstückt.«

»Ich brauche nichts.«

»Einen Tee und ein paar Butterkekse. Was halten Sie davon?«

Ich öffnete den Mund, um nett, aber bestimmt, abzulehnen.

»Keine Widerrede«, sagte sie. »Ich bestehe darauf. Ich bin gleich zurück.«

Sie verschwand ins vordere Zimmer. Ich hörte das Rascheln des schweren Vorhangs, der zu ihrer Privatwohnung führte.

Ich war allein. Kurz war ich versucht, einfach zu gehen. Mich leise hinauszuschleichen. Stattdessen trat ich an eines der kunterbunt vollgestopften Regale und begann, die Buchrücken zu lesen: Esoterik. Jede Menge Reiseführer. Romane in Deutsch, Französisch, Spanisch. Bücher über das Kartenlegen, Pendeln und Handlesen.

»Wenn Ihnen etwas gefällt, können Sie es sich gerne ausleihen.«

Sie war wieder zurück und trug ein Tablett mit zwei Teetassen und einer Schale mit Gebäck.

»Vielleicht später mal«, erwiderte ich ausweichend.

Sie stellte die Sachen auf den Tisch. Wir setzten uns und schwiegen.

Ich trank von meinem Tee, er war wirklich gut, und knabberte einen Keks. Mein Blick glitt durch das Geschäft, bis in den vorderen Verkaufsraum. Ich sah die Elefanten, all die liebevoll platzierten Gegenstände aus der ganzen Welt. Jedes auf seine eigene Art schön.

»Es ist eine Schande, dass der Laden nicht besser läuft«, sagte ich.

»Er liegt eben sehr versteckt«, erwiderte sie. »Und die alten Häuser, die schrecken manche ab.« Sie seufzte. »Aber ich habe ein paar treue Stammkunden. Über das Internet geht auch immer etwas.« Sie zuckte mit den Schultern. »Nicht viel, aber ich bin ja alleine. Zusammen mit den Mieteinnahmen reicht es für mich. Gerade so.«

Ich hob meine Teetasse, trank aber nicht. »Alle drei Hinterhäuser gehören Ihnen, stimmt's?«

»Ja.« Sie machte eine kreisende Handbewegung. »Früher besaß meine Familie, also meine Großmutter, auch noch die umliegenden Häuser. Sie wohnte mit Mann und Kindern vorne, wo jetzt das Restaurant ist, im ersten Stock. Alles andere war vermietet.« Sie deutete durch die Tür. »Das steinerne Nebengebäude mit dem Pultdach ist der Rest der Käserei, die hier hinten untergebracht war. War auch im Besitz der Familie.«

»Ihre Familie muss vermögend gewesen sein.«

Sie nickte. »Doch dann kam der Krieg. Sie mussten einige Immobilien verkaufen. Berlin wurde geteilt. Hier war der Osten. In der Nähe verlief die Mauer … Die drei Häuser sind alles, was vom einstigen Glanz geblieben ist.«

»Die müssen doch mittlerweile sehr viel wert sein«, sagte ich.

»Die Hinterhäuser?«

»Genau. Sie könnten sie bestimmt verkaufen und sich mit dem Geld, das Sie dafür bekommen, ein schönes Leben machen.«

»Ein schönes Leben?« Sie verzog den Mund. »Wo soll ich denn hin? Ich hatte Ihnen neulich schon mal angedeutet, dass ich aus gesundheitlichen Gründen auf dunkle Räume angewiesen bin und mich tagsüber draußen nicht bewegen kann.«

»Dann verkaufen Sie doch nur einen Teil und behalten…«, ich tippte mit dem Zeigefinger auf den

Tisch, »dieses Hinterhaus. Mit dem, was sie für die anderen beiden Gebäude bekommen, könnten Sie das hier renovieren und einfach bleiben.«

»Darüber habe ich schon einmal nachgedacht und meine Fühler in diese Richtung ausgestreckt.« Sie rührte ihren Tee um. »Aber Investoren brauchen große Flächen. Für die ist ein solches Projekt nur interessant, wenn sie es komplett bekommen. Ansonsten würde sich der Verkauf für mich nicht wirklich rentieren.«

»Ach, ist das so?",« hakte ich erstaunt nach.

Sie lächelte bestätigend. »Außerdem: Ich weiß, es ist sentimental und völlig irrational. Die Häuser sind alles, was mir von meiner Familie geblieben ist. Ich will sie nicht hergeben. Ich will nicht zusehen müssen, wie sie abgerissen werden. Und dann ist Maximilian hier…« Sie senkte den Blick.

»Ich verstehe«, sagte ich, obwohl das nicht der Wahrheit entsprach.

Wir blieben still. Ich sah zum Fenster in den schattigen Hof hinaus. »Sie haben bei Weitem nicht alle Wohnungen vergeben. Die ehemalige Kanzlei von Dr. Wuttke steht auch leer. Der zahlt Ihnen doch sicher keine Miete mehr.«

»Nein. Tut er nicht«, bestätigte sie »Aber Hans ist ein sehr alter und guter Freund von mir und von meinem verstorbenen Mann. Und obwohl es Hans nicht zugibt, merke ich, wie sehr er an seiner früheren Anwaltspraxis hängt. Ich bringe es einfach nichts übers Herz, ihm das wegzunehmen.«

»Bleiben die anderen Wohnungen, die frei sind.«

»Sie sind wirklich hartnäckig.« Sie lächelte erneut. »Ich vermiete nur an Menschen, bei denen ich das Gefühl habe, dass sie zu mir, zum Haus und zur

Hausgemeinschaft passen. Ich bin da wirklich wählerisch.«

*Und bei mir hast du dich hundertprozentig geirrt*, dachte ich. *Ein weiterer Beweis, dass es besser ist, nicht auf seine Gefühle zu hören.*

Laut sagte ich: »Wann kommt Maximilian zurück. Wissen Sie das?«

»Unterschiedlich. Meist gegen Mittag.«

»Dann habe ich ein paar Stunden Leerlauf.«

»Sie können hier auf ihn warten, wenn sie möchten.«

Ich überlegte laut. »Ich könnte bouldern gehen.«

»Bouldern? Was ist das?«

»Eine Art Klettersport. Ich trainiere regelmäßig in der *Ostbloc Halle* am Rummelsberger Hafen.«

»Das macht Spaß?«

»Sicher. Mir auf jeden Fall. Es fordert mich.«

Ich überlegte erneut. So verlockend der Gedanke auch war, in die Boulderhalle zu fahren: Ich durfte mein Ziel nicht aus den Augen verlieren, den Fall mit Storm baldmöglichst abzuschließen, um verschwinden zu können.

Entschieden stellte ich die leere Tasse zurück und erhob mich. »Richten Sie Maximilian bitte schöne Grüße aus. Ich befrage schon mal die Angestellten im Silberdollar. Das ist das Lokal, in dem unsere Mandantin arbeitet.«

Ich wandte mich ab. Ihre Stimme hielt mich nach ein paar Schritten auf.

»Pass auf dich auf, Helena«, sagte sie.

Ich sah zurück. »Mache ich. Du aber auch, Gabriele.«

## 28

Gegen eins war ich zurück. Schon beim Betreten des ersten Hinterhofes hörte ich altvertraute Geräusche. Maximilian arbeitete in seinem Schuppen. Ich ging hin.

Das Tor der Baracke stand weit offen. Drinnen wurde gehämmert.

Maximilian kniete neben der Beifahrertür und bearbeitete das verbeulte Blech mit einem Hammer.

Mein Schatten fiel auf ihn. Er sah auf. »Ach, du bist es.«

Er wirkte niedergeschlagen. Irgendwie traurig und verletzlich. Mir wurde bewusst, dass er mir leidtat.

»Lass dich nicht stören«, sagte ich. Ich trat ein, schob kurzerhand einige Werkzeuge beiseite, die auf einer Kommode neben einem uralten riesigen Standtresor lagen, und setzte mich darauf.

»Du warst im Silberdollar?«, fragte er mich. Ich hatte gedacht, er wäre wegen meines Alleingangs vielleicht sauer auf mich. Aber das war er nicht.

»Ich konnte leider nicht mit«, fügte er an.

»Das hat mir Frau Scuderi schon gesagt. Ich meine
… Gabriele«, erwiderte ich.

»Aha.« Er musterte mich mit neuem Interesse.
»Dann erzähl mal, was du erlebt hast.« Er wollte aufstehen.

»Mach ruhig weiter«, meinte ich. »Es stört mich
nicht.«

Er nickte, legte den Hammer weg, griff sich einen
Schleifblock und begann, mit kreisenden Bewegungen
über das Metall zu fahren.

»Ich war gegen zehn im Lokal«, sagte ich. »Sie waren gerade dabei, aufzumachen.«

»Und?« Er schaute mich an. »Kannst du mir einen
Schraubenschlüssel geben? Das ist so ein Ding…«

»Ich weiß, was das ist«, unterbrach ich ihn. »Welche Größe?«

Er schmunzelte. »Einen achter.«

Ich nahm den passenden Schraubschlüssel von der
Wand hinter mir und reichte ihn ihm.

»Da arbeiten jedenfalls recht viele Leute«, erzählte
ich seinem Rücken, während er an der Innenseite der
Tür hantierte. »Ist ziemlich groß, das Lokal.«

Ein gepresstes »Mhm«, von ihm.

»Kybell war nicht da. Die hat sich ein paar Tage
freigenommen.«

»Nicht verwunderlich.«

»Ich habe mit dem Geschäftsführer gesprochen.
Dann mit den Leuten, die sich mit Kybell eine
Schicht teilen. Sie haben mir übereinstimmend Folgendes erzählt: Kybell ist bei allen beliebt. Sie ist absolut zuverlässig. Sie macht ihre Arbeit. Und sie ist
immer bereit, zu helfen … eben ein richtiger
Teamplayer.«

»Wo ist der Haken?«, fragte Maximilian, gefolgt von einem leisen »Scheiße.« Sein Schrauben wurde intensiver.

Ich überlegte kurz, ihm zu helfen. Doch ich ließ es bleiben. Besser so.

»Kein Haken«, sagte ich. »Jedenfalls habe ich keinen gefunden. Sie schuldet auch niemandem Geld oder etwas in der Art.«

»Was ist mit ihrem Bruder?«

»Bei ihm sieht es schon deutlich anders aus. Der wurde mir als verschlossen und überheblich beschrieben. Macht gerne Frauen an. Anzügliche Sprüche, tätschelt ihre Hintern … Dinge in dem Stil.«

»Ein richtiger, kleiner Sonnenschein.« Maximilian blickte über seine Schulter. »Jetzt brauche ich den Zehnerschlüssel.«

Wir tauschten die Werkzeuge aus.

»Aber Abbubekir wird dort geduldet. Wegen ihr, weil sie sie mögen und sie offensichtlich ihren Bruder sehr gerne hat. Und zu ihr ist er auch anders.«

»Wie denn?«

»Wenn er sie besucht, gibt sie ihm in der Küche etwas zu essen. Sie sitzen dann zusammen und reden und lachen. Sie haben ein enges, liebevolles Verhältnis. Davon sind alle überzeugt.«

»Mhm.« Maximilian legte einige Schrauben säuberlich aufgereiht neben sich. »Haben die beiden jemals Streit gehabt? Hat er sie vielleicht bedroht? Geschlagen?«

»Nein. Jedenfalls hat das niemand von den Angestellten mitbekommen, mit denen ich gesprochen habe.«

»Dann bestätigen deren Aussagen, was uns Kybell und ihr Bruder versichert haben.«

»Yep.«

»Dennoch könnte es sein, dass er von wem auch immer unter Druck gesetzt worden ist, etwas gegen seine geliebte Schwester zu unternehmen.«

Ich nickte. Dann wurde mir bewusst, dass Maximilian mich nicht sehen konnte. »Genau«, fügte ich an. »Wir sollten auf alle Fälle mit jemandem aus seiner Familie sprechen.«

Maximilian war fertig. Er stand auf. »Gute Idee. Wir gehen nur zuerst beim Pflichtverteidiger vorbei.«

»Wofür soll das gut sein?«

»Wir legen ihm Demircans Unterschrift vor, die uns von der Schweigepflicht entbindet. Vierheimer hat garantiert Informationen, was Demircans Familie betrifft. Die wurde von der Polizei bestimmt auch befragt. Das macht es uns einfacher … Ich muss mich nur noch duschen.«

Er wies auf die halbleere Wasserflasche. Ich reichte sie ihm hinüber. Für einen Moment berührten sich unsere Hände. Der Ausdruck seiner Augen veränderte sich.

Ich sprang von der Kommode herunter.

»Dann sehen wir uns in einer halben Stunde«, sagte ich und ließ ihn allein.

Eigentlich war er gar kein so übler Kerl. Wenn er wollte, konnte er richtig nett sein. Und gerade hatte ich mich dabei ertappt, dass ich mich in seiner Gegenwart wohlfühlte.

*Gefühle*, ich schnaubte. Es wurde Zeit, die Zelte abzubrechen und weiterzuziehen.

## 29

Demircans Pflichtverteidiger legte die Kopie auf den Tisch. »Damit scheint ja alles in Ordnung zu sein. Mein Mandant hat mich von der Schweigepflicht entbunden. Nun können wir reden. Wie ist Ihr gestriges Gespräch mit ihm verlaufen?«

Maximilian strich sich über das Kinn. Er trug wieder einen seiner Anzüge. Stand ihm gut. Obwohl, in T-Shirt und Jeans machte er auch etwas her.

»Wie Sie bereits angedeutet hatten, ist Abbubekir Demircan eher zurückhaltend«, erwiderte er.

»Das ist eine Untertreibung.« Vierheimer schnaubte. »Für einen Verteidiger ist ein solcher Mandant eine Katastrophe … Aber wem sage ich das.«

Maximilian verzog einen Mundwinkel. »Er hat uns gegenüber seine Unschuld beteuert, hat uns berichtet, was an dem Tag des Brandes passiert ist. Viel mehr haben wir nicht erfahren.«

»Er hat betont, ein gutes Verhältnis zu seiner Schwester Kybell zu haben«, ergänzte ich.

»Das wollten wir nicht einfach ungeprüft akzeptieren«, fuhr Maximilian fort. »Deswegen ist Frau Groß heute früh zu dem Lokal gefahren, in dem Kybell arbeitet.«

»Demircan hatte uns berichtet, dass er seine Schwester dort öfter besucht hat«, sagte ich.

Vierheimer sah mich an. »Silberdollar heißt das Restaurant, nicht wahr?«

Ich nickte. »Das Personal hat mir gegenüber bestätigt, dass sich die beiden Geschwister gemocht haben. Sie standen sich nahe.«

»Das bringt uns zur nächsten Frage«, meinte Maximilian. »Wenn Abbubekir das Haus nicht angezündet hat, war es vielleicht jemand anderes aus seiner Familie und Abbubekir deckt ihn.«

»Der Gedanke ist mir auch schon gekommen.« Vierheimer nickte. »Nach den Unterlagen, die ich von den Ermittlungsbehörden erhalten habe, sind die männlichen Familienmitglieder befragt und überprüft worden.«

»Und?« Maximilian beugte sich ein wenig vor.

Vierheimer hob hilflos die Hände. »Alle haben Alibis.«

»Alibis«, wiederholte ich. »Daran kann man doch mit ein wenig Phantasie etwas drehen.«

»Sicher kommt das vor. Doch hier halte ich das für unwahrscheinlich. Die Männer waren auf der Arbeit, und ihre Kollegen haben bestätigt, dass sie nicht weggegangen sind. Mir erscheint das äußerst glaubwürdig.«

»Hm«, machte Maximilian. »Ich würde trotzdem gerne noch mal mit dem Vater der beiden reden.«

»Das können Sie machen. Der Vater ist aber offenbar nicht das Familienoberhaupt.«

»Wer dann?«, fragte ich.

»Der Vater arbeitet auf dem Bau und kommt dort ziemlich viel rum, ist immer mal wieder auf Montage für ein paar Wochen. Wenn Sie den Chef der Familie sprechen wollen, sollten Sie zu Hakan Demircan gehen. Das ist der älteste Bruder.«

»Wo finden wir ihn?«

»Er betreibt einen Handyladen in Neukölln. Ich schreibe Ihnen die Adresse auf.«

# 30

*A*n- und Verkauf – Reparaturservice für Handys und PCs prangte in großen schwarzen Lettern über dem bunt beklebten Schaufenster. Daneben ein rotes Logo mit weißer Schrift: *ay yildiz*. Links von der Eingangstür war ein fahrbares Regal aufgestellt, das gebrauchte DVDs enthielt. Ein Klappständer pries *Günstige Handytarife für Telefonate in die Türkei* an.

Maximilian und ich traten ein. Bei einer Wand, die von oben bis unten mit Zubehör wie Aufladekabeln, Akkus und Steckern behängt war, beriet ein ungefähr vierzigjähriger Mann eine junge Kundin. »Nimm das hier«, sagte er gerade zu ihr. »Das ist zwar nicht das Originalteil, doch es passt genauso, kostet dich aber nur ein Drittel.«

Sie sprachen noch weiter miteinander, ich achtete nicht darauf, was sie sagten. Die Kundin zahlte, verabschiedete sich und verließ sichtlich zufrieden das Geschäft.

Der Verkäufer wandte sich uns zu. Die Ähnlichkeit zu Abbubekir Demircan war unverkennbar. Die gleichen Augen, die gleiche Kinnpartie. Aber deutlich seriöser. Er trug ein weißes Hemd, eine dunkle Hose, und er hatte einen konventionellen Kurzhaarschnitt.

»Was kann ich für Sie tun?«, erkundigte er sich.

»Herr Hakan Demircan?«, fragte Maximilian.

Der Mann nickte.

»Mein Name ist Storm.« Maximilian wies auf mich: »Das ist Frau Groß. Wir kommen wegen Ihres Bruders Abbubekir.«

Sein offenes Lächeln fror ein. »Sie sind nicht von der Polizei.«

»Nein«, bestätigte Maximilian. »Ich bin Anwalt.«

Demircan blickte von Maximilian zu mir: »Dann sind Sie seine Sekretärin?«

»Fast«, sagte ich.

»Frau Groß ist meine Kollegin«, stellte Maximilian klar.

»Und was wollen Sie von mir?«

»Wir vertreten Ihren Bruder. Er hat uns versichert, dass er das, was ihm zur Last gelegt wird, nicht getan hat. Er sagt, er hat das Haus nicht angezündet, in dem Ihre gemeinsame Schwester wohnte.«

»Natürlich nicht!« Das kam prompt und mit echter Entrüstung.

»Wieso, *natürlich nicht*?«, hakte ich dennoch nach.

Hakan Demircans Gesichtsausdruck signalisierte Unverständnis. »Weil Abbu so etwas niemals tun würde.«

»Die Ermittlungsbehörden sehen das anders. Die Indizien deuten auf Ihren Bruder«, übernahm Maximilian, »und die Polizei ist sich sicher, auch sein Motiv zu kennen.«

»Ja, klar.« Demircan schnaubte. »*Ehrenmord*!«

»Sind diese Gedanken denn so abwegig?«

»Ihr Deutschen glaubt, dass wir alle Verbrecher sind und im Mittelalter leben!«

Maximilian verzog den Mund. »Es gab also keinen Konflikt zwischen Ihrer Familie und Ihrer Schwester Kybell?«

»Doch!«, stieß Demircan hervor. »Den gab es. Wir sind eine anständige Familie. Und Kybell wollte nicht nach unseren Regeln leben. Sie wollte machen, was ihr gefällt. Ohne auf uns Rücksicht zu nehmen.«

»Diese Konflikte, wie sahen die aus?«

»Wir haben mit ihr gesprochen. Wir haben ihr ins Gewissen geredet. Haben ihr deutlich gemacht, was es heißt, wenn sie auf dem Weg bleibt, den sie einge-schlagen hat.« Er machte eine Pause. Etwas leiser re-dete er weiter: »Ich gebe zu, dabei kam es auch zu Streit.« Er seufzte. »Das war falsch. Aber wir sind eben sehr temperamentvoll.«

»Temperamentvoll?«, wiederholte ich.

Demircan ging darauf nicht ein. »Sie ist trotzdem mit diesem Hoffmann zusammengezogen. Das war's dann für uns.«

»Das soll heißen?«, bohrte ich nach.

Diesmal nahm er von mir Notiz. »Ganz einfach: Wir mussten ihre Entscheidung akzeptieren und ha-ben das auch getan. Als Konsequenz haben wir mit ihr gebrochen. Sie gehört nicht mehr zu uns. Wir kümmern uns nicht um sie und haben keinen Kontakt mit ihr.«

»Und Abbubekir?«

»Abbu?« Demircan zuckte mit den Schultern. »Der konnte es eben nicht lassen.«

»Er hat seine Schwester weiterhin besucht?«, fragte Maximilian. »Ist das nicht ungewöhnlich?«

»Abbu und Kybell sind meine jüngsten Geschwister. Sie kamen kurz hintereinander zur Welt, hier in Berlin, und haben von klein auf zusammengehangen. Ständig haben sie miteinander gespielt, miteinander getuschelt und gelacht. Wenn einer von ihnen etwas angestellt hat, hat ihn der andere gedeckt. Fast wie Zwillinge.«

»Mit Kybell haben sie gebrochen«, sagte Maximilian. »Doch Abbubekir haben sie nicht verboten, dass er sie weiterhin sieht?«

»Verboten?« Demircan zog die Augenbrauen hoch. »Abbu ist erwachsen. Wir haben ihm zu verstehen gegeben, dass wir das nicht gutheißen.«

»Was hat er geantwortet?«

»Anfangs hat er abgewiegelt und sich herausgeredet. Und vor kurzem kam er dann zu mir und hat mir gesagt, dass sich das jetzt ohnehin bald erledigen wird.«

»Wie?«

»Kybell und ihr Freund hatten vor, wegzuziehen. Dann hätte er sie nicht mehr besuchen können. Zu weit entfernt – Sie verstehen?«

»Wohin wollten sie denn?«, fragte ich.

»Keine Ahnung.« Das klang ehrlich. »Interessierte mich auch nicht. Jedenfalls wollten sie weg. Und Abbu hat gesagt, in einem Monat ist es vorbei.«

»Stattdessen sitzt er nun in der JVA«, warf Maximilian trocken ein.

Demircans Gesicht bekam rote Flecken. »Er wollte ja nicht auf mich hören! Und jetzt steht alles auf dem Spiel.«

»Sie meinen seine berufliche Zukunft?«, riet ich ins Blaue hinein.

»Auch, aber nicht nur.« Er runzelte die Stirn. »Das müsstet ihr doch als seine Anwälte wissen … Er wollte seine Verlobte aus der Türkei holen. Dafür hat er gespart. Lange. Als angestellter Taxifahrer verdient er nicht genug für eine eigene Familie. Deshalb haben wir alle zusammengelegt, damit er seinem Chef eine Taxikonzession abkaufen kann. Da war schon alles geklärt. Das Geld, die Genehmigungen vom Amt und so…« Er holte tief Luft. »Für meine Eltern, für uns alle, ist das furchtbar. Und für Abbu ganz besonders … Alles nur wegen Kybell.« Er brach ab, sein Blick wurde eindringlich. »Sie müssen ihn da rausholen. So schnell wie möglich!«

# 31

Maximilian und ich stiegen eine imposante neubarocke Steintreppe hinunter. Vor uns breitete sich die streng symmetrisch geschnittene Gartenanlage des Körnerparks aus. Sie lag ein paar Meter tiefer als die Straßen und Häuser, die sie umgaben.

Zwischen hohen Laubbäumen erstreckte sich ein weiter, giftgrüner Rasen, auf dem sich viele Gruppen, Familien und Pärchen auf mitgebrachten Decken und Handtüchern niedergelassen hatten. Er endete vor einem großen Wasserspiel, bestehend aus einer Brunnenanlage und zahlreichen Kaskaden, die Wasserfontänen hoch in die Luft sprühten.

Wir blieben stehen.

»Wir müssen uns über diesen Hakan unterhalten.« Maximilian deutete nach links. »Das Café hier unten wäre ganz nett. Wir können ein wenig Pause machen, uns hinsetzen.«

»Ich habe aber kein Geld dabei«, sagte ich wahrheitsgemäß.

Maximilian grinste. »Ich habe auch nur einen Zehner einstecken. Das reicht. Ich lade dich ein.«

»Das ist nicht in Ordnung. Du kannst bezahlen und ich gebe dir das Geld nachher zurück.«

»Ist doch nur ein Kaffee«, sagte er.

Das Restaurant wirkte ansprechend, aber es war sowohl innen als auch außen voll. Nirgends zwei leere Plätze zu entdecken.

Maximilian blickte sich um und wies auf eine weiße Bank in der Nähe, die gerade frei wurde. »Geh hin, bevor sich jemand anderes setzt.«

»Und du?«, fragte ich.

»Bin gleich wieder da«, sagte er und wandte sich dem Café zu.

Ich beeilte mich, zu der Bank zu kommen. Im letzten Moment hätten sie mir vier Kids beinahe streitig gemacht. Doch ich war schneller, ließ mich mitten auf sie fallen und sah durch die Jugendlichen hindurch. Missmutig zogen sie weiter.

Es dauerte nicht lange, und Maximilian erschien. Er trug ein rundes Tablett, das er neben mir auf die Bank stellte. Er nahm ebenfalls Platz.

Zwei Becher Kaffee und zwei Laugenbrezeln.

»Das haben sie dir einfach so mitgegeben?«, fragte ich.

Maximilian nickte bedeutungsvoll. »Ja. Ein Vorteil, wenn man ein seriöses Auftreten hat.«

Ich musste lachen, weil sich mir unwillkürlich das Bild aufdrängte, wie er verschwitzt in dreckigem T-Shirt und Latzhose an seinem Wagen herumschraubte.

Maximilian schien meine Gedanken zu erraten. Er lächelte zurück.

»Bediene dich!« Er schob das Tablett in meine Richtung.

Ich nahm die Brezel und biss hinein. Sicher von heute früh. Nicht mehr knusprig, eher gummiartig. Schmeckte trotzdem toll, weil ich Hunger hatte. Und der Kaffee war wirklich gut.

»Schön hier«, sagte ich nach einer Weile.

»Früher, als Student, war ich oft im Körnerpark. Da war er noch nicht hergerichtet. Aber er hatte auch damals schon sehr viel Charme.«

»Eine solche Oase vermutet man nicht inmitten von Wohnsilos. Warum liegt die Anlage eigentlich so tief?«

»War mal eine Kiesgrube«, gab er mir zur Antwort.

Wir schwiegen erneut.

Er schaute auf seine Uhr. »Oh, gleich vier.«

»Musst du irgendwo hin?«, fragte ich.

»Das nicht. Aber gerade ging mir durch den Kopf, dass es ganz sinnvoll wäre, wenn wir nochmals in die JVA gehen und mit Abbubekir Demircan sprechen würden.«

»Heute noch?«

»Nein. Wir brauchen vorher wieder einen Besuchsschein. Ich rufe schnell Vierheimer an. Der soll uns einen beschaffen. Nicht, dass der ins Wochenende geht, und wir verpassen ihn…« Er holte sein ramponiertes Handy aus der Tasche.

Er wählte und sagte kurz darauf: »Herr Vierheimer? Hier Storm…«

Ich hörte nicht weiter zu, trank stattdessen von meinem Kaffee, kaute tapfer meine Gummibrezel und beobachtete eine Gruppe junger Leute, die sich bei der Brunnenanlage eine ausgelassene Wasserschlacht lieferten. Dazu benutzten sie alle möglichen

Gefäße, Trinkbecher, leere Wasserflaschen und Tupperdosen. Sie hatten jede Menge Spaß.

Neben mir steckte Maximilian sein Handy wieder ein.

»Und?«, fragte ich.

»Er kümmert sich darum. Die Besuchsscheine werden an der Gefängnispforte hinterlegt.«

»Prima.«

»Was hältst du von dem, was uns Hakan Demircan berichtet hat?« Maximilian sah mich abwartend an. Ihm schien wirklich an meiner Meinung gelegen zu sein.

»Er klang glaubwürdig«, erwiderte ich. »Eigentlich spricht das gegen Abbubekir als Täter. Wenn es stimmt, was Hakan erzählt hat, stand für seinen kleinen Bruder viel zu viel auf dem Spiel.« Ich dachte nach. »Außerdem sagen uns alle, dass sich Kybell und Abbubekir sehr gemocht haben. Warum sollte er dann seine Schwester umbringen wollen?«

»Stimmt.« Maximilian nickte. Er biss sich auf die Unterlippe und blickte an mir vorbei. »Vielleicht ... vielleicht steckt hinter dem Brand etwas ganz anderes.«

»Du meinst, die Familie hatte nichts mit dem Feuer zu tun? Und Abbubekir war nur zur falschen Zeit am falschen Ort?«

Maximilian nickte erneut. »Könnte doch sein.«

*Shit*, dachte ich. *Vermutlich hat er recht.*

Ich hatte bislang angenommen, wir könnten die Sache schnell aufklären. Aber der anfangs so einfach anmutende Fall wurde immer komplizierter. Langsam lief mir die Zeit davon.

»Wo sollen wir anfangen zu suchen?«, fragte ich etwas schroffer als beabsichtigt. »Könnte ja dann jeder gewesen sein.«

Er hatte den Unterton in meiner Stimme nicht bemerkt. »Jedenfalls ist es wichtig, dass wir morgen noch einmal mit Abbubekir reden. Vielleicht ergibt sich noch ein neuer Ansatzpunkt.«

»Auch wenn Hakan glaubwürdig rüberkam, sollten wir ihm nicht alles ungeprüft abnehmen. Möglicherweise ist das mit der Taxikonzession nur eine Erfindung von ihm, um…«

»Um seinen kleinen Bruder zu entlasten? Meinst du das?«

»Genau. Diese ganze Story mit der Verlobten, die in der Türkei wartet. Wir sollten im Rathaus nachfragen, ob Abbubekir tatsächlich einen Antrag für eine Taxikonzession gestellt hat.«

»Beim Landesamt für Bürger- und Ordnungsangelegenheiten.«

Ich zog die Schultern hoch. »Wo auch immer…«

»Ja«, meinte er überzeugt. »Das ist die zuständige Behörde.«

»Na prima. Dann fragen wir die Angestellten am Montag.«

»Vergiss es. Dort kriegen wir niemals eine Auskunft. Datenschutz.«

»Datenschutz«, ich schnaubte. »Was dann?«

»Wir reden morgen mit Abbubekir und er kann uns den Namen seines Chefs geben, von dem er die Konzession kaufen wollte. Der muss zumindest diesen Teil der Geschichte bestätigen können.«

»Gut.« Meine Tasse war leer. Ich stellte sie auf das Tablett zurück.

Er sah mich an. »Soll ich dir noch etwas holen? Mein Geld würde gerade noch für ein kleines Wasser reichen.«

Wieder brachte er mich zum Lächeln. »Nein. Ich bin nicht durstig. Aber trotzdem vielen Dank für die nette Pause.« Kaum hatte ich meinen Satz beendet, ärgerte ich mich über mich selbst. Und mein Gefühl verstärkte sich noch, als ich seine Augen kurz aufleuchten sah. Vertrautheit war das allerletzte, was ich jetzt gebrauchen konnte.

»Ich bringe das Tablett zurück, und dann können wir nach Hause«, sagte er.

»Ich weiß, es ist ein Umweg. Aber könnten wir nicht noch einen Abstecher nach Wedding machen?«, schlug ich vor.

»Zu Kybells abgebranntem Wohnhaus? Wozu?«

»Wenn wir morgen Abbubekir besuchen, könnten wir uns das Gebäude und die Örtlichkeiten vorher nochmals anschauen. Überprüfen, wo er mit seinem Auto gehalten hat. Ob man von dort Rauch hätte sehen können. Ob es tatsächlich einen Hof und eine Stellfläche gibt. Sachen in der Art. Wenn uns dabei etwas auffällt, können wir das morgige Gespräch auch gleich nutzen, das mit ihm zu klären.«

Maximilian zögerte. Aber nur kurz. »Kann nicht schaden.«

Er stand auf, ergriff das Tablett und brachte es zurück ins Café.

Nach einer Weile wurde mir bewusst, dass ich ihm nachsah.

## 32

Die Metallzäune mit den Hinweisschildern *Betreten verboten* verhinderten noch immer den Zugang zu dem Haus, in dem Kybell einst gewohnt hatte. Wir hielten uns deshalb dort auch nicht länger auf, sondern umrundeten das Gebäude und gelangten in den Hof, den uns Abbubekir beschrieben hatte.

Tatsächlich gab es dort einige eingezeichnete Stellflächen für Pkw, sie waren jedoch bis auf eine leer. Dort stand ein alter, durch den Brand arg in Mitleidenschaft gezogener Campingbus. Der ehemals weiße Lack war von der Hitze, die das Feuer abgestrahlt hatte, an einigen Stellen gelblich-braun verfärbt und hatte Blasen geschlagen.

An der Hauswand befanden sich mehrere Mülltonnen aus Kunststoff – teilweise grotesk verbogen und geschmolzen. Und es gab eine Hintertür zum Haus, die durch das Feuer ebenfalls gelitten hatte. Sie hing schief in den Angeln.

In der Zufahrt parkten zwei ziemlich neue Autos. Ein grauer SUV mit Berliner Kennzeichen und irgendeinem runden, blau-weiß-roten Aufkleber auf dem Heck. Daneben, was interessanter war, ein schwarzer Smart, auf dessen Seite in großen gelben Lettern *GarantieVersicherung* prangte.

Ein paar Meter davon entfernt unterhielten sich drei Männer mit ernsten Gesichtern miteinander. Einer der Männer war salopp gekleidet in Jeans und Hemd. Sein rechtes Bein steckte in einer Art Schiene, und er stützte sich auf einer Krücke ab. Die anderen beiden trugen Anzüge. Das mussten die Mitarbeiter der Versicherung sein. Der eine Vertreter hatte ein Klemmbrett und einen Stift in der Hand. Er notierte irgendetwas, während der andere auf das Haus deutete.

Wir hielten an.

»Sollen wir uns dumm stellen, hingehen und einfach fragen, was passiert ist?«, schlug ich vor.

»Ich weiß nicht«, erwiderte Maximilian. »Ich denke, das wäre kein wirklich günstiger Zeitpunkt. Vermutlich unterhalten sie sich gerade über die Höhe der Entschädigung. Die haben jetzt keinen Nerv, mit ein paar Schaulustigen zu reden.«

Er hatte recht. »Dann lass uns ein wenig die Gegend erkunden. Die drei werden nicht ewig hier herumstehen«, sagte ich.

Maximilian nickte. »Wir könnten uns auch gegenüber ins Café setzen. Wie neulich…«

»Könnten wir Eure Hoheit. Aber wir haben kein Geld mehr«, meinte ich trocken.

»In der Nähe gibt es bestimmt einen Bankautomaten. Ich könnte etwas abheben.«

»Ist doch nicht nötig«, sagte ich. »Wir kommen doch auch so zurecht, oder?«

Wir kehrten zur Straße zurück. Stumm liefen wir nebeneinander her. Häuser aus den Sechzigern, dazwischen Altbauten, renoviert oder unrenoviert. Dichter Verkehr, und jedes noch so kleine Fleckchen mit Autos vollgeparkt – teilweise sogar in zweiter Reihe.

»Zumindest in dem Punkt hat uns Kybells arroganter kleiner Bruder nicht angelogen«, stellte ich fest. »Er muss lange hier herumgekurvt sein, ohne einen Stellplatz zu finden.«

»Stimmt«, bestätigte Maximilian.

Nach weiteren zehn Minuten drehten wir um und kehrten zu Kybells Wohnhaus zurück. Wir spähten in den Hof. Die drei Männer und ihre Autos waren mittlerweile verschwunden.

»Was jetzt?« Ich schaute Maximilian an.

Maximilian blies die Wangen auf und ließ die Luft hörbar wieder ausströmen. »Wir könnten uns drinnen umsehen.«

»Wozu?«

»Keine Ahnung.« Er zuckte mit den Schultern. »Vielleicht können wir feststellen, wo genau das Feuer gelegt wurde. Eher unten oder oben.«

»Was versprichst du dir davon?«

»Nun, wenn das Feuer zum Beispiel im fünften Stock, direkt vor Kybells Tür ausgebrochen wäre, dann wüssten wir mit ziemlicher Sicherheit, dass der Anschlag ihr galt. Oder ihrem Freund. Wenn es hingegen in einem anderen Stockwerk angefangen hat, sollten wir nachprüfen, wer dort gewohnt hat. Der Täter könnte es auf jemanden ganz anderen abgesehen haben. Wäre doch auch möglich.«

»Na gut«, sagte ich. »Dann gehen wir mal rein.«

Die Hintertür klemmte, als ich daran rüttelte. Maximilian griff an mir vorbei und zog sie mit einem gewaltigen Ruck auf.

»Angeber«, sagte ich leise.

Er lächelte. »Gern geschehen.«

Innen erwartete uns ein schwarzes Loch. Die Wände, die Decken, der Boden, über den wir schritten – das alles war voller Ruß und noch feucht vom Löschwasser. Und es stank bestialisch.

Der Gang führte uns zum Treppenhaus, das bis zum ersten Absatz aus Stein gefertigt war. Dieser Bereich wirkte ziemlich unversehrt. Weiter oben bestand die Treppe aus Eiche. Dort waren die Schäden unverkennbar. Teilweise fehlte der Handlauf. Einige Stufen sahen aus wie überdimensionale Grillkohle.

Maximilian legte den Kopf in den Nacken und blickte nach oben. »Von hier unten können wir den Brandherd nicht feststellen.«

»Nein«, bestätigte ich.

»Wir sollten hinaufsteigen und das genauer unter die Lupe nehmen.«

»Nein«, wiederholte ich.

»Was, *nein*?« Irritiert drehte er sich zu mir um.

»Nicht *wir*«, sagte ich. »Was wiegst du?«

»Zwischen fünfundachtzig und neunzig. Ich habe mich lange nicht mehr auf die Waage gestellt.«

»Siehst du«, erwiderte ich. »Ich bin nur knapp halb so schwer.«

»Ja, und?«

»Falls du es noch nicht bemerkt haben solltest: Die Stufen sind nicht mehr das, was sie mal waren. Wenn ich wetten müsste, ob die Treppe mich oder dich trägt, würde ich auf mich tippen.«

Sein Gesichtsausdruck sprach Bände. Ihm gefiel das nicht. Sein Problem. Ich setzte mich in Bewegung.

»Sei vorsichtig«, hörte ich ihn sagen.

Ich wandte mich nach ihm um. »Klar. Vorsichtig, das bin ich.«

Bis zum ersten Absatz ging es leicht. Je weiter ich jedoch nach oben stieg, desto größer waren die Schäden, die das Feuer hinterlassen hatte. Ein paarmal fehlten ein, zwei Stufen fast komplett und ich konnte durch die entstandenen Lücken bis ins Erdgeschoss blicken. Die gesamte Treppe knarzte bedenklich.

Ich erreichte den fünften Stock. Keine Türen mehr an den vier Wohnungen, nur noch gähnende Öffnungen.

So musste es gewesen sein: Das Feuer war hier ausgebrochen und die Flammen hatten sich dann nach oben, zu den Seiten und nach unten gefressen.

Die Flammen, der Brandgeruch…

Ich versuchte, meine Erinnerung auszublenden. Aber es gelang mir nicht. Die Bilder kamen zurück.

*Ich bin angeschossen, liege am Boden, und Gruber hat mir mehrmals in den Bauch getreten. Die Schmerzen sind unerträglich. Ich weiß, ich verliere mein Baby, ich spüre warmes Blut zwischen den Beinen.*

*Ich habe keine Kraft mehr. Ich bin fertig. Ich werde sterben.*

*Ein Knacken. Zuerst vereinzelt, dann schnell aufeinanderfolgend. Ein Prasseln kommt hinzu. Und mir wird klar: Gruber hat das getan, was er immer tut, wenn er einen Einsatz beendet hat und es Spuren oder Leichen zu beseitigen gibt: Er hat alles angezündet. Ich werde bei lebendigem Leib verbrennen.*

*Das ist mir ganz recht. Ich kann nicht mehr weiter. Und ich will auch nicht. Ich bleibe einfach liegen.*

*Nach einer Weile beginne ich, den Rauch zu riechen. Ich beginne, die Wärme der Flammen zu spüren. Mit einem Mal steigt unbändiger Zorn in mir auf. Nein! Gruber hat mir alles genommen. Sascha, mein ungeborenes Kind... Aber mein Leben wird er nicht bekommen! Das werde ich ihm nicht auch noch geben!*

*Wie in Zeitlupe rolle ich mich auf den Bauch. Ich keuche, ich ächze, während ich mich mit den Füßen abstoße und mich kriechend in Richtung des Fensters vorarbeite.*

*Ich erreiche die Wand, halte mich am Heizkörper fest und ziehe mich hoch. Millimeterweise.*

*Das Fenster ist geschlossen. Es dauert eine Ewigkeit, bis meine Finger den Griff ertasten, ich einen Flügel öffne.*

*Ich sehe nach unten. Erster Stock. Vielleicht vier, höchstens fünf Meter. Unten ein Stück Rasen.*

*Mir bleibt keine Alternative. Ich beuge mich vor und lasse mich fallen...*

Ich schloss die Augen, presste die Lider fest zusammen, konzentrierte mich auf meine Atmung. Der Aufruhr, der in mir tobte, ebbte allmählich ab. Ich kehrte in die Gegenwart zurück.

Kybells Wohnung, oder das, was davon übrig war: Ich ging hinein. Torsos von verbrannten Möbeln, Schlacke am Boden, abgeplatzter Putz. Auch hier alles schwarz. Alles kaputt. Kaum vorstellbar, dass hier noch vor wenigen Tagen zwei Menschen gelebt, gelacht und sich wohlgefühlt hatten.

Mein Nacken wurde unvermittelt kalt, wie er es immer wurde, wenn ich von irgendwoher eine Gefahr vermutete. Sofort verharrte ich, lauschte angestrengt. Nichts.

Dann ein Pochen – nicht aus der Wohnung, sondern von weiter weg. Es drang eindeutig von unten zu mir herauf.

Ich unterdrückte den Impuls, nach Maximilian zu rufen oder loszurennen. Langsam, darauf bedacht, keine Geräusche zu verursachen, verließ ich das Apartment. Ich trat auf den Treppenabsatz hinaus, beugte mich vor und blickte Richtung Erdgeschoss.

Ein Mann in einer roten Jacke griff Maximilian an, der ihm einen mächtigen Faustschlag verpasste. Der Kerl in der roten Jacke taumelte aus meinem Blickfeld. Dafür tauchten zwei weitere Personen auf. Ebenfalls männlich. Und sie gingen auch auf Maximilian los.

Er setzte sich zur Wehr, er machte es eigentlich gar nicht schlecht, aber er hatte keine Chance. Sie waren in der Überzahl. Und über kurz oder lang würden sie ihn fertigmachen.

Eher über kurz, als lang…

Ich zögerte nicht weiter, preschte die Treppe hinunter. Das verkohlte Holz quietschte und knarzte und knackte bedrohlich unter meinen Füßen.

Viertes Stockwerk, fast war ich im dritten angelangt. Die Stelle mit den fehlenden Stufen. Ich versuchte, mich an der Wand vorbeizudrücken…

Ein ohrenbetäubendes Krachen, und ein großer Teil der Bohlen brach vor mir weg. Beinahe hätte ich mein Gleichgewicht verloren. Beinahe wäre ich in das entstandene Loch gefallen und bis ins Erdgeschoss gestürzt.

Im letzter Sekunde stieß ich mich von der Wand ab, sprang über den klaffenden Spalt und landete mehrere Meter tiefer auf dem nächsten Absatz. Ein gefährliches Schwanken, ein Zittern, aber die Konstruktion hielt. Noch.

Ich eilte weiter.

Im Nu hatte ich die Steinstufen erreicht, war unten.

Maximilian lag am Boden. Der Typ mit der roten Jacke auch. Der zweite, er hielt eine Eisenstange in der Hand, trat auf Maximilian ein, angefeuert von einem Dritten.

Sie sahen mich. Der Kerl mit der Stange brüllte irgendetwas, rannte auf mich zu und schwang dabei das Rohr nach oben, über seinen Kopf. Völlig idiotisch.

Ich ließ mich hinfallen, trat ihm die Beine weg, und erwischte ihn mit dem Absatz am Kinn. Das reichte. Die Stange rollte klappernd über die rußgeschwärzten Fliesen.

Federnd kam ich auf die Beine, wehrte mit der Rechten seinen noch stehenden Kumpan ab, der mich ohnehin nur halbherzig attackieren wollte, bückte mich, erwischte das Metallrohr und hieb es ihm quer über die Schulterpartie. Er jaulte auf.

»Weg hier!«, schrie der Typ mit der roten Jacke, den Maximilian zumindest zeitweise außer Gefecht gesetzt hatte. Der Typ richtete sich auf, warf mir einen panischen Blick zu und humpelte, so schnell es ihm möglich war, Richtung Hinterausgang.

»Aber das Dope!«, rief einer der anderen beiden.

»Egal!«, brüllte der Kerl mit der roten Jacke, und noch etwas anderes, was ich nicht verstand.

Hastige, unkoordinierte Schritte, die Hintertür flog auf. Dann Stille.

Ich sah mich um. Kein Angreifer mehr da. Alles sicher.

Ich warf die Eisenstange weg, rannte zu Maximilian. Der lag auf der Seite, die Beine zum Bauch hin angezogen und rührte sich nicht.

»Maximilian!«, rief ich.

Ich fiel neben ihm auf die Knie, drehte ihn vorsichtig auf den Rücken.

Er grinste mich an. Schief und schmerzerfüllt. Aber er grinste.

»Keine Panik«, brachte er heraus.

Ich blickte ihn an, und ich erkannte zwei Dinge: Ihm war bewusst, dass ich mich um ihn gesorgt hatte. Und es schien ihm zu gefallen.

Das war mir jetzt egal. Ich fühlte mich einfach nur erleichtert.

»Was ist?«, fragte ich. »Bist du verletzt?«

Wieder dieses schmerzerfüllte Grinsen. Dazu ein leichtes Kopfschütteln. »Nicht direkt. Ich habe nur einen Tritt in die Ei … in den Unterleib bekommen.«

Ein riesengroßer Stein fiel mir vom Herzen. »Das geht vorbei.«

»Na hoffentlich bald.« Er atmete mehrmals tief ein und aus. »Was ist mit den Typen?«, fragte er schließlich.

»Mit den Dealern? Die sind weg.«

»Du hast sie gehen lassen?«

Ich nickte.

»Da hatten sie ja Glück!« Er lachte und stöhnte auf.

»Das hast du von deinen Unverschämtheiten«, gab ich zurück.

Er versuchte aufzustehen, und ich half ihm dabei. Er schwankte, sein Oberkörper in Schonhaltung etwas vornübergebeugt. Ich packte seinen Arm, legte ihn über meine Schulter.

»Dein schicker Anzug ist wohl hinüber«, bemerkte ich.

»Macht nichts«, entgegnete er abgehackt. »Davon habe ich noch mehr. Aus meiner aktiven Zeit ... Und überhaupt siehst du auch nicht viel sauberer aus.«

Gemeinsam gingen wir nach draußen.

## 33

Im Hof setzte sich Maximilian auf das Trittbrett des alten Campingbusses. Geistesabwesend begann er, Ruß und Dreck von seinem Anzug notdürftig abzuklopfen. Ich lehnte mich mit dem Rücken an die Karosserie, überlegte kurz, mich ebenfalls zu säubern, entschied mich aber stattdessen dafür, einfach die Abendsonne zu genießen.

Sein Handy klingelte. Mit ungelenken Bewegungen fischte er es aus seiner Tasche und hielt es sich ans Ohr.

»Storm? … Ah, Frau Fleischmann.« Er runzelte die Stirn. »Es geht um Frau Groß?« Er sah mich an, während er weitersprach. »Haben Sie etwas dagegen, wenn ich Sie auf laut stelle? Frau Groß steht zufällig gerade neben mir … Gut.«

Er nahm das Handy herunter, drückte einen Knopf und hielt es zwischen uns. Ich ging in die Hocke, um besser hören zu können.

»Frau Fleischmann, können Sie mich verstehen?«, fragte Storm.

»Ja«, kam ihre Stimme zurück. »Alles bestens.«

»Worum geht es?«, fragte Storm weiter.

»Ich rufe Sie heute an, weil mir Transparenz sehr wichtig ist«, begann sie.

»Transparenz? In welcher Hinsicht?«

»Nun.« Das typische Räuspern von ihr. »Ich habe Sie recherchiert und dabei erfahren, dass Sie *der* Rechtsanwalt Storm sind. Von der Kanzlei Advocatus.«

»Das ist korrekt. Und?«

»Um zu verhindern, dass Sie sich vielleicht bei der Chefetage über mich beschweren und dabei irgendwelche Verfahrensfehler oder Willkür oder ähnliches anführen, möchte ich Sie bezüglich Ihrer Mandantin, Frau Groß...« Sie machte eine Pause. Höchstwahrscheinlich las sie ihre Rede vom Papier ab. »ähm, bereits im Vorfeld informieren.«

»Schön«, erwiderte Maximilian. »Das sagt mir jetzt gar nichts.«

»Wenn Sie mich ausreden lassen, werden Sie es erfahren.« Das kam patzig und war eindeutig nicht abgelesen. Ein Räuspern. »Bei der Überprüfung von Frau Groß' Personalien und den Angaben, die sie anlässlich der Anhörung gemacht hat, habe ich Unstimmigkeiten festgestellt. Unstimmigkeiten, was ihre Herkunft betrifft.«

Maximilian setzte sich aufrecht hin. »Könnten Sie das bitte konkretisieren?«

»Das werde ich, wenn meine diesbezüglichen Ermittlungen abgeschlossen sind. Heute wollte ich Ihnen nur bereits ankündigen, dass Sie im Lauf der nächsten Woche meine Ergebnisse schriftlich bekommen werden. Selbstverständlich erhalten Sie und Ihre Mandantin die Gelegenheit, die Anschuldigungen zu prüfen. Und dann, ein paar Tage später, fürchte ich, dass wir uns erneut bei mir im Präsidium sehen müssen.«

»Gut«, sagte Maximilian betont gelassen.

Damit hatte sie allem Anschein nach nicht gerechnet. Es blieb einen Moment still am anderen Ende der Leitung. Dann meinte sie: »Fein. Ich gehe jetzt in mein wohlverdientes Wochenende. Auch Ihnen und Ihrer Mandantin eine schöne Zeit.« Sie legte auf.

Maximilian starrte eine Weile auf sein Telefon, bevor er mich ansah. »Hast du eine Ahnung, was sie mit *Unstimmigkeiten* bei deiner Herkunft meint?«

Ich schwieg, blickte aber auch nicht weg.

»Wenn es tatsächlich um deine Herkunft geht … Diese Fleischmann kann deine Eltern befragen, nicht wahr?«

»Die sind tot«, erwiderte ich.

»Tot?« Er atmete tief ein. »Verwandte wird es doch geben? Geschwister oder so?«

Ich schüttelte den Kopf.

»Hm. Aber Geburtsurkunde, Schulzeugnisse, so etwas in der Art? Die hast du doch?«

»Eventuell.« Ich dachte an den Fälscher, der Andrej und mir neue Identitäten verschafft hatte. Allem Anschein nach war er nicht so gründlich gewesen, wie er vorgegeben hatte.

»Eventuell«, wiederholte Maximilian. Er musterte mich. »Ist es wirklich so schlimm?«

Ich blieb ihm eine Antwort schuldig, doch mein Gesichtsausdruck reichte ihm anscheinend als Bestätigung.

Er nickte – langsam und bedächtig. »In Ordnung. Ich verstehe. Oder auch nicht.« Er steckte das Handy weg. »Ich denke, wir warten den Brief erst einmal in

Ruhe ab. Hunde die bellen, beißen nicht. Wer weiß, was sie glaubt, gefunden zu haben, und jetzt versucht, aufzubauschen. Wir handeln jedenfalls nicht vorschnell. Wir lassen das einfach auf uns zukommen.«

*Keine tolle Strategie*, dachte ich.

Ich für meinen Teil, konnte nicht riskieren, auf das Eintreffen des Briefes warten. Ich würde vorher gehen.

## 34

Eine große Gemeinschaftsküche, funktional eingerichtet. Helle Kiefernmöbel, ein ausladender Esstisch mit zehn Stühlen. Insgesamt war man sehr bemüht gewesen, den Eindruck von Normalität zu erzeugen. Dabei war das hier alles andere als normal. Ein Frauenhaus – Unterschlupf für Frauen und oftmals deren Kinder vor gewalttätigen Männern.

Kybell trat ein, begrüßte mich mit Handschlag und setzte sich mir gegenüber an den Tisch.

»Viele Grüße von Herrn Storm«, sagte ich. »Er wäre gerne mitgekommen, aber Männer haben ja keinen Zutritt.«

»Aus gutem Grund«, sagte Kybell. Sie musterte mich ernst.

»Wie geht es Ihnen?«, fragte ich.

Sie zuckte mit den Schultern. »Wenn mir langweilig ist, helfe ich den Betreuerinnen in der Küche und den anderen Frauen mit ihren Kindern. Das tut mir gut. Und ich habe im Rathaus einen Antrag auf eine neue Wohnung gestellt. Mal sehen, was da kommt.«

»Okay«, sagte ich. »Ich erzähle Ihnen, was wir bislang herausgefunden haben.«

Sie nickte.

»Also: Wir waren beim Pflichtverteidiger Ihres Bruders, bei Herrn Vierheimer. Ein netter und fähiger Anwalt. Wir arbeiten gut zusammen.«

»Das ist schön.« Sie entspannte sich ein wenig und lehnte sich zurück.

»Dann waren wir bei Ihrem Bruder Abbubekir in der JVA.«

»Wie geht es ihm?« Sie richtete sich auf. Ihre Augen weiteten sich für eine Sekunde, fast, als habe sie Angst.

»Den Umständen entsprechend.«

»Das Eingesperrtsein ist schrecklich für ihn«, stieß Kybell hervor. »In der Beziehung sind wir gleich. Er braucht seine Freiheit.«

»Er hat uns versichert, dass er nichts mit dem Brandanschlag zu tun hat. Er hat aber auch niemand anderen aus Ihrer Familie beschuldigen wollen.«

»Aha.« – mehr nicht.

»Sie sind anderer Meinung?«

Sie blinzelte einmal. »Ich bin mir nicht sicher…«

»Gestern waren Herr Storm und ich bei Ihrem ältesten Bruder.«

»Bei Hakan?« Diesmal täuschte ich mich nicht. Sie hatte Angst.

»Genau. Bei Hakan«, fuhr ich betont sachlich fort. »Er sieht es wie Sie: Abbubekir hatte nichts mit dem Brand zu tun.« Ich hielt inne. »Er meinte aber auch, dass er Ihnen keine Vorhaltungen mehr macht.«

»Hat er das behauptet, ja?«, erwiderte sie beinahe tonlos.

»Das hat er.« Ich nickte. »Er hat uns erklärt, die Sache mit Ihnen sei erledigt. Die Familie habe abgeschlossen.«

Sie presste die Lippen zusammen. »Das wäre schön.«

»Sie glauben es nicht?«

»Was denken Sie, warum ich hier bin?« Sie warf mir einen zornigen Blick zu.

»Sie halten Ihre Familie wirklich für fähig, ein Haus anzuzünden? Menschen zu töten?«

»Ausschließen kann ich es nicht … Aber Abbubekir, der ist unschuldig.«

»Hakan hat uns noch etwas anderes berichtet.«

»Was denn?« Wieder diese Angst in ihrem Gesicht. Überdeutlich.

»Dass Sie und Florian Hoffmann weggehen wollten.«

Sie schluckte. »Ja. Nach Stuttgart.«

»Und warum, wenn ich fragen darf?«

»Nun, wir hätten ohnehin früher oder später ausziehen müssen. Das Haus sollte renoviert werden, und dann hätten wir uns die neue Miete nicht mehr leisten können. Fast gleichzeitig hat Florian in Stuttgart ein gutes Stellenangebot erhalten. Er arbeitet…«, sie senkte den Kopf, »er arbeitete seit drei Jahren im Callcenter. Dort hätte er eine Abteilung leiten können. Und für mich wäre ein Neuanfang in einer anderen Stadt, weg von der Familie, auch gut gewesen.«

»Was ist mit Ihrem Job im Silberdollar?«

»Was soll mit dem sein? In der Gastronomie findet man überall etwas.«

»Wenn Sie in Stuttgart gewohnt hätten, hätten Sie Abbubekir nicht so häufig sehen können.«

»Das ist richtig«, meinte sie nach einem nahezu unmerklichen Zögern.

»Wäre Ihnen das nicht schwergefallen?«

»Sehr. Aber das wäre der Preis für meine Freiheit gewesen.« Offenbar hatte sie die Entscheidung wegzuziehen, sehr bewusst abgewogen und getroffen.

»Hakan erzählte uns auch, dass Abbubekir heiraten wollte.«

Sie lächelte. Das Lächeln fiel schief aus. »Er hat eine Verlobte in der Türkei.« Sie wurde wieder ernst. »Haben Sie sonst noch etwas herausgefunden?«

»Nicht wirklich. Wir waren bei Ihrem Haus. Das Feuer hat in dem Gebäude gewütet. Es muss schlimm gewesen sein.«

Sie blickte zu Boden. »Mir ist nichts geblieben«, meinte sie leise. »Ich habe nur noch meinen Bruder. Sie müssen ihm unbedingt helfen.«

## 35

»Du bist dir wirklich sicher, dass Kybell vorhin seltsam reagiert hat, als du die Verlobte angesprochen hast?« Maximilian sah mich aufmerksam an.

Ich überlegte kurz. Dabei lauschte ich nach den Geräuschen, die anzeigen würden, dass sich Abbubekir mit dem JVA-Beamten näherte. Noch war es still, und Maximilian und ich saßen alleine in dem Besprechungsraum des Gefängnisses.

»Ja«, erwiderte ich. »Ich kann nicht den Finger darauf legen, was es war. Aber ich werde das Gefühl nicht los, dass mit der Verlobten etwas nicht stimmt.«

»Weißt du, vielleicht ist Kybell lediglich eifersüchtig und hasst die Frau, weil sie ihr ihren Lieblingsbruder wegnimmt. Frauen sind so.«

»*Frauen sind so*«, äffte ich ihn nach. »Männer wohl nicht? Aber im Ernst: Das mit der Eifersucht passt nicht. Kybell hatte ohnehin vor, mit ihrem Freund wegzuziehen. Und außerdem sorgt sie sich um ihren Bruder. Sie möchte, dass es ihm gutgeht. Sollte mit der Verlobten von ihm alles passen, müsste ich mich sehr täuschen, wenn sie etwas gegen ihre künftige Schwägerin hätte.«

Maximilian zog skeptisch eine Augenbraue in die Höhe. »Aber…«

Schritte. Das Klappern von Schlüsseln. Die Tür wurde geöffnet, und Abbubekir wurde von einem Beamten hereingeführt.

Der Beamte griff nach Abbubekirs Ellenbogen, um ihn zum Tisch zu bringen.

»Ey, Alter!« Abbubekir hob beide Hände und löste dadurch den Griff. »Fass mich nicht an!«

Der Schließer schüttelte leicht irritiert den Kopf, nickte uns anschließend schweigend zu und ging aus dem Raum.

Abbubekir ließ sich geräuschvoll auf einen freien Stuhl fallen. »Boah!«, schnaubte er.

»Wie geht's?«, erkundigte sich Maximilian.

»Wie soll es einem gehen?« Abbubekir verzog den Mund zu einem verächtlichen Grinsen. »Das ist der Knast, Mann. Ist furchtbar. Viel länger halte ich es nicht mehr aus. Irgendwann haue ich hier jemandem aufs Maul.«

Maximilian gab sich unbeeindruckt. »Das sollten Sie lieber bleiben lassen. Wäre nicht gerade zielführend, um nicht zu sagen: saublöd.«

Abbubekir sog die Luft durch die Nase ein, wobei er uns abschätzig musterte. »Was wollt ihr?«

»Alle Leute, die wir befragt haben, haben Ihre Aussagen bestätigt«, übernahm ich.

»Na, seht ihr! Dass ich hier drinnen bin, ist die reinste Willkür.«

»Müssen wir noch beweisen. Und dazu brauchen wir Infos von Ihnen.«

»Gut.« Er setzte sich zurecht und faltete die Hände ineinander. »Legt los.«

»Beginnen wir mit dem Brand«, sagte Maximilian. »Erzählen Sie uns doch noch einmal, wie es war, als Sie in das Haus gerannt sind.«

»Echt jetzt? Das habe ich doch schon erzählt!« Er fuchtelte mit einer Hand in der Luft herum. »Hat alles gebrannt. Ich wollte Kybell retten und habe das Bewusstsein verloren.«

»Wie weit sind Sie ins Haus vorgedrungen? Bis zu welchem Stockwerk?«, hakte ich nach.

»Na, ich bin rein. Da hat's schon gequalmt. Aber ich dachte mir, das packst du. Ich bin vor bis zur Treppe, bin die Steinstufen rauf. Mein Hals hat angefangen, fürchterlich zu kratzen. Ich musste husten, würgen, hab keine Luft mehr bekommen.« Er sah uns nacheinander an. »Da muss irgendein Gift im Qualm gewesen sein. Und dann ist von oben was runtergestürzt. Ein Brett oder ein Balken. Was es war, weiß ich nicht. Anschließend ist alles schwarz. Ich bin erst wieder zu mir gekommen, als mich die Feuerwehr rausgetragen hat.«

Maximilian warf mir einen Blick zu, und ich nickte ansatzweise. Er erhob sich.

»Das war's eigentlich auch schon, weswegen wir heute mit Ihnen sprechen wollten«, sagte er.

»Wirklich? Das waren keine fünf Minuten!«

Ich stand ebenfalls auf. »Vielleicht eins noch. Ihr Bruder Hakan hat uns erzählt, dass Sie eine Verlobte haben.«

»Klar, habe ich die.« Er grinste breit. »Yasemin.«

»Sie soll bald herkommen«, sagte Maximilian.

»Ja. Alles ist vorbereitet.«

»Unseren herzlichen Glückwunsch«, meinte ich. »Das ist schön!«

Abbubekir nickte.

»Ach. Ich habe noch etwas vergessen zu fragen«, sagte Maximilian.

»Was denn?«

»Können Sie mir sagen, für welches Taxiunternehmen Sie fahren?«

»Warum?« Abbubekir beäugte Maximilian misstrauisch.

»Ihr Chef und die anderen Fahrer können uns doch bestimmt bestätigen, dass Sie ein gutes Verhältnis zu Kybell haben.«

»Je mehr Fürsprecher und Zeugen«, führte ich aus, »desto besser für Sie. Wir wollen einfach nichts unversucht lassen, um Ihnen zu helfen. Verstehen Sie?« Ich setzte meine unschuldigste Miene auf.

»Okay«, sagte Abbubekir. »Ich arbeite für Bogdan Hübner. Er hat sechs Taxen.«

Maximilian fingerte einen kleinen Kalender mit Stift aus seinem Sakko. »Wenn Sie uns den Namen und die Adresse schnell notieren? Erspart uns das Suchen.«

Abbubekir nahm Block und Kuli und begann zu schreiben. »Muss ich noch lange hierbleiben?«, erkundigte er sich dabei.

»Schon noch ein wenig, fürchte ich«, erwiderte Maximilian. »Versuchen Sie, nicht aufzufallen. Und verhalten Sie sich ruhig.«

# 36
## NEULEWIN

Bernd öffnete die Augen. Irgendetwas hatte ihn geweckt. Er blinzelte. Seine Nachttischlampe war an. Seltsam. Er war sich sicher, dass er sie ausgeschaltet hatte, bevor er eingeschlafen war.

Neben seinem Bett stand ein Stuhl. Darauf saß ein Mann. Dessen scharfkantiges Gesicht wurde durch das schummrige Licht gespenstisch erleuchtet. Und der Fremde hielt etwas in der Hand. Eine lange Pistole, an dessen Ende sich ein dickes Rohr befand. Bernd blickte direkt in die Mündung. Groß, rund und schwarz.

Panisch wollte er sich aufrichten.

»Liegen bleiben«, sagte der Fremde. Seine Stimme war rau, der Tonfall ließ keine Widerrede zu.

Bernd sank zurück. Unwillkürlich tastete er nach seiner Frau. Ulla schlief neben ihm. Er fühlte ihren Arm und dann … etwas, was da nicht hingehörte: warm, feucht, ein wenig klebrig.

Sein Kopf fuhr herum. Er konnte Ulla im Schein der Lampe sehen. Sie lag wie immer auf dem Rücken. Doch in der Mitte ihrer Stirn klaffte jetzt ein kreisrundes Loch. Das Bettzeug um sie herum war dunkel vor Blut.

Voller Entsetzen blickte Bernd wieder zu dem Fremden und sein Mund öffnete sich zu einem Schrei.

Der Mann hob die Pistole an, legte den Zeigefinger seiner freien Hand vor die Lippen und machte: »Pst.«

Kein Laut drang aus Bernds Kehle.

Der Mann senkte die Waffe. »Du redest nur, wenn ich dich frage. Ansonsten bist du tot wie deine Frau. Können wir uns darauf einigen?«

Bernd nickte stumm.

»Wundervoll.« Der Fremde nickte auch. Einmal. »Wie lange gehört euch das Haus?«

*Das Haus*, dachte sich Bernd. *Warum fragt er nach dem Haus?*

»Ich will mich nicht wiederholen müssen. Das wäre für dich auch sehr schlecht.« Der Lauf der Waffe bewegte sich wieder nach oben.

»Vor acht Monaten«, antwortete Bernd hastig. »Wir haben das Haus vor acht Monaten gekauft.«

»Was ist mit den Vorbesitzern? Kennt ihr die?«

»Nein.« Bernd verschluckte sich und musste husten. »Das lief über einen Makler«, brachte er heraus.

»Ihr habt euch das Haus vorher sicher angeschaut. Du kaufst doch nicht die Katze im Sack. Bei der Begehung, waren da die Eigentümer anwesend?«

»Nein«, stotterte Bernd. »Nur der Makler. Das Haus stand bereits leer, als wir es besichtigt haben.«

In aller Seelenruhe begann der Fremde, den Schalldämpfer von seiner Pistole abzuschrauben. Dabei redete er weiter. »Aber da waren doch noch Sachen drin. Möbel. Habt ihr darin etwas gefunden? Briefe, Postkarten, Fotos, Dokumente … Irgendetwas?«

»Nein.« Bernd kam sich vor, als wäre er in einem Alptraum gefangen. Sein Blick glitt wieder zu seiner Frau. Sie lag ganz ruhig. Vielleicht schlief sie doch. Wenn nur nicht dieses Loch und dieses viele Blut gewesen wären. *Oh mein Gott! Ulla!*

»Konzentriere dich!«, sagte der Fremde. »Habt ihr Sachen gefunden?«

Bernd schluckte. Sein Mund war völlig trocken. Die Zunge klebte an seinem Gaumen. »Alles war ausgeräumt.«

Der Fremde verzog einen Mundwinkel. »Das Haus ist groß. Auf dem Dachboden, im Keller, in der Garage: nichts?«

»Wir haben renovieren lassen. Die Böden, Malerarbeiten. Wir haben selbst mit angepackt. Aber … da war nichts.«

Der Fremde steckte den Schalldämpfer in die Außentasche seiner Jacke. »Ist ein Unbekannter vorbeigekommen, seitdem ihr hier wohnt?«

Bernd schüttelte stumm den Kopf.

»Möglicherweise hat jemand angerufen?«

»Nur Freunde und Familie … Handwerker auch.«

»Sonst niemand? Keine ungewöhnliche Post, nichts Auffälliges?«

»Nein«, krächzte Bernd.

»Helena Groß – sagt dir der Name etwas?«

»Nein.«

Der Fremde wog die große Pistole nachdenklich in seiner Hand. »Noch mal zurück zu den Vorbesitzern: Du weißt gar nichts über sie? Im Dorf, beim Einkaufen ... In kleinen Käffern wird doch den ganzen Tag nichts anderes gemacht, als über die Nachbarn herzuziehen.«

Bernd dachte angestrengt nach. Vielleicht würde der Fremde gehen, wenn er ihm wenigstens eine seiner sinnlosen Fragen beantworten würde. Vielleicht hätte er dann noch eine Chance.

»Wir wohnen außerhalb«, beeilte er sich zu antworten. »Wir haben uns ganz bewusst für das Haus entschieden. Ulla ist Designerin, sie braucht Ruhe. Deshalb sind wir aus Berlin weg. Und ich, ich bin Autor. Ich kann schreiben, wo ich will. Sicher haben Sie schon von mir gehört... Mein Pseudonym ist Ben Snyder. Sie verstehen: abgeleitet von Bernd Schneider. Verkauft sich besser...«

»Halt die Klappe«, zischte der Fremde.

Bernd verstummte augenblicklich. Er wagte es nicht einmal mehr, zu atmen.

»Beim Umbau, hast du da einen Safe im Haus gefunden?«

*Geld. Natürlich!* Er war gerettet. Der Fremde wollte Geld. Ging es nicht immer darum? Warum war ihm das nicht gleich eingefallen? Er schrieb es doch ständig in seinen Romanen. Geld – das Wichtigste für alle Leute. Beinahe hätte er vor Erleichterung laut aufgeschluchzt. Doch er nahm sich zusammen. Wenn er seine Karten jetzt richtig ausspielte, würde er aus der Sache doch noch lebendig herauskommen...

»Was ist? Gibt es einen Safe, oder nicht?«

Bernd zwang sich zur Ruhe. »Kein Safe. Aber«, er hob eine Hand, »ich habe Geld da. Und Schmuck. Wenn Sie gehen, gebe ich Ihnen alles.«

Der Fremde stutzte. Er musterte Bernd mit einem durchdringenden Blick. »Ich habe vor nicht einmal zehn Minuten deine Frau erschossen. Du würdest sofort die Polizei rufen.«

»Nein«, antwortete Bernd langgezogen, schüttelte dabei übertrieben den Kopf und machte große, unschuldige Augen. »Ich habe nichts gesehen. Ich habe geschlafen. Erst beim Aufwachen habe ich meine tote Frau entdeckt. Und ich schlafe immer sehr lange. Mindestens bis zehn. Das gibt Ihnen einen Vorsprung.«

Der Fremde lächelte. »Okay. Wo ist das Geld?«

»Unten. Unten im Arbeitszimmer. Im Schreibtisch. Ich hole es Ihnen.« Bernd machte Anstalten, aufzustehen.

»Nicht nötig.« Der Fremde erhob sich. Er trat ans Bett heran und beugte sich über Bernd. Dabei nahm er sich eines der Dekorkissen.

Bernd spürte, wie sich seine Blase entleerte. Kurz sah er das Muster des Kissens, gestickte Rauten und Dreiecke... Ein feuriger Blitz, und es wurde dunkel.

Gruber blickte auf das Kissen. Er hatte dreimal hindurchgeschossen. Das Mündungsfeuer hatte den Bezug versengt. Der Stoff qualmte leicht. Federn aus der Füllung schwebten geräuschlos durch die Luft. Gruber steckte die Luger in das Holster zurück und nahm wieder auf dem Stuhl Platz.

Wenig später erklangen Schritte, und seine Männer kamen ins Zimmer. Einer von ihnen schaltete das

Deckenlicht an. Den beiden Leichen im Bett schenkten sie keinerlei Beachtung.

»Sollen wir alles anzünden?«

Grubers Finger trommelten nachdenklich auf seinem Oberschenkel. »Später. Er konnte mir rein gar nichts sagen. Und über die Behörden etwas herauszufinden, dürfte sich schwierig gestalten.«

»Was sollen wir dann machen?«

Gruber erhob sich. »Wir warten bis morgen. Sobald es hell ist, stellen wir das gesamte Haus auf den Kopf. Wir durchkämmen es. Irgendetwas werden wir finden. Die Leute lassen immer etwas zurück.«

# 37

Pardis Fleischmann war schon seit fast zwei Stunden unterwegs. Morgens war sie mit Darius in Berlin aufgebrochen, hatte zunächst die Autobahn Richtung polnischer Grenze genommen und war dann auf die Landstraße gewechselt.

Eine landwirtschaftlich geprägte Gegend, weite Felder, mit Büschen begrenzt, vermutlich, um den Wind zu brechen. Wenige Ortschaften – und die winzig.

Sie hatte in den letzten Tagen versucht, Informationen über Helena Groß zu finden. Aber außer einer Geburtsurkunde und einem Abschluss der Dresdner Hochschule für Bildende Künste hatte sie nichts Greifbares gefunden. Und der Professor, der das Diplom unterschrieben hatte, war zu allem Überfluss vor wenigen Jahren verstorben.

Daraufhin hatte sich Pardis auf die Adressen konzentriert, unter denen Helena Groß gemeldet gewesen war. Sie hatte bei Helenas jetzigem Wohnsitz begonnen und sich schrittweise zurückgearbeitet. Sie war nicht weit gekommen. Die Spur endete in Neulewin, Landkreis Märkisch-Oberland, Brandenburg. Dort war Helena Groß vor rund sechs Jahren erstmals melderechtlich in Erscheinung getreten. Sackgasse.

Doch Pardis gab nicht so schnell auf. Mit dieser Groß stimmte etwas nicht. Ganz und gar nicht. Die Kommissarin war nicht erst seit gestern bei der Kripo. Und ihr Instinkt sagte ihr, dass es sich bei Helena Groß um eine Gewaltverbrecherin handelte. Die Frau hatte ganz sicher eine kriminelle Vergangenheit.

*Von wegen Kunstlehrerin!* Pardis schnaubte.

Bis nach Neulewin waren es nicht einmal hundert Kilometer. Ideal für einen kleinen Wochenendausflug mit ihrem Sohn. Vielleicht würde sie bei der Gelegenheit etwas über Helena Groß herausfinden, das sie ihr dann am Montag um die Ohren hauen konnte. Und diesem arroganten, besserwisserischen Anwalt. Der Typ hatte seit dem Unfall vor einigen Jahren keine Kanzlei mehr – natürlich hatte sie auch ihn gründlichst recherchiert. Seitdem war er nicht in Erscheinung getreten. Und plötzlich kümmerte er sich um dieses kleine Miststück. Womit bezahlte sie ihn überhaupt? Na ja, das konnte ihr egal sein.

Pardis erreichte die nächste Ortschaft. Eigentlich ein Dorf. Links eine lange Zeile von Einfamilienhäusern – mal renoviert, mal nicht, immer wieder leerstehend. Auf der rechten Seite ein breiter Grünstreifen, parkähnlich. Dahinter konnte sie einzelne Gebäude erkennen – ehemalige Villen mit großen Gärten.

Ihr Peugeot surrte friedlich dahin. Der Asphalt war glatt, wirkte neu. *Solidaritätszuschlag,* dachte sie sich. Beim Kreisverkehr nahm sie die zweite Ausfahrt. Der Straßenbelag änderte sich. Beton in der Mitte, links und rechts eine Art Rasengittersteine.

Pardis bremste ab. Holprig ging es weiter.

»Hui!«, sagte sie zu ihrem Sohn, der still auf dem Beifahrersitz saß, und lächelte ihn an. Darius mochte es, mit ihr im Auto zu fahren. Er musste nicht viel reden. Sie verstand ihn auch so.

Auch jetzt nahm er keinen Augenkontakt mit ihr auf, aber sie hatte gelernt, auf die kleinen Zeichen seiner Körpersprache zu achten. Er hatte sie sehr wohl gehört, er war entspannt und der Ausflug gefiel ihm.

Eine weitere Kreuzung. Das Navi dirigierte sie darüber hinweg, und sie hatten das Ende der Ortschaft erreicht. Am Straßenrand erhob sich ein mehrere Meter hoher Pfahl, an dessen Spitze sich ein ausladendes Nest befand. Zwei Störche standen darin. Spontan hielt sie an – außer ihr war ohnehin niemand unterwegs.

»Sieh mal, Darius!«, sagte sie.

Ihr Sohn starrte unbeweglich nach vorn durch die Windschutzscheibe. Sie war sich sicher, dass ihm die beiden Vögel nicht entgangen waren. Sie ließ ihm Zeit. Nach einigen Minuten startete sie den Wagen und fuhr langsam weiter.

Darius schnallte sich ab, drehte sich um und kniete sich auf den Sitz. Er sah nach hinten, bis das Storchennest aus ihrer Sichtweite verschwunden war. Dann setzte er sich wieder wortlos neben sie und machte den Gurt fest.

*Guter Junge*, sie lächelte.

Wieder saftig-grüne Wiesen, einzelne Bäume am Horizont, kleine Waldstücke.

Sie überholte einen Fahrradfahrer. Das Navi begann zu plappern. Sie bog in einen Privatweg ein und ließ den Peugeot langsam dahinrollen. Kies knirschte unter den Reifen.

Ein rotes Backsteinhaus tauchte auf. Zweistöckig. Vier große Fenster im Erdgeschoss, mit weißen Steinen umfasst. Im ersten Stock, im Mittelgiebel, drei Fenster: ein großes, flankiert von zwei kleineren.

Ein Opel und ein Ford, beide mit Berliner Kennzeichen, parkten davor. Pardis stellte ihren Wagen im Schatten daneben ab. Sie langte nach hinten auf die Rückbank, holte den Block und die Stifte, die sie extra mitgenommen hatte, und legte sie Darius auf den Schoß.

»Ich gehe jetzt in das Haus«, sagte sie zu ihm. »Vielleicht bin ich eine Weile weg. Aber nicht lange. Maximal eine halbe Stunde. In der Zwischenzeit kannst du etwas malen. Wie wär's mit dem Storchennest? Das Bild würde mir für mein Büro gefallen.«

Sie bekam keine Antwort, aber Darius drehte den Kopf in ihre ungefähre Richtung und blickte an ihr vorbei.

»Prima«, sagte sie. »Bleib bitte im Wagen. Und nachher gehen wir Eis essen.«

Sie ließ beide Seitenfenster hinunter, stieg aus und verriegelte den Wagen. Mit bedächtigen Schritten ging sie zu dem Wohngebäude hinüber.

Der Eingang befand sich an der Seite. Ein kleiner, rotgedeckter Anbau. Die Tür öffnete sich, und ein recht großer Mann trat heraus. Er trug eine Windjacke. Seine Haare waren kurzgeschnitten und grau.

Fragend sah er ihr entgegen.

## 38

Pardis zauberte ein Lächeln auf ihr Gesicht.
»Herr Schneider?«

Der Gauhaarige nickte, er lächelte ebenfalls, stieg die zwei Stufen vom Eingang herunter und kam ihr entgegen. Sie schüttelten sich die Hände.

»Mein Name ist Pardis Fleischmann. Ich arbeite bei der Kripo Berlin«, stellte sie sich vor.

»Tatsächlich?«, meinte der Grauhaarige.

»Ja. Ich hätte ein paar Fragen an Sie.«

»Fragen? Aber gerne!« Er wies auf eine Freifläche, auf der mehrere Gartenmöbel standen. »Nehmen Sie doch Platz. Darf ich Ihnen etwas zu trinken anbieten?«

»Nein. Vielen Dank«, lehnte Pardis ab, und sie beide ließen sich auf den Stühlen nieder.

»Was verschafft mir die Ehre Ihres charmanten Besuchs?«, erkundigte sich Herr Schneider.

Pardis musterte ihn näher. Er war schon älter, hatte sich aber gut gehalten. Er schien fit zu sein. Vermutlich betrieb er irgendeinen Sport. Und seine Augen waren ganz außergewöhnlich. Hell und durchdringend.

»Wohnen Sie hier?«, begann sie.

»Noch nicht richtig«, sagte Schneider. »Wir, also meine Frau und ich, sind zwar schon gemeldet, aber wir pendeln noch immer zwischen Berlin und Neulewin hin und her.« Er lächelte entschuldigend. »Gerade ist einer meiner Freunde drinnen. Wir verlegen Parkett. Nun, eigentlich verlegt mehr er das Parkett. Es ist einfach nicht meine Welt. Aber er kann das.«

»Wie gesagt, ich arbeite bei der Berliner Kripo«, wiederholte Pardis, um zum Thema zurückzukommen.

Ein besorgter Ausdruck huschte über Schneiders Gesicht. »Sie sind doch nicht wegen meines Freundes hier? Das ist keine Schwarzarbeit. Er bekommt kein Geld dafür, dass er mir hilft.« Wieder dieses attraktive Lächeln. »Ich lade ihn immer zum Essen ein, oder wir grillen. Mehr nicht.«

»Keine Angst«, Pardis hob eine Hand in die Höhe. »Das interessiert mich nicht. Ich bin wegen etwas anderem hier.«

»Ja? Weshalb denn?«

»Nun. Ihre Vorbesitzer…«

»Was ist mit denen?« Schneider wirkte irritiert.

»Wissen Sie, wo ich die finden kann? Wohin sie verzogen sind?«

»Ich glaube, ins Ausland. Genau sagen kann ich es Ihnen nicht. Meine Frau und ich hatten nie Kontakt mit ihnen.«

Pardis runzelte die Stirn. »Wie kann das sein?«

»Wir haben das Haus über einen Makler gekauft.« Schneider zuckte mit den Schultern. »Das Haus war schon leer, und der Vorbesitzer weg.«

»Schade«, sagte Pardis, während sie eine Welle der Enttäuschung erfasste. Das würde wieder eine Sackgasse werden. »Eigentlich geht es mir auch gar nicht um die Vorbesitzer selbst, sondern um eine Frau, die hier eine Zeitlang gemeldet war.«

»Eine Frau?« Schneider beugte sich interessiert vor.

»Vielleicht kennen Sie sie ja. Vielleicht ist sie mal vorbeigekommen, hat etwas abgeholt. Oder sie hat angerufen.« Pardis machte eine Pause. »Ihr Name ist Helena Groß.«

In Schneiders Gesicht rührte sich nichts. »Helena? Helena Groß?« Er schürzte die Lippen und schüttelte langsam den Kopf. »Tut mir leid. Da klingelt nichts.«

»Ich habe ein Foto von ihr. Es könnte sein, dass sie Ihnen gegenüber einen anderen Namen angegeben hat.«

Schneider zog eine Augenbraue hoch. »Das wird ja immer mysteriöser!« Er legte seine Hand auf den Tisch. Er hatte sehnige, lange Finger. »Jetzt bin ich neugierig! Zeigen Sie doch mal her.«

Pardis langte in ihre Tasche und holte ein Foto heraus. »Es ist leider nicht allzu scharf, aber ich denke, sie ist darauf ganz gut zu erkennen.«

Schneider nahm das Bild und betrachtete es eingehend. »Das scheint von einer Videokamera zu stammen. Richtig?«

»Ja. Das ist korrekt. Sie kennen sich erstaunlich gut aus.«

Schneiders Mundwinkel zuckte amüsiert. Erneut konzentrierte er sich auf das Bild. »Ist das eine Bank, vor der die Frau steht. Diese… wie heißt sie noch mal?«

»Helena Groß.«, ergänzte Pardis. »Und: ja.«

»Hat Sie wohl eine Bank überfallen?« Schneiders Augen leuchteten.

»Nein«, meinte Pardis knapp.

»Bitte entschuldigen Sie.« Schneider lehnte sich zurück. »Das ist eine Berufskrankheit.«

»Berufskrankheit?«

»Nun, ich beschäftige mich ständig mit solchen Dingen. Ich bin Autor, müssen Sie wissen. Sicher haben Sie schon etwas von mir gelesen.«

»Bernd Schneider?« Pardis dachte kurz nach. »Nein. Leider nicht.«

Schneider lachte verlegen. »Mit diesem Allerweltsnamen würde ich kein einziges Buch verkaufen. Mein Pseudonym ist Ben Snyder. Das macht etwas her. Finden Sie nicht auch?«

Seine gute Laune war ansteckend. Sie fühlte sich wohl in seiner Gesellschaft. »Vielleicht … nein, ganz bestimmt, lese ich mal etwas von Ihnen«, sagte sie.

»Kann ich Ihnen nur empfehlen.« Schneider deutete auf das Bild. »Und zu dieser Frau, dieser Helena Klein.«

»Groß. Helena Groß.«

»Genau. Groß. Um zu der zurückzukommen: Also, sie macht nicht gerade einen sympathischen Eindruck auf mich.«

»Beileibe nicht!«, platzte es aus Pardis heraus.

»Polizisten. Sie sind nicht zu beneiden. In Ihrem Beruf haben Sie es meist nur mit unangenehmen Menschen zu tun.«

Pardis nahm das Bild wieder an sich und verstaute es in ihrer Tasche. »Wem sagen Sie das.«

Aus dem Gebäude drang dumpfes Hämmern bis zu ihnen. Irgendjemand fluchte. »Ich glaube, ich sollte wieder rein«, sagte Schneider. »Wenigstens moralisch sollte ich ihn unterstützen.«

»Das Haus wird sicher schön, wenn es einmal fertig ist«, meinte Pardis.

»Davon bin ich überzeugt«, sagte Schneider. »Als ich es das erste Mal gesehen habe, war ich sofort Feuer und Flamme.« Er erhob sich.

Pardis stand ebenfalls auf, und er begleitete sie bis zu ihrem Peugeot. Darius saß auf dem Beifahrersitz, hatte den Block auf das Armaturenbrett gelegt und arbeitete konzentriert an seiner Zeichnung.

»Ah! Ihr Sohn?«, fragte Schneider.

»Ja. Er heißt Darius.«

»Hübscher Junge.«

»Danke!«

»Und was macht er da?«

»Sehen Sie doch. Er zeichnet«, erwiderte Pardis. »Wir sind vorhin an einem Storchennest vorbeigefahren, und er malt für sein Leben gern.«

»Kinder.« Schneider seufzte. »Er ist sicher Ihr ganzer Stolz.«

»Da haben Sie recht.« Sie drückte auf ihren Autoschlüssel und das Schloss entriegelte sich mit einem Klacken.

Schneider öffnete ihr galant die Tür. »Es tut mir leid, dass ich Ihnen nicht mehr helfen konnte. Haben Sie vielleicht eine Visitenkarte für mich, damit ich Sie kontaktieren kann, falls mir noch etwas einfällt? … Ich könnte auch im Dorf nachfragen … Oder möglicherweise kommt diese Helena Groß einmal hier vorbei, dann könnte ich Sie informieren.«

»Das würden Sie tun?«

»Selbstverständlich.« Schneider nickte ernsthaft. »Der Polizei muss man doch helfen. Wo kämen wir sonst hin?«

Sie kramte eine Karte aus ihrem Geldbeutel heraus und gab sie ihm.

»Pardis Fleischmann, Polizeikommissarin«, las Schneider vor.

»Der Fall ist mir sehr wichtig. Sie können mich jederzeit anrufen.« Erneut schüttelten sie sich die Hände.

Pardis setzte sich ins Auto, startete den Motor und winkte Schneider zum Abschied zu. Der winkte zurück.

Sie wendete und fuhr wieder Richtung Landstraße.

»So«, sagte sie zu Darius. »Ich bin zwar nicht schlauer als zuvor, aber der Mann war wirklich nett. Und weil du so lieb warst, gibt es jetzt das versprochene Eis.«

Gruber wartete, bis der Peugeot der Kommissarin aus seinem Sichtfeld verschwunden war. Er drehte sich um und betrat das Haus.

Seit dem Morgengrauen waren seine Leute an der Arbeit. Sie hatten nahezu jedes Möbelstück zerlegt, jedes Buch durchgeblättert, jeden Gegenstand untersucht. Im Wohnzimmer sah es aus, als habe ein Tornado gewütet. Gerade waren seine Männer dabei, die Holzdecke mit einem Brecheisen herunterzureißen.

Gruber verharrte im Durchgang, holte sein Smartphone aus der Tasche und notierte die Autonummer des Peugeot. Er speicherte sie und blickte auf.

»Wir sind hier fertig. Ihr könnt alles anzünden«, sagte er.

Seine Männer hielten inne. »Warum?«, fragte einer.

»Ein kleines Vögelchen ist soeben vorbeigeflogen. Und dieses Vögelchen wird uns direkt zu meiner Katinka führen.«

## 39

Die Betonwand vor mir war vielleicht vier Meter hoch. Zuerst verlief sie gerade, dann ragte sie in einem Dreißig-Grad-Winkel nach vorne. Sie war sparsam mit bunten unförmigen Plastikteilen bestückt. Einige davon erinnerten an verunglückte Pyramiden, andere an Fußbälle, bei denen man die Luft halb herausgelassen hatte. Wieder andere glichen eingedrückten Putzeimern.

Eins hatten die Dinger gemeinsam: Sie waren knallhart und viel zu weit auseinander. Ich stieg auf den ersten Vorsprung, hielt meine Balance und versuchte, den nächsten mit meinen Fingern zu erreichen. Behutsam tastete ich mich vor, sorgsam darauf bedacht, mein Gleichgewicht nicht zu verlieren.

Meine Fingerspitzen fanden einen Widerstand. Ich packte so fest zu, wie ich konnte, und zog mich unter Einsatz meiner gesamten Kraft ein Stück höher.

Ein weiteres, unförmiges Teil. Ich ertastete dessen Umrisse, entschied mich für eine leicht eingedellte

Stelle, setzte meinen Griff, spannte die Muskeln an und erklomm einen zusätzlichen Meter.

Der Schweiß rann mir über das Gesicht. Meine Sehnen waren bis zum Zerreißen gespannt. Keine Gedanken, keine Erinnerungen, keine Ängste. Nur ich und diese blöde Wand sowie die Gefahr, abzugleiten und von vorn anfangen zu müssen.

Der letzte Meter war der schwierigste. Die Griffe lagen hier so weit auseinander, dass ich eigentlich aufgeben wollte. Loslassen und die Prüfung für mein Durchhaltevermögen und meinen Willen beenden.

Ich presste mich mit dem gesamten Körper gegen die Wand, langte an meine Hüfte, dort, wo mein Chalkbag, der Beutel mit dem Kalk, befestigt war. Mit schweißnassen Fingern tauchte ich in das feine Pulver.

Dann setzte ich alles auf eine Karte. Ich zog die Hand aus dem Chalkbag, stieß mich ab und sprang zum obersten Griff.

Ich drohte abzugleiten, kämpfte dagegen an, weigerte mich, das zu akzeptieren. Mir gelang ein stabiler Halt. Ich schwang mein rechtes Bein bis fast zu meinem Kopf und erreichte den oberen Abschluss der Wand.

Der Rest war ein Kinderspiel. Ich zog mich hinauf und setzte mich auf die Kante. Vor meinen Augen tanzten Lichter, die Anstrengung ließ mich keuchen.

Mein Blick fiel nach unten. In der leeren Halle stand ein gutaussehender Typ mit Pferdeschwanz in einem dunklen Anzug. Er hatte den Kopf in den Nacken gelegt und mich – so wie es schien – die ganze Zeit über beobachtet.

Ich sprang die vier Meter nach unten auf die weiche Matte und richtete mich auf, während Maximilian zu mir trat.

Er deutete Richtung Decke. »Das sah nicht gerade einfach aus.«

»Ach«, meinte ich mit einer wegwerfenden Handbewegung. »Ist eigentlich halb so wild.«

»Beim Einlass haben sie mir gesagt, diese Wand sei der höchste Schwierigkeitsgrad.«

»Für eine Halle. Zum Üben. Draußen kann man richtig gut bouldern. Da gibt es auch keine Höhenbegrenzung.«

»Dafür hat man ein Seil dabei und einen Partner, der einen im Notfall halten kann.«

»Manche haben einen Partner«, sagte ich. »Ich nicht.«

Maximilian verzog den Mund zu einem Grinsen. »Okay…«

»Wie hast du mich überhaupt gefunden?«

»Gabriele hat mir verraten, wo du bist.«

»Richtig. Sie hat mich mit meiner Sporttasche weggehen sehen. Und was willst du hier?«

»Die Taxizentrale ist nicht allzu weit entfernt. Ich habe vorhin angerufen. Abbubekirs Chef, dieser Bogdan Hübner, ist noch ungefähr eine Stunde im Büro. Um Zeit zu sparen, dachte ich mir, ich komme einfach bei dir vorbei…«

»Eine Stunde?«, unterbrach ich ihn. »Dann müssen wir uns beeilen.«

Er nickte und musterte meine Trainingsklamotten. »Vielleicht solltest du dir etwas anderes anziehen.«

»Klar«, sagte ich. »Vorher sollte ich auch duschen.«

»Ist vielleicht besser.«

»Ganz sicher. Und während ich weg bin, kannst du dich an der Wand auch einmal versuchen.«

Maximilian schnitt eine Grimasse. »Lieber nicht. Im Gegensatz zu dir, bin ich kein Ninja.«

»Du hältst dich für witzig«, sagte ich.

Wieder dieses Grinsen und keine Antwort.

»Das Bouldern kann man lernen, weißt du?«, sagte ich und ging in die Umkleide.

## 40

Wir standen auf der Straße, und Maximilian schickte sich an, das Tor beim Vorderhaus zu öffnen.

»Hallo, ihr zwei«, sagte eine Stimme von hinten.

Wir drehten uns um.

Wuttke, wie immer förmlich gekleidet, strahlte uns gutgelaunt entgegen. In seinen Händen hielt er einen überdimensionalen Strauß mit Sommerblumen.

»Was hast du damit vor?«, fragte Maximilian.

»Ich will zu Gabriele«, erwiderte Wuttke leicht verlegen. »Sie hat mich zum Sonntagstee eingeladen.«

Wir traten ein und schritten gemeinsam durch den Gang, der zum Hinterhaus führte.

»Dann viel Spaß bei Ihrer Einladung«, sagte ich, als wir den ersten Hof erreicht hatten.

Wuttke hielt an. »Kommt doch einfach mit.« Das war an Maximilian und mich gerichtet.

»Wir wollen aber nicht stören.« Maximilian blickte vielsagend auf die Blumen.

»Oh!« Wuttke lächelte. »Das ist nicht diese Art von Besuch«, beeilte er sich, uns zu versichern. »Gabriele würde sich bestimmt freuen.«

Meine Tage hier waren gezählt, und ich wollte vermeiden, dass sich unsere Bekanntschaft noch weiter vertiefte. Das würde es nur noch viel schwerer machen – für alle Beteiligten, mich eingeschlossen. Ich öffnete den Mund, um höflich abzulehnen.

»Keine Widerrede«, kam mir Wuttke zuvor. »Sie sind ohnehin viel zu dünn. Ein Stück Kuchen wird Ihnen guttun.«

Er packte mich am Ellenbogen und zog mich zu Gabrieles Laden. Bei jedem anderen hätte ich mich aus dem Griff befreit. Doch bei Wuttke ließ ich es, aus welchen Gründen auch immer, geschehen.

Das Glockenspiel am Eingang bimmelte, und Wuttke steuerte den hinteren Verkaufsraum mit den vielen Bücherregalen an.

»Gabriele«, rief er. »Sieh mal, wen ich mitgebracht habe!«

Gabriele blickte hoch. Sie war gerade dabei, den Tisch zu decken. Auf ihm lag ein Tuch mit orientalischem Muster. Darauf standen Teegeschirr für zwei und ein riesiger Kuchen.

»Oh, wie schön!«, meinte sie. »Ich hole noch zwei weitere Teller und Tassen.«

»Wenn du willst, helfe ich dir«, bot Maximilian an.

»Das wäre nett. Und ihr beiden«, sie deutete auf Wuttke und mich, »ihr könnt euch schon mal setzen.«

Wuttke reichte ihr die Blumen. »Ich kann auch behilflich sein.«

»Du hast mir schon diesen wunderschönen Strauß mitgebracht. Jetzt lässt du dich verwöhnen.« Sie nahm ihm die Blumen ab, und Maximilian und sie verschwanden in Richtung des Vorhangs, der zu ihren Privaträumen führte.

Wuttke und ich nahmen Platz, wobei er Gabriele nachsah.

»Sie kennen sich schon lange, stimmt's?«, erkundigte ich mich. Eigentlich ging es mich ja überhaupt nichts an. Und eigentlich konnte und sollte es mir egal sein.

»Neununddreißig Jahre, drei Monate und...«, er hielt inne. »Jedenfalls sehr lange.«

Ich musste lächeln. »Wo haben Sie sich denn kennengelernt?«

»In Berlin. Gabriele war auf Besuch bei ihren Verwandten.«

»Hier?«

»Nein.« Er schüttelte den Kopf. »Dieser Teil der Stadt gehörte zur DDR. Für uns alle wie auf einem anderen Planeten. Nur wenige Kilometer entfernt, aber unerreichbar. Ihre Tante und ihr Onkel lebten im Berliner Westen in einer Mietwohnung. Und mein bester Freund und ich hatten im gleichen Haus eine Studentenbude unter dem Dach.« Wuttke lachte. Seine Fröhlichkeit war ansteckend.

»Eines Tages ist mir Gabriele im Treppenhaus über den Weg gelaufen. Ich kann mich noch ganz genau daran erinnern. Es war Sommer wie jetzt auch, nur gab es ein Gewitter. Es war heiß und drückend. Regen prasselte gegen die Fensterscheiben.«

»Und?«

»Da ist mir Gabriele das erste Mal begegnet, und es ist etwas ganz Seltsames passiert.«

»Was denn?«

Er sah mich mit seinen klugen alten Augen durchdringend an. »Sie hat mich begrüßt.«

»Aha?« Ich runzelte die Stirn.

Seine Mundwinkel kräuselten sich. »Sie sagte: *Grüß Gott*. Im breitesten bayerischen Dialekt. Ich habe sie fast nicht verstanden. Und ich musste furchtbar lachen.«

Ich schmunzelte. »Wenn man darüber nachdenkt, ist es wirklich eine komische Art, Hallo zu sagen.«

»Sie begriff zunächst nicht, warum ich lachte.«

»Wie ging es dann weiter mit Ihnen?«

»Nun«, sein Lächeln bekam eine melancholische Note. »Sie hat sich für meinen Freund entschieden. Maurice. Maurice Scuderi.« Wuttke legte mir die Hand auf den Unterarm und drückte ihn leicht, während er sich vertrauensvoll zu mir beugte. In leiserem Ton fuhr er fort. »Maurice hatte nicht nur den interessanteren Namen, er sah auch wesentlich besser aus als ich. Ich kann es ihr nicht verübeln, dass sie ihn gewählt hat.«

»Scuderi – dann hat sie ihn geheiratet?«

Er nickte. »Das hat sie … Maurice hatte Hummeln im Hintern. Früher nannten wir das *Wanderlust*. Er wollte die ganze Welt erkunden. Das haben er und Gabriele dann auch getan. Sie waren überall. Und ich … ich freute mich über zahllose bunte Postkarten aus aller Herren Länder, und…« Er brach ab.

Maximilian und Gabriele kamen mit einem Tablett und einer großen Blumenvase zurück. Der Strauß erhielt einen Ehrenplatz, Maximilian schenkte uns Tee ein und Gabriele versorgte uns mit dem Kuchen.

Ich probierte. Nusskuchen, saftig und locker. Richtig gut, aber mit einem ungewohnten Aroma.

»Hervorragend«, lobte Wuttke, während er noch kaute. »Was hast du hineingetan?«

»Safran und Kurkuma«, erwiderte sie.

»Was auch immer«, nuschelte Maximilian mit vollem Mund. »Ist jedenfalls klasse. Kann ich noch ein Stück haben?«

Gabriele kam seiner Bitte nach. »Wie ich sehe, hast du Helena gefunden«, sagte sie dabei. »Was habt ihr noch gemacht?«

»Ich habe Helena vom Bouldern abgeholt. Als ich in die Halle kam, hing sie an einer glatten Betonmauer, als hätte sie Saugnäpfe an den Händen.«

»Ist sicher ein toller Sport«, meinte sie.

»Ja.« Maximilian nickte. »Sie klettert senkrecht die Wand hoch. Wie eine Eidechse. Ich weiß nicht, wie sie das macht.«

»Quatsch«, sagte ich. Mir war die viele Aufmerksamkeit unangenehm. »Er übertreibt.«

»Tue ich nicht«, erwiderte er. »Jedenfalls … Danach sind wir zu Abbubekir Demircans Chef gegangen.«

»Wozu?«, fragte Wuttke.

»Hakan Demircan hat uns berichtet, dass sein kleiner Bruder Abbubekir kurz davor war, seinem Chef eine Taxikonzession abzukaufen. Damit er seine Verlobte aus der Türkei holen kann«, erklärte ich.

»Das wolltet ihr euch vom Chef bestätigen lassen«, meinte Gabriele.

»Genau.« Maximilian nahm sich ein drittes Stück Kuchen. »Das wäre eine super Entlastung für Demircan gewesen.«

Sie nickte »Wenn er kurz davor ist zu heiraten, zündet er keine Häuser an…« Sie hielt inne und runzelte die Stirn. »Aber du sagtest, das wäre eine Entlastung *gewesen*. Wieso *gewesen*?«

Maximilian schnaubte. »Sein Chef hat nicht die leiseste Ahnung davon, dass Abbubekir ihm eine Taxikonzession abkaufen wollte.«

»Vielleicht ein Missverständnis«, bemerkte Wuttke.

»Das glaube ich nicht«, sagte ich. »Der Bruder hat uns das ganz genau erklärt. Die Familie hat sogar zusammengelegt, damit Abbubekir die Konzession zahlen kann.«

»Eine Konzession ist nicht gerade billig, oder?«, fragte Gabriele.

»Eine größere fünfstellige Summe«, meinte Wuttke.

»Wenn Abbubekir das Geld von seinen Verwandten bekommen hat, was hat er dann damit gemacht?«, fragte sie weiter.

»Keine Ahnung.« Ich machte eine vage Handbewegung.

»Komisch«, brummte Wuttke. »Ergibt überhaupt keinen Sinn. Es könnte natürlich sein, dass der Chef lügt, weil Abbubekir im Gefängnis sitzt und er keine Schwierigkeiten haben will.«

»Unwahrscheinlich«, warf Maximilian ein. »Dumm nur, dass wir das anders kaum werden nachprüfen können.«

»Ob Abbubekir Demircan eine Konzession beantragt hat oder nicht?«, fragte Wuttke. »Ich denke, dass ließe sich schon überprüfen.«

»Wirklich?«

Wuttke leckte sich über die Unterlippe. »Nun … Es könnte *rein zufällig* sein, dass ich ein paar Verbindungen zur Ordnungsverwaltung habe. Und diesen Kontakt könnte ich fragen, und der würde mir dann eine verlässliche Auskunft geben.«

»Was ist mit dem Datenschutz?«, warf Maximilian ein.

»Was ist damit?« Wuttke machte große, unschuldige Augen.

»Okay.« Maximilian nickte. »Wenn du das in Erfahrung bringen könntest, wäre das toll.«

»Mache ich gleich morgen früh«, versprach Wuttke.

»Und ihr?«, erkundigte sich Gabriele. »Was habt ihr jetzt weiter vor?«

*Ich warte noch ein, maximal zwei Tage, packe meinen Koffer, achte darauf, dass ich nicht auffalle und löse mich in Luft auf,* dachte ich. *Und ich werde mich von euch nicht verabschieden können.*

Gabriele schaute mich an. Sie neigte ihren Kopf leicht zur Seite, ihre Augen verschatteten sich.

»Nun«, antwortete Maximilian in dem Moment. »Heute ist Sonntag, da passiert nicht mehr viel. Wir warten jetzt einfach mal ab, was Hans am Montag erfährt. Und je nachdem, müssen wir uns vielleicht noch mal mit Abbubekir unterhalten. Oder, wenn das Amt bestätigt, dass er ein Taxigewerbe beantragt hat, gehen wir zu seinem Anwalt und informieren ihn. Das wäre ein toller Aufhänger für die Verteidigung.«

Gabriele blickte mich noch immer an.

Ich sah weg.

## 41

Montagmorgen. Ich hatte trainiert – am Boxsack und an der Reckstange. Schweiß-überströmt öffnete ich die klapprigen Türen meiner Elektro-Duschkabine, stellte mich hinein. Ein eher dünnes Rinnsal warmer Tropfen fiel auf mich herab. Besser als nichts – und ich war es, seitdem ich hier lebte, nicht anders gewohnt.

Ich griff mir das Shampoo, massierte es ins Haar und begann, es auszuwaschen. Der Wasserstrahl, der gegen mein Gesicht prasselte, wurde schwächer und schwächer. Schließlich versiegte er ganz.

*Verdammt.*

Manchmal regelte sich das nach einiger Zeit wieder von selbst. Pitschnass wartete ich ab. Nichts geschah.

Nach einigen Minuten gab ich die Hoffnung auf, kletterte aus der Dusche. Der Hahn an der Spüle zischte kurz, als ich ihn aufdrehte. Mehr nicht.

Gut. Vermutlich gab es vorne an der Straße Wartungsarbeiten und sie hatten kurz abgestellt und vergessen Bescheid zu sagen. Oder sie hatten Bescheid gesagt, und ich hatte es nicht mitbekommen – auch möglich.

Ich nahm mir eine Flasche Mineralwasser, kehrte in die Dusche zurück und spülte mir damit den Rest des Schaums aus dem Haar.

Nachdem ich mich abgetrocknet und angezogen hatte, beschloss ich, Gabriele zu fragen, was denn los sei. Ich fand sie mit Wuttke im hinteren Verkaufsraum am runden Tisch sitzend. Wie so oft lagen Reihen abgedeckter Karten vor ihr. Die beiden unterhielten sich, verstummten aber, sobald ich hereinkam.

»Guten Morgen«, sagte ich.

»Guten Morgen«, erwiderten die beiden.

»Also, bei mir oben…« Weiter kam ich nicht.

»Kein Wasser mehr, nicht wahr?«, unterbrach mich Gabriele.

»Ja. Ich war gerade in der Dusche und mittendrin…« Ich machte eine vage Geste und nahm auf einem der freien Stühle Platz.

»Wieder mal irgendwo eine Baustelle?«, erkundigte sich Wuttke.

»Schön wär's. Aber nein.« Gabriele schüttelte bedauernd den Kopf. »Vorhin ist eines der Wasserrohre im Keller geplatzt. Ich habe es gottseidank sofort mitbekommen und abgedreht. Der eine Strang, der nach oben führt, ist jetzt außer Betrieb.«

»Das musst du machen lassen«, sagte Wuttke.

»Muss ich«, bestätigte sie. »Aber das muss noch ein paar Tage warten. Ich bin gerade nicht flüssig.«

»Wie viel wird das kosten?«, fragte Wuttke.

»Sicher einen Tausender. Und das nur für ein notdürftiges Flicken.« Sie seufzte.

»Das hält dann aber nicht lange«, meinte er.

»Das ist richtig. Eigentlich ist eine gründliche Sanierung überfällig. Alles andere ist Stückwerk, und das Geld, das ich dafür hinblättern muss, ist verloren.« Sie zuckte mit den Schultern. »Was soll ich machen? Ich lasse es eben flicken. Mehr ist nicht drin. Und auch das geht erst im nächsten Monat.« Sie wandte sich an mich. »So lange kannst du bei mir duschen, wenn du willst.«

Ich nickte. Meine Tage in diesem Haus waren ohnehin mehr als gezählt.

Wuttke beugte sich vor. »Einen Tausender? Den kann ich dir vorstrecken.«

»Danke, Hans.« Sie lächelte ihn dankbar an. »Dann kann ich es gleich machen lassen. Sobald ich das Geld habe, gebe ich es dir wieder. Und mit etwas Glück, hält die Reparatur ein paar Monate … Wer weiß, was das Schicksal bis dahin für uns parat hat.« Sie deutete auf die Karten.

Die Glöckchen am Eingang meldeten sich protestierend, und Maximilian trat ein. Er trug einen frischen Anzug, sein Haar war noch feucht. »Hallo, allerseits! Bei mir war das Wasser plötzlich weg.«

»Ich weiß. Ein Rohr ist geplatzt. Ich lasse es richten. Spätestens übermorgen funktioniert alles wieder.«

Maximilian kam näher, blieb aber stehen. »Ich kann es mir nachher anschauen, wenn du willst. Vielleicht kann ich das selbst erledigen.«

»Keine Chance«, sagte Wuttke. »Die Rohre in diesen alten Häusern sind aus Gusseisen. Durch die vielen Jahre sind sie porös. Die zerbrechen wie Glas. Da muss ein Fachmann ran.«

»Na, wenn ihr meint….« Maximilian blickte auf seine Uhr. »Ich muss los.«

»Einen Moment noch«, hielt ihn Wuttke auf. »Ich habe bei der Ordnungsbehörde wegen Demircans Taxigewerbe angerufen.«

»Was haben Sie herausgefunden?«, fragte ich ihn.

Wuttke hob einen Finger. »Niemand wusste etwas davon, dass Abbubekir Demircan ein Taxigewerbe angemeldet hat.«

»Die Info ist verlässlich?«, erkundigte sich Maximilian.

»Absolut.« Wuttke nickte. »Meine Quelle hat mich bisher noch nie im Stich gelassen.«

»Vielleicht liegt sein Antrag noch auf dem Stapel mit den unbearbeiteten Fällen.«

Erneut schüttelte Wuttke den Kopf. »Auch das habe ich nachschauen lassen. Ich bin doch kein Anfänger. Da ist definitiv nichts vorhanden.«

»Dann hat uns der Chef von Abbubekir gestern doch die Wahrheit gesagt«, stellte ich fest.

»Und Kybells ältester Bruder lügt«, sagte Gabriele.

»Warum sollte uns der Bruder in dieser Beziehung anlügen?«, entgegnete ich.

»Keine Ahnung.« Maximilian blickte erneut auf die Uhr. »Ich muss jetzt trotzdem weg. Aber ich denke, wir sollten nachher nochmals zu Abbubekir in die JVA gehen und ihn direkt befragen. Er muss uns das erklären. Wenn er tatsächlich Geld von seiner Familie bekommen hat, muss er damit ja irgendwas gemacht haben.« Maximilian sah mich an. »Ich rufe Herrn Vierheimer von unterwegs an, damit er in der JVA Bescheid gibt, dass wir kommen. Dann könnten wir uns um halb eins direkt vor dem Gefängnis treffen. Passt dir das?«

»Klar«, sagte ich. »Wenn du willst, kann ich den Anruf bei Vierheimer auch übernehmen.«

»Da wäre mir sehr recht.« Maximilian warf mir einen dankbaren Blick zu. »Bis später!«, sagte er in die Runde und wandte sich eilig ab.

»Viel Kraft!«, sagte Gabriele leise.

Die Glocken ertönten, die Tür schlug hinter ihm zu.

Gabriele strich nachdenklich über die Karten, die vor ihr lagen.

»Wo geht er eigentlich immer hin?«, fragte ich.

Sie sah nicht auf. »Das soll er dir selbst sagen.«

## 42

Maximilian hatte bereits auf mich gewartet. Gemeinsam betraten wir die JVA und wiesen uns aus.

»Storm. Ich vertrete Herrn Abbubekir Demircan«, sagte Maximilian zu dem Pförtner. »Wir möchten zu ihm.«

Der dickliche Beamte hinter der Scheibe tippte etwas in seinen PC ein, sah auf den Monitor und runzelte die Stirn. Dann blickte er auf. »Demircan? Den können Sie heute nicht besuchen.«

»Warum?«, fragte Maximilian irritiert. »Herr Vierheimer, sein Pflichtverteidiger, hat uns doch angemeldet.«

»Schon. Das hat damit aber nichts zu tun. Herr Demircan ist im Krankentrakt.«

»Im Krankentrakt? Was ist passiert? Vorgestern waren wir bei ihm, und da war er völlig gesund.«

»Darüber kann ich Ihnen leider keine Auskunft geben.«

»Wer dann?«

»Mein Vorgesetzter. Soll ich ihn rufen?«

»Das wäre nett«, sagte Maximilian, und an mich gewandt, meinte er leise: »Kannst du dir vorstellen, was los ist?«

»Nein.« Ich schüttelte den Kopf.

Die Sicherheitsschleuse öffnete sich und ein weiterer Uniformierter erschien.

»Herr Storm?«, fragte er.

»Richtig«, bestätigte Maximilian. »Und das ist meine Kollegin, Frau Groß.«

»Wenn wir ein Stück zur Seite gehen würden?«

Wir stellten uns in eine Ecke.

»Frau Groß, Herr Storm, ich habe es vorhin am Telefon schon Ihrem Kollegen, Herrn Vierheimer erklärt…« Er hielt inne. »Das ist doch Ihr Kollege?«

»In diesem einen Fall arbeiten wir zusammen«, bestätigte Maximilian.

Der Beamte nickte. »Gestern Abend gab es einen Vorfall. Und deshalb ist Herr Demircan in den Krankentrakt gekommen.«

»Welchen Vorfall?«

»Ganz genau wissen wir es noch nicht. Es kam zu einem Streit bei der Essensausgabe. Der führte zu einer körperlichen Auseinandersetzung zwischen drei Personen. Eine davon war Herr Demircan.« Er stockte. »Im Verlauf der Schlägerei ist Herr Demircan ziemlich gravierend verletzt worden. Unter anderem mehrere Prellungen und eine schwere Gehirnerschütterung.«

»Aber dann kann ich mit ihm doch im Krankentrakt reden.«

»Heute nicht.« Der Beamte schüttelte den Kopf. »Der behandelnde Arzt hat wegen der Gehirnerschütterung angeordnet, dass Herr Demircan erst ab morgen wieder Besuch empfangen darf. Dafür bitte ich um Ihr Verständnis.«

»Warum sind die zwei eigentlich auf ihn los?«, fragte ich.

»Auf Herrn Demircan?« Der Beamte zuckte mit den Schultern. »Was der Auslöser des Streits war, wissen wir nicht. Aber eines ist wohl ziemlich klar: Ihr Mandant hat angefangen. Und den anderen beiden, die er zusammengeschlagen hat, geht es nicht viel besser als ihm. Es war auch nicht ganz einfach, Herrn Demircan ruhigzustellen. Um es mal so zu sagen: Er hat randaliert. Sehen wir nicht jeden Tag.«

»Na gut«, meinte Maximilian mit einem Seitenblick auf mich. »Dann kommen wir eben morgen wieder.«

»Vielen Dank«, sagte der Beamte. »Aber rufen Sie vorher an. Nur für alle Fälle. Nicht, dass Sie sich den Weg erneut umsonst machen. Das muss ja nicht sein.«

»Was hältst du davon?«, fragte mich Maximilian, als wir vor dem Gebäude standen.

»Puh«, machte ich. »Überrascht mich nicht besonders. Eigentlich hat er es uns vorgestern quasi angekündigt.«

»Stimmt. Er meinte, er hält es nicht mehr aus und dass er jemandem in die Fresse haut«, bemerkte Maximilian trocken.

»Das hat er dann auch gemacht.«

Eine junge Frau kam eilig in unsere Richtung gelaufen. Ihr Blick fiel auf uns, und sie blieb stehen. Jetzt erkannte ich sie: Kybell.

Sie setzte sich wieder in Bewegung, rannte fast, um zu uns zu gelangen.

»Was ist mit Abbu?«, brachte sie atemlos heraus. »Ich bin vorhin von der JVA angerufen worden…«

»Er hat sich geprügelt«, sagte ich. »Aber keine Sorge. Er ist im Krankentrakt und wird versorgt.«

»Ich muss unbedingt zu ihm!«

Sie wollte an uns vorbeistürmen. Ich hielt sie fest.

»Lassen Sie mich los! Ich muss zu ihm!« Sie versuchte vergeblich, sich aus meinem Griff zu befreien.

»Das geht nicht! Die lassen niemanden vor. Nicht einmal uns.«

»Aber...«

»Ganz abgesehen davon, haben Sie bestimmt keinen Besuchsschein.«

Ihre Gegenwehr erlahmte. In ihrem Gesicht machte sich Hoffnungslosigkeit breit. »Er ist ganz allein da drinnen.«

»Das können wir leider nicht ändern«, sagte Maximilian milde. »Kommen Sie, wir setzten uns für einen Moment drüben auf die Bank.« Er wies nach links zu einem Grünstreifen.

Schweigend gingen wir hinüber und nahmen Platz. Auf der Straße flutete der Verkehr vorbei. Die Sonnenstrahlen stachen von einem blauen Himmel. Mir war heiß.

Kybell nahm sich ein Tempo aus ihrer Tasche und schnäuzte sich. Sie wischte sich über die Augen und blickte zum JVA-Gebäude. »Glauben Sie, dass ich morgen zu ihm kann?«

»Vermutlich schon«, sagte ich. »Morgen wird es ihm auf alle Fälle besser gehen. Es ist letztendlich nur eine Gehirnerschütterung.«

Sie verzog den Mund. »Sie können sich das nicht vorstellen. Wenn er krank ist, fühlt er sich immer ganz schrecklich. Er leidet dann sehr.«

»Echte Männer«, sagte ich betont fröhlich. »Die jammern doch schon bei einem Schnupfen.«

Sie quittierte meine Bemerkung mit einem gequälten Lächeln. »Echte Männer.« Sie seufzte leise. Dann wandte sie sich an Maximilian. »Sie wurden wohl wie ich verständigt, dass er im Krankentrakt ist, und sind deshalb hier?«

»Nein«, antwortete Maximilian. »Wir wollten ihn aus anderen Gründen sehen und sprechen.«

»Vielleicht kann ich Ihnen weiterhelfen? Abbu hat vor mir keine Geheimnisse.«

»Gut«, sagte ich. »Abbubekir wollte sich doch eine Taxikonzession kaufen.«

»Ja«, sagte sie nach einem fast unmerklichen Zögern. »Von seinem Chef.«

»Der Chef weiß leider nichts davon. Und auch beim Amt liegt kein Antrag auf ein Taxigewerbe vor.«

»Oh.« Sie senkte den Blick.

»Ihre Familie hat zusammengelegt und Ihrem Bruder das Geld für das Taxi gegeben«, übernahm Maximilian. »Und nun rätseln wir, wozu Ihr Bruder das Geld verwendet hat.«

Sie sah auf. »Keine Ahnung, was er mit dem Geld gemacht hat.« Das wirkte ehrlich.

»Kybell, das ist doch ziemlich viel Kohle«, übernahm ich. »Bestimmt so fünfzig- oder sechzigtausend, wenn nicht mehr.«

»Ich weiß es wirklich nicht«, beharrte sie. »Vermutlich hat er es auf seinem Konto liegen. Wahrscheinlich ist er nur noch nicht dazugekommen, sich um das Taxi zu kümmern.«

»Ihnen hat er das Geld nicht anvertraut?«, hakte Maximilian nach.

Sie lachte bitter auf. »Wenn ich das Geld hätte, hätte ich ihm doch einen richtigen Anwalt…« Sie brach ab, schaute Maximilian an und wurde rot. »Entschuldigung. Sie machen das toll. So war das nicht gemeint.«

»Alles gut«, versicherte Maximilian. »Ich verstehe, was Sie mir erklären wollten.«

Kybell strich sich die Haare aus der Stirn. Tränen traten ihr in die Augen. Sie begann zu weinen – still und verzweifelt. »Wie soll das nur alles weitergehen?«

»Eins nach dem anderen«, sagte ich leise.

»Wieso eins nach dem anderen?« Ihre Stimme wurde lauter. »Abbu ist im Gefängnis. Florian ist tot. Ich habe nichts mehr. Keine Familie, keine Wohnung. Selbst unser Campingbus mit unseren Sachen ist verbrannt.«

Ich horchte auf. »Campingbus? So ein uralter Van? Stand der neben den Mülltonnen im Hof?«

»Ja.« Sie heulte noch immer.

»Und da hatten Sie Sachen drin?«

Sie wischte sich mit dem Handrücken die Tränen vom Gesicht. »Wir wollten doch bald ausziehen. Florian hatte schon angefangen, Dinge einzupacken und ins Auto zu bringen, die wir nicht ständig brauchten. Wintersachen und sowas.« Sie holte tief Luft. »Aber das nützt ja nichts mehr. Die Feuerwehr meinte, der Bus ist auch verbrannt.«

»Das ist ein wenig übertrieben«, sagte Maximilian. »Es stimmt schon, der Bus ist angekohlt. Der Lack ist ruiniert und eine Scheibe ist kaputt. Trotzdem – den könnte man vielleicht schon wieder hinbringen.«

»Klar«, schnaubte sie. »Wenn man einen Geldscheißer hat. Habe ich aber nicht.«

Ich stupste sie an und deutete auf Maximilian. »Ich kenne da einen sehr talentierten Mechaniker. Der flext zum Beispiel für sein Leben gern. Der könnte sich den Wagen mal näher anschauen und wenn noch etwas zu retten ist, richtet er ihn für Sie vielleicht her.«

Maximilian kratzte sich am Kopf. »Ich kann ja mal einen Blick drauf werfen.«

»Haben Sie rein zufällig den Autoschlüssel dabei?«, fragte ich Kybell.

Sie nickte, holte einen Schlüsselbund aus der Tasche und löste einen ab, den sie Maximilian reichte.

Er nahm den Schlüssel. »Aber ohne Gewähr. Ich schaue mir den Bus nur an.«

»Wenn es einer schafft, den Bus zu retten, dann Herr Storm«, sagte ich.

## 43
## BERLIN

Der Fahrer des Schulbusses fluchte leise, während er eine Spur zu hart auf die Bremse trat. Die Ampel vor ihm war schon wieder auf Rot umgesprungen.

»Verdammt«, murmelte er. »Das nennt man Grüne Welle!«

Die Sonne brannte in einem ungünstigen Winkel durch die Windschutzscheibe und blendete ihn. Ihm war heiß. Ebenso Phillip, seinem Beifahrer, und dem knappen Dutzend Kinder auf den rückwärtigen Sitzen.

Die Kleinen wurden langsam aber sicher unruhig. Er konnte es ihnen nicht verdenken, er wäre jetzt auch lieber im Freibad gewesen, als in dem stickigen Transporter.

Phillip lies auf seiner Seite das Fenster hinunter. Zusammen mit der auf Hochtour laufenden Klimaanlage wurde die Hitze ein wenig erträglicher. Aber nicht viel.

Er schaute zu Phillip und lächelte dankbar. Der Junge arbeitete zwar erst seit kurzem mit ihm zusammen, aber er war voll in Ordnung. Da hatte er schon ganz andere erlebt, die ihr Soziales Jahr bei seiner Firma absolviert hatten.

»Es ist wirklich höchste Zeit, dass es mal abkühlt«, sagte er zu Phillip. »Im Sommer, wenn es so heiß ist, und ständig die Staus, das ist eine Tortur.«

Phillip grinste. »Was hast du Wolfram? Ist doch eigentlich ein super Wetter. Man müsste nur frei haben. Ein kühles Bierchen im Schatten, und die Welt sähe ganz anders aus.«

Grün. Das Auto vor ihm bewegte sich einige Meter, blieb wieder stehen. Er zuckelte hinterher, stoppte und der Motor stellte sich automatisch wieder ab. Erneut Rot.

»Noch eineinhalb Wochen«, sagte Wolfram. »Dann fliege ich in den Urlaub.«

»Echt? Wohin denn?«

»Na, wohin wohl? Nach Malle!«

»Malle ist super.«

»Du warst schon mal da?«

»Na logisch. Da bin ich mit meinen Kumpels hin. Abifahrt. Zehn Mann und eine Frau. War voll lustig.«

»Das glaube ich sofort.« Wolfram wollte noch etwas anfügen, wurde jedoch unterbrochen. Aus dem Fahrgastraum drang Kindergeschrei nach vorn.

Phillip drehte sich um. »Seid ruhig!«, rief er. »Und Tassilo, du bleibst auf deinem eigenen Sitz!«

Die Ampel sprang auf Grün. Diesmal schafften sie es über die Kreuzung. Langsam rollten sie dahin. Nicht besonders schnell, trotzdem ein Fortschritt.

»Ist schön in Malle«, sagte Wolfram.

»Wenn ich ehrlich bin, habe ich nicht viel davon mitgekriegt. Wir haben lange geschlafen und dann gesoffen. Party bis zum Umfallen.« Phillip wackelte mit den Augenbrauen.

»Du solltest noch mal hinfliegen. Ich war schon oft dort. Wenn du die Touristenorte meidest, hast du eine richtig tolle Landschaft. Da kannst du wandern, die Luft ist klar. Und von den Bergen aus, siehst du das Meer.«

Das Geschrei der Kinder nahm eine andere Qualität an.

»Aua! Du blöder Arsch!«, rief ein Junge.

Phillip sah wieder nach hinten. »Was ist?«

»Tassilo hat mich geschlagen! Aber ich sitze am Fenster, nicht er! Er will, dass ich mit ihm tausche. Ich will aber nicht!«

Die Stimmen wurden noch lauter. Das Kreischen auch. Das erste Kind weinte.

»Okay«, sagte Wolfram. »Ich halte. Du gehst zu den Kleinen.« Er fuhr nach rechts an den Straßenrand und stellte den Wagen in eine Feuerwehranfahrtszone.

Phillip schnallte sich ab.

»Kommst du alleine zurecht?«

Phillip nickte. »Klar doch.«

Er kletterte aus dem Wagen. Die seitliche Schiebetür wurde aufgezogen. Dann beobachtete Wolfram im Rückspiegel, wie sich Phillip um die Kinder kümmerte. Er sprach in ruhigem Tonfall mit ihnen, trennte die Streithähne, und im Nu herrschte wieder Ordnung. Phillip war ein Naturtalent.

»Wolfram«, rief er ihm jetzt zu. »Ich bleibe lieber noch ein bisschen bei Tassilo. Der braucht ein wenig Zuwendung.«

Wolfram hob eine Hand als Zeichen, dass er verstanden hatte, trat auf die Kupplung und der Motor startete. Er fand eine Lücke im Verkehr und fädelte sich ein. Es ging weiter.

Er wischte sich den Schweiß von der Stirn. Sein Hemd war mittlerweile nass und klebte ihm unangenehm am Rücken.

Die Kinder konnten nichts dazu, wenn sie die hohen Temperaturen nicht aushielten und aggressiv wurden. Alle Kinder reagierten bei diesen Temperaturen aggressiv. Die Hitze machte einfach jeden fertig.

Ohne die Augen von der Straße zu nehmen, rief er Phillip zu: »Als nächstes liefern wir Darius zuhause ab!«

»Okay!«, kam Phillips Antwort.

»Wir sind spät dran, wegen des blöden Staus!«, fuhr Wolfram fort. »Darius musst du nicht unbedingt bis vor die Haustür begleiten. Der kann das alleine!«

»Bist du dir sicher?«

»Absolut! Haben wir schon oft gemacht. Außerdem möchte seine Mutter, dass er selbständig wird. Der kann das total gut. Nicht wahr, Darius?« Wolfram blickte kurz in den Rückspiegel zu dem kleinen Jungen mit den hellbraunen Locken.

Darius reagierte nicht, aber seine Mutter hatte Wolfram schon vor längerem erklärt, dass ihr Sohn trotzdem alles hörte und verstand, was man ihm sagte. Als Autist verhielt er sich eben anders. Das musste man einfach akzeptieren, dann gab es keine Probleme.

»Darius ist ein cleverer Junge«, sagte Wolfram. »Du solltest nur noch mal schauen, ob er alle Sachen hat. Manchmal vergisst er etwas.«

»Mach ich!«, erwiderte Phillip. Er musste etwas Lustiges getan haben – vielleicht hatte er eine Grimasse geschnitten – denn die Kinder lachten.

Sie kamen in Darius' Wohnsiedlung. Größere Grünflächen um die Mehrfamilienhäuser. Balkons. Nette Gegend.

Wolfram hielt auf der Wendeplatte. Phillip öffnete die Seitentür und stieg zusammen mit Darius aus. Wolfram sah, wie Phillip dem kleinen Jungen den Rucksack umhängte und ihm zum Abschied die Schulter tätschelte. Dann war Phillip schon wieder in den Fahrgastraum des Transporters geklettert.

»Du kannst weiter«, sagte er zu Wolfram.

Noch zehn Kinder. Und bei denen würde es nicht so einfach funktionieren wie bei Darius. Phillip würde sie direkt den Eltern übergeben müssen. Und das dauerte seine Zeit.

Egal. Eineinhalb Wochen, dann Malle.

Wolfram warf einen Blick in den Außenspiegel. Langsam lief Darius auf den Eingang seines Hauses zu. Sonst war niemand unterwegs, nur noch ein schlanker, grauhaariger Mann, der trotz des warmen Wetters einen Blouson trug.

Alles in Ordnung. Wolfram gab Gas.


Gruber beobachtete, wie der helle Transporter mit dem obligatorischen, schwarz-orangefarbenen Schulbussymbol auf der Kühlerhaube anhielt. Geduldig schaute er dabei zu, wie einer der Betreuer einen Jungen auf den Gehweg begleitete, ihm die Schultasche umhängte, bevor er wieder im Transporter verschwand.

Der Wagen fuhr an, und Gruber setzte sich in Bewegung.

Der Schulbus bog um die Ecke.

Gruber hatte das Kind erreicht. Er stellte sich ihm in den Weg.

Der Junge blickte an ihm vorbei, ging aber nicht weiter.

»Guten Tag, Darius«, sagte Gruber.

Der Junge zeigte keine Reaktion.

»Du erinnerst dich an mich«, fuhr Gruber fort. »Du hast mich gesehen. Gestern in Neulewin, bei dem alten Haus. Ich habe mit deiner Mutter gesprochen.«

Darius blieb stumm. Er schien ihn nicht wahrzunehmen.

Gruber streckte den Arm aus und packte Darius am Handgelenk. »Du kommst jetzt mit mir.«

# 44

Im Hof hinter Kybells Haus parkte wieder der graue SUV mit dem bunten Aufkleber. Der junge Mann mit Beinschiene und Krücke, den wir im Hof des Hauses zusammen mit den Versicherungsvertretern gesehen hatten, stand beim Gebäude und war gerade damit beschäftigt, die Hintertür mit Latten zu vernageln. Laut hallten die Schläge seines Hammers von den Wänden der umstehenden Häuser wider.

Er sah uns kommen, unterbrach seine Arbeit und humpelte zu uns herüber. »Wo möchten Sie denn hin?« Er runzelte die Stirn, sein Blick wurde argwöhnisch. »Waren Sie vor ein paar Tagen nicht schon mal da?«

Maximilian lächelte. »Guten Tag. Mein Name ist Storm.« Er streckte die Hand aus.

Der Mann zögerte kurz, bevor er sie ergriff. »Siebert.«

»Ich bin Anwalt«, fuhr Maximilian fort. »Und das ist meine Kollegin, Frau Groß. Wir wollen lediglich den Wagen meiner Mandantin abholen.« Er deutete auf den ramponierten Campingbus neben den Mülltonnen. »Wir waren in der Nähe, und ich dachte, ich schaue mal, ob sich da noch etwas machen lässt.«

Sieberts Ausdruck entspannte sich. »Hallo, Frau Groß. Sie müssen wissen, mir gehört das Anwesen. Wäre prima, wenn Sie das Auto bald wegbringen könnten.«

Ich blickte auf das abgebrannte Haus. »Sie möchten bestimmt so schnell wie möglich mit der Sanierung beginnen.«

»Nein.« Siebert schüttelte energisch den Kopf. »Das würde sich nicht mehr rentieren. Leider. Das Gebäude wird abgerissen.«

»Sie machen den Hintereingang zu?«, fragte ich.

»Muss ich.« Er sah kurz auf den Hammer in seiner Rechten. »Sie können sich nicht vorstellen, wie schnell sich in einem leerstehenden Gebäude Gesindel einnistet. Und ich bin dann auch noch dafür verantwortlich, wenn diesen Leuten auf meinem Grundstück etwas zustößt. Das Haus ist baufällig. Es besteht Einsturzgefahr.«

*Beides habe ich gemerkt*, dachte ich. *Das mit dem Gesindel und das mit der Einsturzgefahr.*

»Ein Teil der Stufen ist vor kurzem weggebrochen«, fuhr er fort. »Ich musste den Rest der Treppe jetzt sogar mit einem Gerüst absichern lassen.«

»Dann schauen wir uns mal den Wagen an«, sagte Maximilian.

»Ja. Tun Sie das«, sagte Siebert. »Falls was ist, ich bin vorne am Eingang. Ich warte auf den Architekten.« Er steckte den Hammer in seine rückwärtige Hosentasche und humpelte auf seiner Krücke davon.

Maximilian und ich gingen zu dem alten Van, oder was davon übrig war, und er betätigte die Fernbedienung an Kybells Autoschlüssel. Nichts geschah.

Er probierte es auf die altmodische Art. Das Schloss gab ein Klacken von sich, aber die Tür klemmte. Er stemmte sich dagegen und rüttelte. Erfolglos.

Ich streckte den Arm aus. »Gib her. Lass mich mal von der anderen Seite.«

Maximilian reichte mir den Schlüssel mit einer leicht übertriebenen Geste. »Bitteschön.«

Ich ignorierte seine Bemerkung, lief um den Bus und versuchte mein Glück. Die Tür ließ sich einen Spalt öffnen, ich quetschte mich hindurch, fegte vorsichtig die zahllosen Glassteinchen der geborstenen Windschutzscheibe vom Beifahrersitz und nahm auf ihm Platz. Unter meinen Füßen knirschte es.

»Zieh noch mal an«, sagte ich laut, damit mich Maximilian hören konnte. »Kräftig! Ich drücke von innen.«

Gemeinsam gelang es uns, die Fahrerseite zu öffnen.

Ich befreite auch seinen Sitz vom Glas, und er kletterte hinein. »Die Gummidichtung ist verschmort und hat sich durch die Hitze mit dem Metall regelrecht verbacken«, sagte er. »Wird eine Heidenarbeit.«

»Für deine Flex«, konnte ich mir nicht verkneifen.

Er warf mir einen irritierten Blick zu, blieb aber still.

»Was ist mit dem Motor?«, fragte ich. »Fährt das Teil noch?«

»Nun«, meinte er. »Das werden wir gleich sehen.«

»Du willst ihn anlassen?«

»Wie soll ich sonst feststellen, ob das Ding noch läuft?«

»Und was, wenn er in die Luft fliegt?«

Maximilian lachte herzhaft. »Wir sind nicht beim Film. So leicht fliegt kein Auto in die Luft.«

Er steckte den Schlüssel ins Zündschloss. Nicht mal ein Stottern antwortete ihm.

»Heute hast du irgendwie Pech«, bemerkte ich.

Er holte tief Luft, bedachte mich mit einem dunklen Blick, bevor er sich nach unten beugte und über die Verkleidung tastete.

»Was suchst du?«, fragte ich.

»Den Hebel für die Motorhaube«, kam es undeutlich zurück. »Jeder Hersteller versteckt ihn woanders.« Er kam wieder hoch. »Schau doch mal, ob du im Handschuhfach eine Bedienungsanleitung findest.«

»Die wird vermutlich verschmort sein.« Ich zog die Klappe nach einigen Schwierigkeiten auf und langte in das Fach. Eine pappige Plastiktüte mit zu einem deformierten Klumpen geschmolzenen Gummibärchen. Ich legte sie achtlos beiseite. Eine alte Straßenkarte von Dänemark. Dahinter ein dicker Briefumschlag. Ich zog ihn heraus.

»Hoppla«, sagte ich.

»Was hast du?«, fragte Maximilian.

»Sieh mal«, ich holte ein fettes Geldbündel aus dem Kuvert und fuhr mit den Fingern durch die Scheine.

»Wow!« Maximilian beugte sich näher. »Das sind bestimmt fünfzig- oder sechzigtausend Euro.«

Wir schauten uns an.

»Genug für eine Taxikonzession«, sagte ich schließlich. »Das ist kein Zufall.«

Maximilian nahm den Umschlag. »War da noch was dabei?« Er fasste hinein und fischte mit spitzen Fingern einen Notizzettel heraus.

»*Für Flo. Für ein neues Leben. Abbu*«, las er vor.

Wir blieben einen Moment still.

»Warum hat Kybell die Scheine ins Handschuhfach getan?«, fragte ich.

»Das war nicht Kybell.«

Ich dachte an unser Gespräch mit ihr. Maximilian hatte recht. Kybell hatte auf mich nicht den Eindruck gemacht, als würde sie uns anlügen. »Sie hat uns versichert, sie weiß nichts von dem Geld.«

»Und das war die Wahrheit.«

Ich sah Maximilian an. »Du meinst…?«

Er nickte. »Es kann nur so gewesen sein: Abbubekir hat die Summe, die er von seiner Familie bekommen hat, mitsamt seinen Ersparnissen Florian gegeben.«

»Warum ihm und nicht Kybell, seiner Schwester?«

»Steht doch drauf. *Für Flo. Für ein neues Leben.*«

»Aber dann hätte es doch Kybell wissen müssen«, beharrte ich.

»Das stimmt. Es sei denn…« Er klopfte mit dem Umschlag auf das Armaturenbrett. »Helena, es gibt nur eine logische Erklärung. Überlege dir mal Folgendes: Abbubekir hat den Kontakt zu seiner Schwester gehalten. Sie hatten ein enges Verhältnis. Aber er verstand sich auch gut mit seiner Familie. Was hat er also die ganze Zeit über gemacht?«

»Was denn?«

»Er hat versucht, Kybell dazu zu bewegen, Florian zu verlassen.«

»Doch Kybell wollte Florian nicht verlassen.«

»So ist es«, Maximilian nickte. »Abbubekir hat das begriffen und seine Taktik geändert. Er hat sich auf Florian konzentriert.«

»Er hat ihm Geld angeboten, wenn er mit Kybell Schluss macht und verschwindet.«

»Eine Prämie«, stimmte mir Maximilian zu.

»Offenbar konnte Florian nicht widerstehen und hat das Geld genommen.«

»Allerdings hatte er nie vor, den Deal einzuhalten. Anstatt Kybell zu verlassen, wollte er mit ihr und dem Geld abhauen.«

Alle Puzzleteilchen fielen mit einem Mal an den richtigen Platz. Plötzlich ergab alles einen Sinn.

»Abbubekir kann gewalttätig werden«, sagte ich. »Das hat er uns gerade im Knast eindrucksvoll bewiesen.«

»Als ihm bewusst wurde, dass Florian ein falsches Spiel mit ihm treibt und ihn betrügen will, ist er ausgerastet.« Maximilian blickte mich an. »Es war sicher nicht allzu schwer für ihn herauszufinden, wann Kybell außerplanmäßig arbeiten musste, ohne dass sie es mitbekommt.«

»Kein Problem«, stimmte ich zu. »Er hatte gute Kontakte zu den Leuten im Silberdollar.«

»Und als er sie in Sicherheit wusste, ist Abbubekir hingefahren und hat das Feuer gelegt.«

»Er wollte Florian umbringen.«

»Exakt. Nicht seine Schwester war das Ziel, sondern Florian sollte sterben. Das ist Abbubekir auch gelungen. Problem gelöst.«

»Dumm nur, dass er den Rauch unterschätzt hat«, meinte ich. »Abbubekir wurde ohnmächtig und wurde gefasst.«

»Was...«

Es klopfte am Seitenfenster. Ich ließ die Hand mit den Scheinen sinken, damit man sie von außen nicht sehen konnte.

Maximilian öffnete die knarzende Tür.

»Und?« Siebert streckte den Kopf in den Wagen. »Ganz schön hinüber, oder?«

»Wie man's nimmt«, erwiderte Maximilian. »Ich muss noch mal kommen. Ohne Werkzeug wird das nichts. Vermutlich müssen wir abschleppen.«

»Das ist doch der Campingbus von Frau Demircan und Herrn Hoffmann.«

»Ja«, bestätigte ich.

»Dann ist Frau Demircan Ihre Mandantin?« Sieberts Gesicht verschattete sich. »Es ist so schlimm, was mit Herrn Hoffmann passiert ist.«

»Kannten Sie die beiden?«, fragte ich.

»Eher nur flüchtig. Waren super Mieter. Haben immer pünktlich bezahlt und haben nichts kaputtgemacht. Das hat man nicht häufig.«

»Kennen Sie dann vielleicht auch Frau Demircans Bruder?«, fragte Maximilian.

Siebert verzog den Mund zu einer schmerzhaften Grimasse. »Nicht nur einen. *Einige* ihrer Brüder.«

»Ach ja?«, sagte ich.

»Vor rund zweieinhalb Jahren, als sie eingezogen ist, lungerten die hier ständig herum. Sie belästigten auch die anderen Mieter. Einmal wurde sie sogar geschlagen. Aber das hat sich nach einiger Zeit gottseidank gegeben.«

»Dann ist niemand mehr gekommen, und alle hatten Ruhe?«

»Na ja. Der junge Bruder. Der kam noch. Sie wissen schon, der, der mein Haus angezündet hat.«

»Den kannten Sie näher?«

»Nein«, Siebert schnaubte. »Nicht direkt. Die anderen Mieter haben sich nur beschwert, weil er sich ständig lautstark mit Herrn Hoffmann gestritten hat. Im Treppenhaus, hier im Hof ... und auch vorne auf der Straße.« Er machte eine hilflose Geste. »Ich war drauf und dran, ihm Hausverbot zu erteilen. Aber mein Anwalt riet mir davon ab. Es würde wenig bringen.«

»Da hatte er recht«, meinte Maximilian.

Siebert seufzte. »Ich hätte es trotzdem machen sollen. Dann hätte er vielleicht das Haus nicht angezündet, und Herr Hoffmann würde noch leben.«

»Konnten Sie ja nicht wissen«, sagte ich.

»Nein. Das konnte ich wirklich nicht. Wer rechnet denn mit sowas?«

# 45

Die nackte Glühbirne, die in einer billigen Fassung von der Decke baumelte, warf ein hartes Licht in den Schuppen. Maximilian wandte mir den Rücken zu und schichtete geräuschvoll Werkzeug um, das im großen Tresor lag.

Ich saß auf der alten Kommode und sah ihm dabei zu.

»Du willst das Geld dort deponieren?«, fragte ich.

»Da ist es bis morgen gut verstaut.« Ohne sich umzudrehen, fuhr er fort: »Du wirst lachen, ich habe sogar noch einen Schlüssel für den Safe.«

»Wo hast du das Stahlmonster überhaupt her?«

»War schon da, als ich kam. Gehörte vermutlich zu der früheren Käserei. Ich habe das Ungetüm in dem Nebengebäude im ersten Hinterhof entdeckt und mit drei Leuten hierhergeschleppt. Wir haben es kaum geschafft. Aber das Ding ist ideal für mich. Dort kriege ich all meine Maschinen unter. Das klaut so schnell keiner.«

»Wohl kaum«, stimmte ich ihm zu. »Wie soll es jetzt weitergehen?«

Er richtete sich auf, zog sein Jackett aus und hängte es achtlos an einen Haken. »Wie es weitergeht?« Er krempelte die Ärmel seines Hemdes hoch und begann, Werkzeuge in eine Box zu legen. »Abbubekir Demircan ist meiner Meinung nach schuldig.«

»Sehe ich auch so.«

»Morgen bringe ich das Geld zur Polizei.« Er wies mit dem Kopf vage in Richtung des Safes.

»Wenn ich dich richtig verstanden habe, schließen wir den Fall jetzt ab«, meinte ich. Eigentlich hätte ich froh sein müssen. Ich konnte verschwinden, meine Spuren verwischen, alles hinter mir lassen. Und doch...

»Nicht ganz. Ich habe versprochen, mich um den Campingbus zu kümmern. Und das mache ich auch. Aber das war's dann.« Er grinste gezwungen. »War nicht einer meiner erfolgreichsten Fälle.«

»Man kann nicht immer gewinnen.«

Er nickte. »Wenigstens haben wir die Wahrheit herausgefunden.«

»Wahrheit wird manchmal überbewertet.« Ich grinste ebenfalls, auch wenn mir nicht unbedingt nach Grinsen zumute war. »Bald hast du mich los.«

Er zögerte eine Weile. »Richtig«, meinte er schließlich. »Damit ist unsere Zusammenarbeit beendet.« Ein seltsamer Ausdruck machte sich auf seinem Gesicht breit.

Leichte Schritte drangen vom Hinterhof in den Schuppen. Wir blickten zum Eingang. Im offenen Tor erschien eine Frau. Pardis Fleischmann, die Kommissarin. Im Schein des künstlichen Lichts wirkten ihre dunklen Augen riesig, sie selbst blass, älter als sonst.

»Frau Fleischmann«, sagte Maximilian erstaunt. »Was machen Sie denn hier?«

Sie wies über ihre Schulter. »Die Frau im Laden hat mir verraten, wo ich Sie finde.«

»Ah, Frau Scuderi«, erwiderte Maximilian.

Die Kommissarin ignorierte seine Bemerkung. Stattdessen wandte sie sich an mich. »Frau Groß, Sie kommen mit.« Ihre Stimme klang brüchig, gepresst, als müsste sie darauf Acht geben, nicht die Kontrolle zu verlieren.

»Hey!«, meinte Maximilian. »Was soll das?"

«Was glauben Sie wohl? Ich verhafte sie!«

»Und weswegen?«

Sie warf ihm einen kurzen Blick zu. »Das geht Sie überhaupt nichts an.«

Maximilian trat einen Schritt auf sie zu. »Doch. Das geht mich etwas an. Ich bin ihr Anwalt. Sie können nicht einfach reinkommen und jemanden verhaften, ohne einen Grund anzugeben.«

Während er sprach, zog sie mit ihrer Linken Handschellen aus der Jackentasche.

»Moment mal!« Maximilian kam noch näher. »Wo ist der richterliche Haftbefehl? Wir leben nicht im Wilden Westen!«

»Halt endlich die Schnauze«, zischte sie. In ihrer Rechten erschien ihre Dienstpistole. Der Lauf zeigte auf Maximilian. »Stehen bleiben. Alle zwei.«

Maximilian starrte ungläubig auf die Waffe »Haben Sie den Verstand verloren? Sie machen sich strafbar!«

»Schnauze halten!«, wiederholte sie. Die Mündung der Waffe zeigte jetzt in meine Richtung. Mit einer kurzen Bewegung warf sie mir die Handschellen vor die Füße. »Mach ihn am Auto fest.«

Ich zögerte, überlegte, wie ich sie überwältigen könnte, ohne dass Maximilian oder ich verletzt würden. Der Raum war zu eng, das Risiko zu groß.

»Sofort!«, befahl sie.

Ich bückte mich und hob die Handschellen auf. Langsam, um ihr keinen Vorwand zu geben, auf uns zu schießen, ging ich zu Maximilian. Ich fesselte ihn an die halb geöffnete Fahrertür.

Maximilian hatte seine Überraschung überwunden. Sein Gesicht wirkte hart. »Das wird ein Nachspiel haben«, sagte er zu der Kommissarin.

Fleischmann antwortete ihm nicht.

»Wir müssen los.« Das galt mir. Sie machte eine auffordernde Geste mit ihrer Pistole.

Ich setzte mich in Bewegung, senkte den Kopf und ließ die Schultern hängen. Damit signalisierte ich meine Unterwerfung.

Ein paar Schritte, dann stand ich vor ihr und spürte ihre Waffe im Rücken. Sie war wirklich so dumm, mir die Pistole in die Nieren zu pressen.

Ich schlug ihr meinen rechten Unterarm gegen das Handgelenk. Dabei drehte ich meinen Körper halb zu ihr. Ein Risiko, denn ihr Finger lag bereits am Abzug. Ein Schuss konnte sich jederzeit lösen.

Schnelligkeit, darauf kam es jetzt an.

Meine Linke packte ihre Hand und drückte die Waffe weg von mir, auf sie zu. Mit der Rechten traf ich sie, so hart ich konnte, seitlich am Kiefer.

Ein wilder Schrei von ihr.

Fest umklammerte ich den Schlitten der Waffe, machte sie damit funktionsuntüchtig. Gleichzeitig stieß mein Knie in ihren Oberschenkel. Zweimal,

dreimal – an die Stelle, an der es besonders schmerzte.

Sie war kein Laie. Sie kannte sich aus. Sie wusste,
was ich vorhatte und versuchte, dagegen anzugehen.
Sie schlug nach mir. Ich wich mit meinem Kopf aus,
griff mit der Linken von unten an den Hammer der
Waffe und verdrehte sie. Ihr Finger brach mit einem
lauten Knacken.

Sie heulte auf, wollte sich losreißen, und die Waffe
fiel zu Boden. Ich kickte sie weg.

Die Kommissarin taumelte, aber sie gab nicht auf.
Mit verzweifeltem Gesicht packte sie einen Hammer,
der auf der Kommode lag, schwang ihn hoch in die
Luft.

Der Hammer sauste auf mich nieder. Ich riss meinen Arm nach oben, bremste sie aus und erwischte
sie voll an der Schläfe.

Das reichte. Sie ging zu Boden.

Ich fiel auf die Knie, packte sie an Stirn und Hin-
terkopf. Ich hätte das mit ihr vor ein paar Tagen bereits beenden sollen, als ich nachts in ihre Wohnung
eingedrungen war. Das würde ich jetzt nachholen. Ich
würde ihr das Genick brechen…

»Helena!«, hörte ich jemanden schreien. Es war
Maximilian. »Hör auf!«

Meine Finger spürten bereits diesen Widerstand,
kurz bevor die Wirbel nachgeben und der Tod
kommt … Ich weiß nicht warum, aber ich hielt inne.

»Hör auf!«, schrie Maximilian wieder.

Ich lockerte den Griff.

Fleischmann keuchte, Tränen flossen ihr über das
Gesicht. »Ich kann doch nicht anders«, krächzte sie.
»Er hat Darius! Er hat mein Kind!«

## 46

Die Kommissarin saß auf einem alten Stuhl in der Werkstatt. Ich hatte ihr die Hände mit Kabelbindern hinter dem Rücken fixiert, ihre Füße an den Knöcheln zusammengebunden. Ich hatte ihre Dienstwaffe aufgehoben, gesichert und mir in den Hosenbund gesteckt. In ihrer Jackentasche hatte ich ihren Schlüsselbund gefunden und Maximilians Handschellen aufgesperrt.

Maximilian rieb sich die Handgelenke. Dabei beobachtete er mich schweigend.

Ich ging zu der Kommissarin, beugte mich herab und sah ihr aus kurzer Entfernung in die Augen.

»*Wer* hat dein Kind?«, fragte ich.

Sie blickte nicht weg. »Geht dich nichts an!«

»Doch! Was ist los?«

»Nichts!«

Ich schlug ihr ins Gesicht. Hart.

»Helena«, mahnte Maximilian. Ich beachtete ihn nicht.

»Was ist los?«, wiederholte ich an ihre Adresse.

Purer Hass gemischt mit Verzweiflung sprach aus ihrem Gesicht. »Ich habe deine Vergangenheit überprüft. Nichts hat gestimmt. Helena Groß ist als kleines Mädchen mit zwei Jahren gestorben.«

»So?« Ich richtete mich auf.

»Dann habe ich es andersherum probiert. Ich habe dich von der Gegenwart rückwärts recherchiert. Du warst im Laufe der letzten sechs Jahre unter mehreren Adressen im gesamten Bundesgebiet gemeldet. Deine Spuren führten nach Neulewin. Dort endeten sie. Aber Neulewin ist nicht so weit weg von hier. Nur knappe zwei Stunden.« Sie schluckte. »Ich bin gestern mit Darius hingefahren.«

Ich konnte es nicht fassen. »Du hast dein Kind mit reingezogen? Du blödes Stück! Bist du völlig bescheuert?«

Tränen schossen ihr in die Augen. »Wie konnte ich denn wissen, dass ich ihn in Gefahr bringe? Dort, in dem Haus, es liegt am Dorfrand…«

»Ich weiß, wo das Haus liegt. Weiter…«

Sie holte zitternd Luft. »Die ursprünglichen Besitzer sind weggezogen, ohne eine Nachsendeadresse zu hinterlassen. Aber ich dachte, ich kann ja mal die neuen Eigentümer fragen.«

»Und?«

»Auf dem Grundstück habe ich einen Mann angetroffen. Ich hielt ihn für den Besitzer.«

Mein Magen krampfte sich zusammen. »Wie sah er aus?«

»Schlank«, sagte sie. »Älter. Graue Haare. Seltsam durchdringende Augen.«

»Gruber«, flüsterte ich, während in mir alles zerbrach.

Maximilian war neben uns getreten und starrte mich schweigend an.

»Er war nett zu mir!«, stieß Fleischmann verzweifelt hervor. »Hilfsbereit. Richtig sympathisch.«

»Sympathisch!« Ich schnaubte verächtlich.

»Er konnte mir keine nützlichen Hinweise geben. Aber er wollte sich im Dorf und in der Nachbarschaft umhören. Er bat mich um meine Visitenkarte, falls er etwas herausbekommt oder ihm noch etwas einfällt...« Ihre Stimme war immer leiser geworden. Sie senkte den Kopf.

»Die hast du ihm auch noch gegeben? Du musst vollkommen wahnsinnig sein! Ich sollte dir...« Ich ballte meine Hand zu einer Faust. Ich wollte sie schlagen. Sie spüren lassen, was sie mit ihrer bodenlosen Dummheit und Verblendung angerichtet hatte.

Maximilian hielt meinen Arm fest. »Das bringt nichts!«

Ich riss mich los. »Du hast doch keine Ahnung, was sie getan hat!« Ich beugte mich erneut über sie, packte die Stuhllehnen und rüttelte daran. »Rede weiter!«

Sie schaute wieder auf. »Heute früh war alles ganz normal. Ein normaler, hektischer Montagmorgen. Darius ist vom Schulbus abgeholt worden. Ich habe gearbeitet. Und als ich am Nachmittag zurückkam... Er sollte schon zuhause auf mich warten. Er hatte eine halbe Stunde vor mir aus...«

»Er war nicht da«, stellte ich tonlos fest, ließ ihren Stuhl los und trat einen Schritt nach hinten.

»Nein!« Sie begann zu heulen.

»Dafür hat dich jemand anders erwartet.«

Sie nickte. »Der Grauhaarige. Er saß in meinem Wohnzimmer. Er zeigte mir ein Foto von ihm und

Darius. Und er sagte mir…« Sie sah mich direkt an. »Ich muss dich heute Nacht zu ihm bringen, sonst sehe ich Darius nie wieder.«

»Deshalb bist du hierhergekommen.« Ich trat noch weiter zurück, bis ich die Holzbretter des Schuppens an meinem Rücken spürte. Ich fühlte mich schwach. Jede Kraft wich aus mir. Ich ließ mich zu Boden gleiten, umfasste die Knie mit meinen Armen.

Wir schwiegen.

Maximilian sah von mir zu ihr und wieder zurück. »Leute«, begann er mit eindringlichem Tonfall. »Das ist eine ernste Situation, aber nicht ausweglos. Das ist eindeutig eine Sache für die Polizei. Wir müssen sie informieren. Nur die können jetzt helfen.«

»Die können helfen?«, zischte ich. »Einen Scheiß können die! Gruber hat schon ganz andere Dinge gemacht. Der lässt sich doch von ein paar Stadtbullen nicht aufhalten!«

Maximilian wollte protestieren, atmete stattdessen durch und meinte: »Dieser Gruber, der kennt dich.«

Ich nickte.

»Ihr kennt euch gut.«

Ich nickte erneut.

»Wir dürfen keine Zeit verlieren.« Die Stimme der Kommissarin klang flehend. »Bitte! Wir müssen da hin. Ich muss dich austauschen!«

Ich schaute sie an und verzog den Mund. »Austauschen? Das kannst du vergessen. Dein Sohn ist vermutlich schon längst tot.«

»Nein!« Auf ihrem Gesicht machte sich Entsetzen breit. Ihre nächsten Worte sprach sie schnell, wie im Fieber. »Sag nicht sowas. Ich muss dich nur hinbringen. Du kennst Darius doch! Er ist mein einziges Kind!«

»Selbst, wenn dein Sohn noch leben sollte…«, erwiderte ich. »Was glaubst du, was passiert? Denkst du wirklich, du marschierst mit mir da rein und mit Darius wieder raus?« Ich lachte leise. »Wach auf! Er kann keine Zeugen gebrauchen. Er bringt uns einfach alle um. Und dann verbrennt er unsere Leichen. Das macht er immer. Das beseitigt die Spuren.«

»Oh mein Gott! Darius!« Neue Tränen flossen über ihre Wangen. »Mein Kind!«

*Mein Kind…*

*Ich liege am Boden. Die Kugel hat mich am Oberschenkel erwischt. Ich habe viel Blut verloren. Ich kann nicht mehr. Nicht mehr weg. Nicht mehr flüchten. Mir wird kalt. Ich zittere.*

*Im Gegenlicht sehe ich ihn kommen. Nur seine Silhouette.*

*»Na, Katinka? Wie geht es dir?«, fragt er, und seine raue Stimme kratzt über meine Seele.*

*»Eine Schusswunde … Ist nicht so schlimm … Damit werde ich fertig«, presse ich abgehakt heraus.*

*Er wartet, den Kopf leicht schief gelegt. »Was regt dich dann so auf, Katinka?«*

*»Mein Baby«, sage ich. »Ich bekomme ein Baby. Ich bin im vierten Monat.«*

*»Ich weiß«, sagt er, und ein Lächeln spielt um seinen Mund.*

*Ich beginne zu weinen. »Bitte. Nein. Tu das nicht.«*

*Sein Lächeln verschwindet. Er tritt mir in den Bauch. Mit voller Wucht…*

»Woher kennst du Gruber?« Maximilians Frage brachte mich ins Hier und Jetzt zurück. »Was habt ihr für eine Verbindung?«

Ich fuhr mir durchs Haar. »Das willst du nicht wirklich wissen.«

»Doch«, beharrte er. »Ich habe ein Recht auf die Wahrheit.« Er wies auf die gefesselte Polizistin. »Und sie auch.«

»Recht? Wahrheit?« Ich atmete durch. »Macht ohnehin keinen Unterschied mehr.« Ich straffte die Schultern. »Ich heiße nicht Helena Groß, und alles, was ihr von mir wisst, ist eine Lüge. Ich wurde kurz vor der Wende in der damaligen DDR geboren. Meine Eltern habe ich nie kennengelernt. Das waren wohl Dissidenten. Zur Strafe dafür, dass sie gegen den Staat gearbeitet haben, wurde ich ihnen gleich nach der Geburt weggenommen und in ein Heim gesteckt.«

»In ein Kinderheim?«, fragte die Kommissarin.

»So kann man das auch nennen. Es handelte sich um eine spezielle Einrichtung des KGB.«

»Auf deutschem Gebiet?«

»Nein. In der Sowjetunion. Wir Kinder wurden dort von klein auf für Einsätze ausgebildet.«

»Einsätze?« Maximilian runzelte die Stirn.

»Auftragsmorde«, erwiderte ich knapp. »Operationen im In- und Ausland. Attentate. Solche Dinge.«

»Und dieser Gruber?«

»Gruber? Er wurde zu einer Art Ersatzvater. Zu meinem Ausbilder. Und jahrelang war er mein Teamchef.«

»Aber jetzt ist er hinter dir her«, stellte Maximilian fest.

Ich zuckte mit den Schultern. »Ich habe mich von ihm getrennt. Und nicht im Guten.«

»Deshalb sinnt er auf Rache?«

»Was auch immer«, sagte ich.

Wir blieben still.

Die Kommissarin hatte keine Tränen mehr. Ihr Gesicht war fahl, grau. Sie atmete keuchend. »Darius«, wimmerte sie.

Was ging es mich an? Was hinderte mich daran, einfach wegzugehen? Irgendwo anders unterzutauchen? Noch gründlicher meine Spuren zu verwischen? Vielleicht würde mich Gruber dann nicht noch einmal finden. Vielleicht könnte ich dann noch ein paar Jahre leben – frei von Angst, ohne mich um andere zu kümmern.

Ich stand auf.

Ich sah Maximilian an und dann die Kommissarin. »Wo sollst du mich hinbringen?«

»In eine ehemalige Kaserne der Volkspolizei. Ich habe es überprüft. Mehrere stillgelegte Gebäude in Blankenburg.«

Ich nahm ihren Schlüsselbund von der Kommode. »Mit welchem Auto bist du gekommen?«

»Mit meinem. Ein Peugeot.«

»Wo parkst du?«

»Direkt vor dem Tor. Es war sonst nichts frei.«

Ich steckte den Schlüssel ein und wandte mich zum Eingang.

»Warte!« Maximilian stellte sich mir in den Weg.

»Was ist?«, fragte ich.

»Du kannst doch nicht alleine…«

»Du passt auf sie auf«, würgte ich ihn ab. Ich zog die Dienstwaffe der Polizistin aus dem Hosenbund und reichte sie ihm. Er zögerte, dann nahm er sie an sich.

»Sie darf mir nicht in die Quere kommen. Hörst du?«, sagte ich. »Sie hat schon genug angerichtet.«

»Helena, wir finden bestimmt eine andere Lösung.« Er packte mich am Unterarm.

Ich streifte seine Hand von mir ab. »Lass mich! Oder willst du den Tod dieses Kindes auch noch auf dein Gewissen laden?«

Er fuhr zurück, als hätte ich ihn geschlagen. »Woher weißt du das von meinem Kind?«

Ich blieb ihm die Antwort schuldig, schob ihn beiseite und machte mich auf den Weg. Meine Schritte hallten über den leeren Hof.

Ich erreichte den Durchgang. Jemand kam mir nach. Langsam drehte ich mich um.

Maximilian stand neben der alten Badewanne, das Licht aus dem Schuppen warf einen harten Schatten über sein Gesicht.

Ich trat zu ihm, legte meine Hand um seinen Nacken und zog seinen Kopf zu mir herunter. Ich küsste ihn.

Zuerst zögerte er, dann öffneten sich seine Lippen. Ich spürte seine Zunge. Sie fing an, mit meiner zu spielen. Für einen Moment blieb die Zeit stehen. Für einen Moment war es perfekt.

Ich machte mich aus seiner Umarmung frei.

»Was…« Maximilian wirkte verstört.

»Nichts«, unterbrach ich ihn. »Ich wollte es nur einmal ausprobieren. War aber nichts Besonderes.« Ich hoffte, dass er die Lüge nicht erkannte.

Ich gab ihm keine Gelegenheit zu antworten. Stattdessen wies ich auf seinen Schuppen. »Bleib bei ihr, bis ihr Kind wieder da ist.«

»Das Kind«, sagte er. »Und du? Du kommst doch auch wieder?«

Meine Kraft reichte aus, um zu lächeln.

Wieder verließ ich ihn, und diesmal folgte er mir nicht. Ich ging hinauf in meine Wohnung, schob die Staffelei zur Seite und hob die losen Dielenbretter darunter weg. Ein flacher Lederkoffer kam zum Vorschein. Ich hatte gehofft, ihn nie wieder zu brauchen.

Ich öffnete ihn.

Ein Packen Geldscheine – Dollars und Euros. Drei Pässe mit meinem Foto und verschiedenen Namen. Und meine Luger. Eine Pistole im Kaliber 7,65. Mit Schalldämpfer und zwei brandneuen Magazinen. Die Patronen darin trugen Hohlspitzgeschosse. Wer damit getroffen wurde, stand nicht mehr auf.

Ich lud die Waffe, steckte sie in den rückwärtigen Hosenbund und zog das T-Shirt über den Griff. Das Reservemagazin verstaute ich in meiner Tasche.

Es war Zeit.

## 47

Der Peugeot der Kommissarin verfügte über ein eingebautes Navi. Ich brauchte mich nicht um die Route zu kümmern. Es führte mich verlässlich kreuz und quer durch Berlin bis nach Blankenfelde. Die dichte Bebauung verschwand und machte Einfamilienhäusern Platz. Keine protzigen Villen, sondern typische Vorstadt-Eigenheime, in denen normale Familien ein normales Leben führten.

Nur vereinzelt brannte noch Licht hinter den Fenstern. Die meisten Bewohner schliefen längst. Hecken erschienen auf beiden Seiten meiner Strecke, Alleebäume, deren Kronen ohne Übergang mit dem Dunkel der Nacht verschmolzen. Wenig Verkehr.

Ich bog ab. Die gut ausgebaute Straße führte aus dem Wohngebiet hinaus. Ein paar Felder, eine Art Gewerbegebiet, dann, rechts, eine Reihe typischer Plattenbauten hinter einem Drahtzaun. Die ehemalige Kaserne der Volkspolizei – ich war an meinem Ziel angelangt.

Ich stellte den Wagen direkt bei einer Bushaltestelle ab, stieg aus und ging zum Wartehäuschen. An der Stange mit den Fahrplänen war ein Abfalleimer befestigt. Ich griff hinein und zog eine zerknüllte MacDonalds-Tüte heraus. Ich öffnete sie, deponierte meine Luger sowie das Reservemagazin darin, faltete den Sack sorgfältig zu und legte ihn in den Müll zurück.

Dann ging ich los – die Straße hinunter, entlang des verlassenen Areals. Niemand begegnete mir. Vereinzelt aufgestellte Laternen spendeten nur wenig Helligkeit. Nach einigen hundert Metern erreichte ich ein breites Zufahrtstor, vielleicht zwei Meter hoch, mit Stacheldraht am oberen Ende. Es stand einen Spalt offen. Die schwere Kette, die es gesichert hatte, hing schlaff herab.

Ich blieb stehen.

Eine Gestalt löste sich aus dem Schatten des dahinterliegenden Pförtnerhäuschens.

»Helena Groß«, sagte ich, während ich meine Arme hob. »Die Kommissarin schickt mich.«

Der Typ war schwarz gekleidet und bewegte sich geschmeidig. Ein Profi. Als er näher kam, erkannte ich, dass er eine Maschinenpistole in seinen Händen trug. Eine tschechische Skorpion mit Schalldämpfer. Natürlich. Sollte er mich erschießen müssen, würde es keiner hören.

»Umdrehen«, befahl er.

Ich gehorchte, lehnte mich breitbeinig gegen den Zaun. Er tastete mich ab. Gründlich und emotionslos. Überall. Wie gesagt – ein Profi.

»Los«, sagte er, nachdem er fertig war.

Ich drehte mich ihm zu. Er trat hinter mich und gab mir einen leichten Stoß an die Schulter. Ich wusste, dass die Mündung seiner Waffe unablässig auf meinen Rücken zielte. Ich setzte mich in Bewegung.

Eine ehemalige Auffahrt, ein verwildertes Grundstück. Mehrstöckige, rechteckige Betonkästen hoben sich gespenstisch vom Nachthimmel ab.

Eine leichte Brise strich mir über das Gesicht. In den leeren Gebäuden pfiff sie durch die zahllosen, eingeschlagenen Fenster und erzeugte einen leisen, wimmernden Ton.

Wir schritten durch hohes Unkraut, abgestorbene Äste knackten. Der Kerl hinter mir hatte seine Taschenlampe eingeschaltet, deren Lichtstrahl wies mir tanzend den Weg.

»Da entlang«, sagte mein Bewacher und leuchte schräg nach vorn.

Ein großzügiger Eingang, von üppiger Vegetation fast völlig eingewachsen. Ich stieg ein paar Betonstufen hinauf. An der Wand stand die große Ziffer 3. Eine Art Foyer mit einem blinden Spiegel. Dann ein langer Flur. Der Gestank nach Urin, Kot und Moder. Links und rechts halboffene Zimmertüren, manche teils aus den Angeln gerissen. Die Wände voller Graffiti, der Boden übersät mit Müll und Glasscherben. Sie knirschten unter unseren Füßen.

Beim Vorbeigehen sah ich in einem der Räume Gegenstände liegen, vielleicht Decken oder Matratzen. Ein Fahrrad. Vermutlich hatten Obdachlose hier Unterschlupf gefunden.

»Achtung«, sagte der Kerl hinter mir. Er richtete den Kegel seiner Lampe auf den Boden. Zwei verkrümmte Körper in einer Blutlache. Männer unbestimmten Alters in schmutziger Kleidung – das, was von den Stadtstreichern übriggeblieben war.

Vorsichtig stieg ich über sie hinweg.

Aus einem der Zimmer drang Helligkeit. Ich ging darauf zu. Ein ehemaliges Büro. Bestimmt hatte es früher einen repräsentativ-modernen Eindruck vermittelt. Von der alten Pracht war nichts mehr übrig. Der Schreibtisch war ausgeschlachtet, seine Schubladen entfernt, ebenso die Türen. Zwei Schränke bestanden nur noch aus ihren Torsos und lehnten schief aneinander. Selbst die Elektrokabel hatte man halb aus der Wand und der Decke gerissen.

Ein quadratischer Klapptisch aus Plastik mit Campinglampe war eindeutig neu. Die Leuchte tauchte den Raum in weißes, kaltes Licht. In vielleicht zwei, drei Metern Abstand waren mit Stoff bespannte Klappstühle aufgestellt, wie sie Angler benutzen. Auf einem davon saß Darius. Der Junge rührte sich nicht, als wir eintraten. Unbeteiligt starrte er auf die mit grotesken Figuren und Sprüchen beschmierte Wand vor ihm.

Ein grauhaariger Mann lümmelte in entspannter Haltung auf dem zweiten Stuhl – die Beine weit von sich gestreckt. Neben ihm in Griffweite am Boden lag eine langläufige, silberglänzende Luger. Der Mann fixierte mich aus schmutzig-grünen Augen.

Zwei weitere Männer – ebenfalls schwarz gekleidet – rauchten an einem der kaputten Fenster und wirkten gelangweilt. In Wirklichkeit hielten sie Wache.

Mein Blick glitt zurück auf Darius. Ich bemerkte, dass sein linker Fuß leicht wippte. Ihm war sehr wohl bewusst, in welcher Gefahr er schwebte. Und er hatte Todesangst.

Gruber schaute den Mann auffordernd an, der mich hereingebracht hatte.

»Sie ist sauber«, sagte der Kerl.

Gruber nickte leicht. Dann konzentrierte er sich auf mich.

»Katinka«, meinte er. »Meine kleine Katinka. Lange nicht mehr gesehen. Setz dich doch zu uns.« Er wies auf den leeren Campingstuhl.

»Ich stehe lieber«, erwiderte ich.

Er verzog den Mund. »Wie du willst. Du bist alleine? Wo ist denn deine Freundin, die Kommissarin?«

»Um die habe ich mich gekümmert.«

»Gut«, meinte er. »Dann müssen das meine Leute nicht mehr machen.«

Ich neigte den Kopf in Richtung der beiden Raucher am Fenster. »Diese Clowns sind alles, was du noch hast?«

Er ließ sich nicht reizen. Und sein Team auch nicht.

»Die Besten, die ich kriegen konnte, Katinka. Du, Alexej und Sascha habt mich ja verlassen, verraten und verkauft.«

»Wir hatten ein Recht auf ein eigenes Leben.«

»Das sehe ich anders.«

Unsere Blicke trafen sich. Wir schwiegen.

»Du weißt, was jetzt passiert, Katinka. Nicht wahr?«, fragte er schließlich.

»Ja«, sagte ich. »Ich bin jetzt da. Du kannst das Kind freilassen.«

»Das Kind.« Er hob tadelnd einen Finger an. »Weißt du, Katinka, dass das dein einziger Makel war und noch immer ist? Du bist einfach zu sentimental! Das warst du schon vor sechs Jahren, sonst wäre das alles nicht passiert, und ich müsste nicht das tun, was ich jetzt tun muss.«

»Dein Fehler«, erwiderte ich. »Du hast mich nicht richtig ausgebildet. Du warst zu schwach. Du hättest mir jedes Gefühl austreiben sollen. Aber das hast du nicht über dich gebracht. Wie so vieles.«

Er antwortete mir nicht.

»Lass das Kind gehen«, wiederholte ich.

Er schüttelte den Kopf. »So einfach ist das nicht, Katinka. Das Kind gibt es nicht umsonst.«

»Du willst das Geld?«

»Hast du es denn?«, meinte er milde.

»Meinen Anteil und Saschas. Zehn Millionen.«

»Braves Mädchen. Du hast die Regeln nicht vergessen: Geld lässt sich leicht zurückverfolgen. Viel Geld noch viel leichter. Schlecht, es auszugeben, wenn man untertauchen muss.« Er hielt inne. »Wo ist es?«

Ich lächelte.

Er beugte sich vor. »Ich könnte dich jetzt foltern, und irgendwann würdest du es mir sagen.«

»Glaube ich kaum.«

Jetzt lächelte er. »Du kannst unheimlich stur sein. Das warst du schon als du noch mein kleines Mädchen warst.«

»Wer von uns beiden ist jetzt sentimental?«, gab ich zurück.

»Okay.« Er lehnte sich wieder zurück. »Was schlägst du vor?«

»Das Geld ist ungefähr eine Stunde Autofahrt von hier entfernt versteckt. Ich hole es und bringe es dir. Dafür lässt du den Jungen laufen.«

»Nein.«

»Nein?«

»Ich gebe dir eine Begleitung mit. Für den Fall, dass du unterwegs deine Meinung ändern solltest. Wenn du das Geld siehst, kommen dir vielleicht ganz neue, ungeahnte Ideen.«

»Meinetwegen.« Ich wandte mich ab.

»Katinka«, hielt mich seine Stimme auf.

Ich sah ihn an.

»Katinka«, wiederholte er. »Falls du vor dem Morgengrauen nicht wieder hier bist...« Er deutete auf Darius.

»Ich weiß, du bringst ihn um.«

»Ganz genau. Und er wird nicht leicht sterben. Man kann auch lebendig verbrennen. Die Schmerzen müssen entsetzlich sein, habe ich mir sagen lassen.«

# 48

Wir fuhren durch die Nacht – ich am Steuer des Peugeot, auf dem Beifahrersitz und auf der Rückbank die zwei Wachen, die vorhin am Fenster der verlassenen Kaserne gestanden hatten. Der Kerl neben mir war Ende zwanzig, eher untersetzt, und wenn er sprach, erkannte ich einen deutlichen Akzent, höchstwahrscheinlich serbisch. Sein Kollege, der hinter mir saß, redete kaum. Er beschränkte sich darauf zu schweigen und seine Waffe auf meinen Kopf zu richten.

Die Strecke führte uns nach Brandenburg. Wohin genau, wusste nur ich allein. Nach einer halben Stunde passierten wir eine Kleingartenanlage. Ich hielt an und stellte den Motor aus.

»Ist es hier?« Der Serbe lugte skeptisch durch die Windschutzscheibe.

»Nein«, sagte ich.

»Warum hältst du dann?«

»Wir brauchen eine Schaufel.«

Er schnaubte. »Du blöde Schlampe hast das Geld doch nicht etwa vergraben?«

»Doch«, erwiderte ich knapp und lehnte mich in meinem Sitz zurück. »Und da ihr vorhin den Wagen peinlichst genau durchsucht habt, wisst ihr ja, dass ich keine Schaufel dabeihabe.«

Der Serbe schnaubte erneut und murmelte etwas in seiner Heimatsprache. Dem Tonfall nach zu urteilen, machte er mir nicht gerade ein Kompliment. Er sah nach hinten. »Anton, du besorgst eine Schaufel.«

»Wo bitte, soll ich die hernehmen?«, erwiderte sein Partner missmutig.

»Woher wohl?« Der Serbe klopfte auffordernd gegen sein Seitenfenster. »Die werden ihre Rüben und Radieschen kaum mit den Händen ausgraben. Brich in eine der Hütten ein!«

Anton grunzte abfällig, machte die Tür auf und stieg aus. Ich beobachtete ihn dabei, wie er die Straße überquerte, sich über den Zaun schwang und im Dunkeln der Schrebergärten verschwand.

»Katinka, heißt du?«, fragte mich der Serbe.

Ich antwortete nicht.

»Du wirst sterben«, sagte er.

»Das weiß ich schon lange«, erwiderte ich.

Der Serbe lachte. »Du kannst dir sicher sein, dass du den morgigen Tag nicht mehr siehst.« Er hielt inne. »Vielleicht willst du noch ein letztes Mal etwas Spaß? Mit einem richtigen Mann, oder auch mit zwei Kerlen? Die dich richtig rannehmen?«

Ich blickte ihn an und verzog den Mund. »Nein, danke.«

»Normalerweise frage ich nicht und mache es einfach. Aber bei dir… in deinem Fall… Gruber hat es mir ausdrücklich verboten. Er ist sonst nicht so, wirklich nicht. Bist was Besonderes, hä?«

Ich schwieg.

»Katinka – Grubers kleines Mädchen.« Er lachte wieder. »Aber vielleicht erlaubt er mir, dass ich dich umbringe. Das mache ich auch gerne. Willst du wissen, wie?«

»Kein Interesse«, sagte ich. »Aber das wird dich nicht abhalten, es mir trotzdem zu erzählen.«

»Du machst auf taff, nicht wahr? Starke Frau. Hilft dir auch nicht weiter.« Er leckte sich über die Unterlippe. »Ich werde dich erwürgen. Mit bloßen Händen. Und kurz bevor du stirbst...« Ich schaute ihn an. Seine Augen wurden glasig. Er räusperte sich. »Und kurz bevor du stirbst... Ich kann den Punkt immer fühlen ... breche ich ab. Ich warte, bis die Frauen wieder zu sich kommen. Dann fange ich von Neuem an. Ich kann das gut! Einmal habe ich drei Stunden geschafft!«

»Du bist ja ein wahrer Künstler.«

»Künstler? Du hast Humor, Katinka. Du musst darauf achten, dass du den nicht verlierst. Den wirst du nämlich dringend brauchen, wenn ich mich mit dir beschäftige!«

Anton erschien, stellte einen Spaten vor dem Zaun ab und flankte anschließend darüber. Mit der Schaufel in der Hand, kam er zum Peugeot. Er öffnete den Kofferraum. Ich hörte ein dumpfes Klappern, dann schloss er den Deckel und stieg ein.

Ich startete den Motor. Wir setzten unseren Weg fort.

Die Scheinwerfer streiften zitternd über Getreidefelder und Wälder. Wir kamen an mehreren Dörfern vorbei, überquerten hin und wieder eine Brücke, unter der das Wasser eines Flusses bleigrau schimmerte. Noch ein paar einzelne Gehöfte, und ich hielt zum zweiten Mal an.

Der Serbe starrte nach draußen. Ein Kirchturm schälte sich im Mondlicht aus dem Dunkeln, umgeben von einer hohen Mauer mit einem alten, schmiedeeisernen Tor.

»Was sollen wir hier?«, fragte der Serbe. »Willst du noch mal beten, bevor du stirbst?«

»Endstation«, erwiderte ich.

»Du hast das Geld in der beschissenen *Kirche* versteckt?«

»Auf dem Friedhof.«

Er warf mir einen ungläubigen Blick zu. »Na gut. Alle raus! Anton zuerst.«

Ich wartete, bis Anton ausgestiegen war, dann kletterte ich ins Freie, gefolgt von dem Serben. Anton holte die Schaufel aus dem Kofferraum. Ich setzte mich in Bewegung, meine Begleiter hinter mir, ihre Waffen zielten auf meinen Rücken.

Der rechte Flügel des Tores quietschte, als ich ihn öffnete. Genau wie vor sechs Jahren. Das abgetretene Pflaster des Weges, die stummen Schatten der letzten Ruhestätten, selbst der Geruch – nichts hatte sich verändert.

Bei dem großen Baum wandte ich mich nach links. Noch fünfzehn Schritte, und ich blieb stehen.

Ich deutete auf einen aufgestellten Grabstein. Darauf eingemeißelt: *Katinka* sowie ein schlichtes Kreuz. Mehr nicht.

»Ha! Wie sinnig«, kommentierte der Serbe.

Anton warf mir die Schaufel vor die Füße.

»Na los, kleine Katinka!«, säuselte der Serbe. »Du bist eine starke Frau. Du buddelst.«

Ich bückte mich nach dem Spaten.

»Und keinen Unsinn!«, warnte er. »Sonst wirst du das bereuen!«

Die beiden Männer traten einen Schritt zurück, die Mündungen ihrer Waffen deuteten unablässig auf mich.

Ich begann mit der Arbeit. Anton holte eine Taschenlampe aus seiner Jacke, schaltete sie an und legte sie so auf den Grabstein, dass ihr Schein mich und die Fläche zu meinen Füßen beleuchtete. Zuerst war der Boden fest, doch als ich die Grasnarbe abgetragen hatte, ging es leichter. Ich machte keine Pause. Der Schweiß rann mir über die Stirn, das T-Shirt klebte mir am Körper.

Je tiefer ich kam, desto mehr Kraft brauchte ich, um die lehmige Erde aus dem Loch zu schmeißen. Am Rand der Grube erhob sich mittlerweile ein beachtlicher Hügel.

Irgendwann hatte sich der Serbe gegen den benachbarten Grabstein gelehnt. Er rauchte, doch seine schussbereite großkalibrige Automatik folgte jeder meiner Bewegungen.

Anton blieb direkt am Rand des Lochs stehen. Leicht breitbeinig sah er mir zu. Die Hand, in der er seine Pistole hielt, zeigte nach unten. Ich ließ mich davon nicht täuschen. Er war voll konzentriert und würde mir beim geringsten Verdacht im Bruchteil einer Sekunde eine Kugel in den Kopf jagen.

Unvermittelt stieß meine Schaufel gegen einen Widerstand. Wieder und noch einmal. Ich kratzte die Erde weg und legte einen Sarg frei. Ich hielt inne, atmete keuchend. Dann hebelte ich mit dem Blatt des Spatens den Deckel auf und klappte ihn zurück.

Anton griff sich die Taschenlampe und richtete ihren Strahl in die Grube. Der Serbe trat näher. Beide
starrten wie gebannt auf den offenen Sarg. In ihm
lagen nicht die Überreste eines Menschen, sondern
zehn identische Plastikkoffer – sauber aneinanderge-
reiht.

»Da ist die Kohle drinnen?«, wollte der Serbe wissen.

Ich rammte die Schaufel neben mir in die Erde
und wischte mir den Schweiß von der Stirn. »Ja.«

»Das sollen wir dir glauben? Zeig her!«

Ich bückte mich, nahm einen der Koffer heraus,
legte ihn auf die anderen Koffer und machte ihn auf.
Das übliche, schnappende Geräusch der Verschlüsse,
und ich präsentierte den Inhalt: Dicke Bündel von
Hundertdollarscheinen, sauber in durchsichtiges Plastik eingeschweißt.

»Reicht das, oder wollt ihr noch mehr sehen?«,
fragte ich. Ohne auf eine Antwort zu warten, riss ich
die Folie auf, ergriff mit der Linken einen Packen
Geld und streckte ihn nach oben in Antons Richtung.

»Ihr könnt euch davon überzeugen, dass sie echt
sind«, sagte ich dabei.

Anton, der näher am Loch stand, zögerte, blickte
auf seine Waffe in der einen Hand und auf die Taschenlampe in der anderen. Dann reichte er die Lampe dem Serben und beugte sich vor, um mir die
Scheine abzunehmen.

Ich war zu klein, die Grube zu tief. Er musste sich
noch mehr vorbeugen. Seine Finger berührten die
Dollarnoten.

Meine freie Rechte tastete nach dem Stiel der
Schaufel. Ich zog sie aus der Erde und nutzte den
Schwung, um sie Anton seitlich gegen das Knie zu

schlagen. Gleichzeitig ließ ich die Scheine fallen, packte seinen Unterarm mit der freien Hand und zog Anton zu mir hinunter.

Er war gut. Er schrie vor Schmerz und Schrecken, schaffte es aber, noch dreimal abzudrücken. Die Explosionen dröhnten mir in den Ohren. Zwei Kugeln trafen den Sarg. Die dritte mich.

Dann lag Anton auf mir und versuchte, hochzukommen.

Mit aller Kraft rammte ich ihm meine Fingerspitzen in den Kehlkopf. Er gab ein seltsames Geräusch von sich, es erinnerte an das leise Ploppen eines Sektkorkens.

Der Serbe erschien in meinem Blickfeld. Er begann zu schießen. Er zielte auf den Rücken seines Partners. Er tat das ganz bewusst. Er hoffte, dass die schweren Projektile seiner Waffe Antons Körper durchschlagen und mich treffen würden. Mit seiner großkalibrigen Pistole und aus der kurzen Entfernung hatte er gute Chancen, dass ihm das über kurz oder lang auch gelingen würde.

Ich musste handeln. Schnell.

Anton rührte sich nicht mehr. Sein Körper zuckte nur noch automatisch unter dem Aufprall der Kugeln. Er lag noch immer auf mir, und er war schwer. Ich konnte mich kaum bewegen.

Der Serbe hörte auf zu schießen. Ich vernahm das Klappern von Metall. Er wechselte das Magazin.

Dafür würde er nicht lange brauchen. Sekunden. In der Zeit würde ich es nicht schaffen, unter Anton hervorzukriechen und aus dem Grab zu steigen, um mich irgendwo in Sicherheit zu bringen. Keine Chance.

Fieberhaft tastete ich Anton ab. Kein ausgebildeter Killer ohne Zweitwaffe. Ich fand sie. Ein kleines Ding, wahrscheinlich eine Walther, in seiner rückwärtigen Hosentasche.

Ich richtete sie auf den Serben und drückte ab. Mehrmals hintereinander. Ich weiß nicht mehr, wie oft.

Der Serbe fiel nach hinten. Ich konnte ihn nicht mehr sehen, wusste nicht, was er machte. Vielleicht hatte ich ihn getroffen. Vielleicht war er verletzt, vielleicht war er auch tot. Und vielleicht, vielleicht war es nur eine Finte, um mich aus der Deckung zu locken.

Es gab nur einen Weg, das herauszufinden.

Unter Aufbietung all meiner Kräfte schob ich Anton halb von mir weg, zwängte mich unter ihm hervor, und kletterte so schnell es mir möglich war, aus der Grube. Ich verkratzte mein Gesicht, meine Hände, meine Knie. Die Schusswunde an meinem Oberarm, wo mich Anton erwischt hatte, schmerzte höllisch.

Dann war ich oben.

Der Serbe lag auf dem Bauch. Er robbte mit ausgestrecktem Arm in Richtung des Fußweges. Dort entdeckte ich seine Pistole. Sie musste ihm aus der Hand gefallen sein, als ich ihn angeschossen hatte. Beim Kriechen hinterließ er eine breite Blutspur.

Ich trat zu ihm.

Er hörte auf, sich zu bewegen, presste den Kopf auf den Boden. Er wusste, was kommen würde.

Ich schoss. Einmal.

## 49

Ich näherte mich dem heruntergekommenen Plattenbau, in dem Gruber auf mich wartete. Die Umrisse der ehemaligen Kaserne der Volkspolizei begannen bereits, sich aus dem Dunkel der Nacht herauszuschälen. Ein einsames Vogelzwitschern setzte ein – die Dämmerung war nicht mehr weit.

Ich hatte lange gebraucht, wieder hierherzukommen. Ich hatte den Sarg auf dem kleinen Friedhof sorgfältig verschlossen, den toten Serben zu Anton in die Grube gezerrt und dann hatte ich das Loch zugeschaufelt. Das hatte gedauert und war nicht gerade einfach gewesen.

Obwohl ich die Schusswunde am linken Oberarm mit dem Gürtel des Serben abgebunden hatte, gelang es mir nicht, die Blutung völlig zu stoppen. Ich hatte Schmerzen bei jeder Ladung Erde, die ich in das offene Grab warf. Und doch konnte ich mir keine Pause gönnen. Gruber hielt sich stets an seine Ankündigungen. Bei Tagesanbruch würde er Darius töten, wenn ich nicht bis dahin mit dem Geld bei ihm erscheinen würde.

Schließlich war ich fertig, stampfte die lockere Erde fest und verteilte sorgfältig trockenes Laub darüber, das ich unter dem großen Baum fand. Bestimmt nicht perfekt, aber es würde reichen. Auf den alten Friedhof verirrte sich kaum noch jemand.

Diesmal hatte mich niemand am Kasernentor empfangen. Und auch der Eingang des Gebäudes war nicht bewacht. Gruber wusste ganz genau, dass er mich wegen des Jungen in der Hand hatte. Größere Vorsichtsmaßnahmen waren entbehrlich.

Ich lief den verkommenen Gang im Gebäude Nummer 3 entlang, Glas knirschte unter meinen Schuhen. Der schwere Aktenkoffer, den ich in der Rechten trug, schlug bei jedem Schritt gegen mein Bein. Von der Anstrengung und dem Blutverlust war mir schlecht. Ich atmete keuchend, aber das war ohne Belang. Auch ich musste keine Vorsicht mehr walten lassen. Gruber konnte ruhig hören, dass ich kam.

Ich stieg über die Leichen der beiden Obdachlosen und trat in das erleuchtete, ehemalige Büro.

Gruber saß auf seinem Stuhl, die Rechte mit der Pistole ausgestreckt, den Lauf der Waffe an die Schläfe des Jungen gedrückt. Darius stand mit hängenden Schultern neben ihm, sein Gesicht unbeteiligt, nur seine Finger ballten sich abwechselnd zu Fäusten und öffneten sich wieder, ähnlich eines Herzschlags.

Der Typ, der mich vor ein paar Stunden am Zaun in Empfang genommen hatte, visierte mich über den Lauf seiner Maschinenpistole hinweg an.

Ich konzentrierte mich auf Gruber.

»Da bin ich wieder«, sagte ich.

»Du bist alleine?«, fragte er mit mildem Interesse.

»Ja. Das hast du doch gewusst.«

Auf Grubers Gesicht machte sich ein Grinsen breit. Er deutete auf den Koffer. »Mein Geld?«

Ich nickte.

»Da sind doch niemals zehn Millionen drinnen!«

»Eine Million. Mehr konnte ich nicht tragen. Der Rest ist im Auto.«

»Auf den Tisch damit!«

Vorsichtig näherte ich mich dem Campingtisch in der Mitte des Raums und stellte den Koffer darauf ab.

Gruber nahm die Waffe vom Kopf des Jungen, behielt sie aber in der Hand und legte sie locker auf seinem Oberschenkel ab. Ohne einen Blick von mir zu wenden, sagte er an die Adresse seiner Wache gerichtet: »Tom, prüf die Scheine!«

Tom verließ seine strategisch günstige Eckposition und kam zu mir. Dabei zielte seine Waffe weiterhin auf meine Körpermitte.

»Aufmachen«, befahl er knapp.

Einhändig öffnete ich die metallenen Verschlüsse und klappte den Deckel umständlich nach oben. Meine Linke war taub und nicht mehr zu gebrauchen.

»Und?«, fragte Gruber.

Tom beugte sich etwas vor und musterte die sauber gestapelten Dollarbündel. »Scheint zu passen.« Er schaute zu Gruber und nickte bestätigend.

In dem Moment langte ich unter die Scheine. Dort hatte ich vor wenigen Minuten meine Luger deponiert, nachdem ich sie bei meiner Rückkehr wieder aus dem Abfalleimer beim Buswartehäuschen gefischt hatte.

Meine Finger schlossen sich um den Griff der Waffe. Ich zog sie heraus und schoss Tom in den Bauch.

Er schrie auf und stürzte zu Boden.

Ich kümmerte mich nicht um ihn, wirbelte zu Gruber herum … und blickte in die Mündung seiner Waffe.

*Zu spät*, dachte ich. *Ich bin tot.*

Doch Gruber drückte nicht ab.

Dafür ich.

Ich traf ihn mitten in die Brust. Zusammen mit seinem Stuhl fiel er um. Seine Pistole schlitterte über die verdreckten Reste des Linoleums und verschwand unter dem ausgeschlachteten Schreibtisch.

Ich visierte wieder Tom an. Er rührte sich nicht. Seine weit aufgerissenen Augen waren bereits gebrochen. Keine Gefahr mehr von dieser Seite.

Ich trat zu Gruber. Das Laufen fiel mir schwer. Ich blickte auf ihn herab.

Auf seiner linken Brustseite breitete sich ein dunkler Fleck aus. Er atmete rasselnd. Dabei schaute er mich an, die schmutzig-grünen Augen durchdringend wie eh und je.

»Du hast gezögert«, sagte ich.

Gruber lächelte. »Auf meine alten Tage bin ich wohl weich geworden.«

Mir wurde schlecht. Ich sank neben ihm auf die Knie.

Er betrachtete mich. Sein Blick war beinahe zärtlich. »Katinka. Meine kleine Katinka. Du und ich, was hätten wir beide alles erreichen können! Stell dir vor, du wärst nicht weggegangen.«

»Du hast mich nie gefragt, was ich wirklich wollte«, flüsterte ich.

Sein Blick ließ mich los, irrte durch den Raum und kam zu mir zurück. »Schau dich gut um. In einem solch dreckigen Loch wirst du auch eines Tages sterben.«

Ich schluckte. »Nein«, erwiderte ich mich fester Stimme. »Das werde ich nicht. Ganz sicher nicht.« Ich schluckte erneut. »Ich habe ein neues Leben angefangen und ich habe gute Menschen gefunden. Menschen, auf die ich mich verlassen kann.«

Blut begann aus seinem Mundwinkel zu tropfen und sein Körper zuckte. Ohne nachzudenken ergriff ich seine Hand.

»Katinka«, flüsterte er. »Stell dir vor…«

Ich hielt seine Hand, während er starb. Lange blieb ich in dieser Haltung. Vielleicht kam es mir auch nur lange vor.

Ich spürte eine Berührung an meiner gesunden Schulter. Ich ließ Gruber los, wischte mir die Tränen vom Gesicht und sah nach oben. Darius stand neben mir. Er schien sich auf das gegenüberliegende Fenster zu konzentrieren.

»Sei nicht traurig«, sagte er. »Du hattest keine Wahl.«

## 50

Ein grüner Fleck mitten im Nichts. Die Konturen wurden deutlicher, schärfer, ich vermochte Vorder- und Hintergrund zu unterscheiden. Ich blickte gerade auf einen Elefanten aus Jade. Er stand in einem Regal voller Bücher.

Gedämpfte Musik drang an meine Ohren. Indisch.

Ich drehte den Kopf, sah in die Augen von Gabriele. Ich versuchte, mich aufzurichten.

»Liegen bleiben«, befahl sie. »Ich muss nähen.« In ihrer Hand hielt sie eine Nadel.

Schlagartig war ich hellwach.

»Moment! Hast du die Kugel?«

»Sicher.« Sie deutete auf den Couchtisch. In einer Glasschale entdeckte ich ein deformiertes blutiges Projektil. Daneben erkannte ich den Verbandskasten, den sie mir vor ein paar Tagen geliehen hatte, ein Antiseptikum und einen Mörser mit Stößel aus grauem Stein.

Sie stach die Nadel in meinen Oberarm.

»Scheiße«, stieß ich hervor.

»Tut weh, was?«, stellte sie grimmig fest.

»Nur, wenn ich lache«, gab ich zurück.

Ihre Mundwinkel kräuselten sich, während sie konzentriert weiterarbeitete.

Ich blickte wieder auf den Elefanten, betrachtete ihn eingehend. Jedes Detail war kunstvoll und liebevoll gestaltet. Die Schmerzen verloren an Bedeutung.

»Woher kannst du das?«, fragte ich Gabriele.

»Was? Nähen?«

»Hm.«

»Ich bin in meinem Leben ganz schön viel herumgekommen. Und Ärzte waren nicht immer greifbar. Da lernt man, sich selbst zu helfen. Allerdings...« Sie stach wieder zu, und mir trieb es die Luft aus den Lungen, »Schussverletzungen sind mir bislang nicht untergekommen.« Sie verstummte, griff sich eine Schere und schnitt den Faden ab. »So, das war's erstmal.«

Sie nahm den Mörser, streifte den Stößel ab und legte ihn beiseite.

»Was ist da drinnen?«, fragte ich.

»Eine selbst angemischte Salbe«, sagte sie. Sie hielt sie mir vors Gesicht.

Ich zog die Nase kraus. »Das stinkt.«

Sie lachte. »Und wie das stinkt! Aber keine Sorge, die Rezeptur habe ich aus Südamerika mitgebracht. Das Zeug hilft garantiert.« Sie strich die Paste dick auf meinen Arm. »Jetzt warten wir ein paar Minuten, und dann kann ich dich verbinden.«

Die Paste kühlte angenehm. Meine Schmerzen wurden schwächer.

»Wie komme ich eigentlich hierher?«, fragte ich.

»Du kannst dich nicht mehr daran erinnern?«

»Nicht mehr so ganz.« Ich grinste. »Nein, eigentlich kann ich mich überhaupt nicht erinnern. Filmriss.«

»Nachdem sich die Kommissarin gestern Abend bei mir im Laden nach dir erkundigt hatte, habe ich das Remmidemmi im Schuppen gehört.«

»*Remmidemmi?*«

»Die lauten Geräusche. Münchner nennen das Remmidemmi.«

»Aha.«

»Als ich hinten nach dem Rechten gesehen habe, warst du schon weg. Die Polizistin allerdings habe ich angetroffen.«

»An den Stuhl gefesselt.«

»Du kannst sicher nachempfinden, dass mich das anfänglich ein klein wenig verunsichert hat. Maximilian hat es mir erklärt. Das hat mich zwar nicht beruhigt, ganz im Gegenteil, aber dann wusste ich wenigstens Bescheid. Ich habe für uns Tee gekocht, habe den gebrochenen Finger der Kommissarin notdürftig verarztet, und wir haben gewartet.«

»Lange«, sagte ich.

»Ja. Stunden. Bis zum Morgen. Die Polizistin wurde immer verzweifelter. Sie hatte bereits jede Hoffnung verloren. Sie konnte nur noch heulen. Selbst Maximilian war am Ende mit seinen Nerven. Und als wir nicht mehr damit gerechnet haben, dich oder das Kind jemals wiederzusehen, kamst du mit dem Jungen.«

Ich versuchte, eine Erinnerung in meinem Kopf zu finden, die zu der Schilderung passte, hatte aber keinen Erfolg.

»Habe ich etwas gesagt?«

Sie schürzte die Lippen. »Hm … Wenn mich mein Gedächtnis nicht täuscht, hast du *Hallo, miteinander* gemurmelt und bist umgekippt.«

Ich atmete tief ein. »Wo ist der Junge jetzt?«

»Bei seiner Mutter. Keine Sorge. Dem geht es den Umständen entsprechend gut. Maximilian fährt ihn und seine Mutter gerade nach Hause. Sie war nicht mehr in der Lage, sich hinters Steuer zu setzen.« Sie hielt kurz inne. »Jedenfalls hat dich Maximilian hier hereingetragen und aufs Sofa gelegt, bevor er weg ist. Ich habe dich erstmal gesäubert. Du warst voller Erde und Schmutz und Blut und Glasscherben…«

»Ich weiß«, unterbrach ich sie. »Habe ich vielleicht irgendetwas dabeigehabt?«

»Den Jungen.«

»Sonst nichts?«

»Ah«, sagte sie. »Einen Spaten. Und der Junge trug einen schwarzen Aktenkoffer.« Sie musterte mich durchdringend.

Ich blieb still.

»Wir fanden das schon ein wenig … seltsam.«

»Der Koffer?«, fragte ich. »Wo ist er?«

»Den habe ich dir in deine Wohnung gestellt.« Sie griff sich ein Päckchen Verbandsmull. »Du hast aber viele Schlösser an der Tür anbringen lassen!«

»Man kann nicht vorsichtig genug sein.«

»Richtig. Der Koffer liegt auf deinem Tisch im großen Zimmer. Und keine Sorge, ich habe nicht reingeschaut … Die Schaufel haben wir im Hof gelassen. Oder willst du sie auch in deiner Wohnung haben?«

»Nein, danke.«

»Den Spaten können wir gut gebrauchen, wenn wir den zweiten Hinterhof ein wenig herrichten …

Und jetzt«, sie beugte sich vor. »noch mal stillhalten. Ich muss dich verbinden.«

## 51

Freitagmittag, und ich hatte wieder eine Vorladung von der Polizei, der ich Folge leisten
musste. Das gleiche Befragungszimmer, wie
bei unserem letzten Besuch. Doch diesmal saß uns
anstelle von Frau Fleischmann ein etwa vierzigjähriger
Mann gegenüber: Kurzgeschnittene, dunkel gefärbte
Haare. Eine modische Brille, das randlose, leicht ge-
tönte Gestell fast ein wenig feminin. Weißes Hemd,
Krawatte, sorgfältig manikürte Fingernägel. Seine Augenbrauen wirkten gezupft.

Von der Kommissarin hatte ich seit der Nacht, in
der ich ihr Darius zurückgebracht hatte, nichts mehr
gehört. Nun, das stimmte nicht ganz. Die Vorladung,
die mich am Mittwoch erreichte, stammte von ihr.
Und natürlich war ich nicht allein gekommen. Maximilian saß neben mir und wartete wie ich darauf, was
uns der Beamte mitzuteilen hatte.

Die letzten vier Tage hatte ich mich in meiner
Wohnung verkrochen. Nur Gabriele hatte mich regelmäßig besucht, mir gekocht und sich um meine

Wunde gekümmert. Inzwischen fühlte ich mich wieder ganz gut. Ich musste lediglich darauf achten, keine abrupten Bewegungen zu machen. Und es fiel mir noch schwer, den Arm zu heben.

Wegen des Verbandes hatte ich eine leichte Jacke übergezogen, um keine Fragen bei der Polizei zu provozieren, die ich lieber nicht beantworten wollte. Mir war zwar warm, aber ich würde die Jacke wieder ausziehen, sobald wir das Präsidium verlassen hatten.

Maximilian setzte sich auf seinem Stuhl zurecht. Für Außenstehende erweckte er den Eindruck völliger Selbstsicherheit, die Ruhe in Person. Aber ich kannte ihn inzwischen etwas besser. In Wirklichkeit platzte er fast vor Neugier, was es mit diesem Termin auf sich hatte.

Während meiner Genesung hatte ich ihn kaum zu Gesicht bekommen. Er hatte ein paarmal an seinem Auto gearbeitet, aber nicht lange. Ich hatte ihn vom Fenster aus beobachtet, ohne mit ihm Kontakt aufzunehmen. Und er … er hatte es vermieden, mich zu besuchen. War mir ganz recht – ich brauchte die Zeit für mich. Außerdem hatten mich die Erlebnisse in der Kaserne in meinen Entschluss, Berlin den Rücken zu kehren, noch bestärkt. Da war es einfach besser und klüger, einen gewissen Abstand zu wahren.

Der Polizist, auf seinem am Revers angebrachten Namensschild stand *Steven Roßner – PK,* langte sich mit spitzen Fingern an die Brille und rückte sie zurecht.

»Also«, begann er. »Frau Groß, Herr Storm? Mein Name ist Roßner. Ich bin Frau Fleischmanns Kollege und vertrete sie heute.«

»Wie kommt das?«, fragte Maximilian. Dafür kassierte er einen irritierten Blick des Kommissars.

»Wie das kommt? Sie ist momentan nicht im Dienst.«

»Kann ich das so verstehen, dass sie Ihnen den Fall gänzlich übertragen hat?«, fasste Maximilian nach.

»Nein.« Roßner schüttelte entschieden den Kopf. »Frau Fleischmann ist nur kurzzeitig abwesend. Es ist ihr Fall und das bleibt er auch. Ich übernehme lediglich unser heutiges Gespräch für sie.«

»In Ordnung.« Maximilian nickte. »Dann können Sie mir sicher erklären, was der Anlass für diese neuerliche Vorladung von Frau Groß ist. Wir waren der Auffassung, dass wir mit Frau Fleischmann alles geklärt hätten. Ihr Brief hat uns doch sehr überrascht.«

Der Polizist runzelte die Stirn und schlug den Aktenordner auf, der vor ihm lag. Er fing an, darin herumzublättern. Schließlich tippte er auf das Papier.

»Das Video habe ich mir angeschaut, ich kannte es ja noch nicht.« Er blickte zu mir und dann konzentrierte er sich wieder auf Maximilian. »Ich kann Ihre Auffassung leider überhaupt nicht teilen, dass der Mitschnitt als Beweismittel unzulässig ist. Ganz im Gegenteil. Deshalb habe ich vor, das Bildmaterial der Staatsanwalt vorzulegen.«

»Viel Spaß dabei«, sagte Maximilian. »Genau die gleiche Diskussion hatten wir bereits mit Ihrer Kollegin. Das Ergebnis steht sicher auch in der Akte.«

»Wir werden sehen. Das ist aber noch nicht alles.« Roßner tippte erneut auf das Papier. »Ich habe hier eine Notiz von Frau Fleischmann bezüglich Ihrer Adressen, Ihrer Meldedaten und Ihrer Personalien, Frau Groß. Da scheint es Ungereimtheiten zu geben.« Der Polizist musterte mich durchdringend.

»Ungereimtheiten?« Ich tat so, als würde ich nicht verstehen, was er meinte. Mein Herz begann wie rasend zu schlagen und der Schmerz in meiner Wunde kehrte zurück. »Welche denn?«

»Nun«, setzte er an. »Sie wohnen doch im Moment am Prenzlauer Berg.«

»Genau«, bestätigte ich. »Und dort bin ich auch gemeldet.«

»Und davor, da waren Sie…«

Es klopfte. Nahezu zeitgleich wurde die Tür geöffnet und Frau Fleischmann trat ein — adrett gekleidet, wie immer. Ihr Haar war sorgfältig frisiert, doch sie wirkte blass und übernächtigt. Ihr rechter Zeigefinger war geschient und steckte in einem Verband.

»Guten Tag«, sagte sie und bedachte Maximilian und mich mit einem flüchtigen, nichtssagenden Blick.

»Pardis, was machst du denn hier?«, fragte Roßner, noch bevor wir den Gruß erwidern konnten. »Ich dachte, du bist zuhause wegen…?« Er verstummte, wurde rot und sah uns betreten an.

»Ja. Genau. Wegen meines gebrochenen Fingers. Zu allem Überfluss hat sich mein Sohn eine schwere Grippe eingefangen.« Sie trat an den Tisch. »Darf ich?«, fragte sie. Ohne Roßners Antwort abzuwarten, nahm sie neben ihm Platz. »Aber meinem Sohnemann geht es schon besser. Viel besser.« Sie machte eine Pause. »Vorhin ist mir siedeheiß eingefallen, dass heute die Vorladung von Frau Groß ansteht. Deshalb bin ich schnell vorbeigekommen.«

»Danke, dass du da bist«, erwiderte Roßner sichtlich erleichtert. »Wir haben erst vor fünf Minuten angefangen. Ich wollte Frau Groß und ihrem Anwalt gerade auseinandersetzen, dass wir gravierende Unstimmigkeiten im Zusammenhang mit ihren Personalien festgestellt haben. Aus deinen Notizen geht hervor, dass sich Frau Groß' Adressen nur ein paar Jahre zurückverfolgen lassen.« Er sah die Kommissarin hilfesuchend an. »Vielleicht willst du an dieser Stelle übernehmen?«

»Gerne«, sagte sie. »Um es gleich voranzuschicken... Das mit den Adressen...« Sie lächelte entwaffnend. »Das war ein Irrtum.«

»Wie bitte?«, entfuhr es Roßner. Seine mühevoll aufgebaute Fassade von Coolness löste sich im Nichts auf.

»Ja.« Sie blickte ihn an und legte ihm kurz eine Hand auf den Unterarm. »Entschuldige bitte! Du weißt doch, am letzten Montag war so unheimlich viel zu tun. Und Darius hat schon gehustet. Ich wusste nicht, wo mir der Kopf steht...«

»Aber diese Adressen...«

»Die gehören zu einem anderen meiner Fälle. Dummerweise habe ich das in dem ganzen Trubel durcheinandergebracht und habe fälschlicherweise Frau Groß vorgeladen, anstelle des wirklichen Beschuldigten.«

Roßner ließ sich auf den Stuhl zurücksinken. »Wirklich?«

»Ja. Wirklich. Ein bedauernswertes, mir absolut peinliches Versehen.« Erneut ein entwaffnendes Lächeln in unsere Richtung.

»Und das Video?«, fragte Roßner. »Du hast es dir doch auch angeschaut. Das ist eindeutig Körperverletzung.«

»Natürlich.«

»Dann sollten wir das gegen Frau Groß bei der Staatsanwaltschaft vorbringen!«

»Gegen Frau Groß?« Frau Fleischmann klimperte mit den Wimpern. »Nein. Auf dem Video sieht man ganz deutlich, dass Frau Groß von drei Männern angegangen wird.«

»Aber…«

»Ich habe deren Aussage. Sie hatten vor, Frau Groß auszurauben. Sie sind gewalttätig geworden. Die Reaktion von Frau Groß … das ist in meinen Augen Notwehr.«

»Notwehr?«

»Aber sicher doch!« Frau Fleischmann nickte überdeutlich. »Und außerdem habe ich die drei Männer inzwischen überprüft.« Sie beugte sich näher zu Roßner. »Das erzähle ich dir nachher. Unter vier Augen.« Sie blickte Storm an. »Datenschutz, Sie verstehen?«

Maximilian räusperte sich. »Aber selbstverständlich, Frau Fleischmann.«

Die Kommissarin wandte sich wieder an ihren Kollegen. »Tut mir echt leid, dass ich dir so viel Arbeit gemacht habe.«

Roßner klappte die Akte mit einer energischen Bewegung zu und schob sie von sich weg. »Kein Problem. Ich habe so viele Fälle, da bin ich froh, wenn sich einer von selbst erledigt.«

»Und auch Sie bitte ich vielmals um Entschuldigung«, sagte Frau Fleischmann zu Maximilian und mir. »Ich hoffe, ich habe Ihnen nicht zu viele Umstände gemacht.«

»Umstände?« Maximilian winkte ab. »Ist nicht der Rede wert.«

»Hauptsache, Ihrem Kind geht es besser«, sagte ich.

Die Kommissarin nahm die Akte an sich und erhob sich. »Stimmt. Das ist die Hauptsache.« Sie zögerte. »Seine Infektion war heftig. Ich hatte die allergrößten Sorgen. Aber er hat einen richtigen Schutzengel gehabt.«

»Weiter liegt nichts mehr an?«, vergewisserte sich Maximilian, während auch wir aufstanden.

»Für Sie ist der Fall abgeschlossen«, erwiderte sie. »Definitiv.«

## 52

In dem großen kreisförmigen Becken aus Stein spritzte eine Fontäne mehrere Meter nach oben. Die weißen Tropfen hingen eine Zeitlang wie schwerelos in der Luft, bis sie schließlich wieder nach unten fielen und mit einem fröhlich klatschenden Geräusch die Wasseroberfläche trafen.

Das Rondell um den Brunnen bestand aus Kopfsteinpflaster. Ein gutes Dutzend weißer Holzbänke hatte man rundum so aufgestellt, dass sie auf das Wasserspiel zeigten. Storm und ich saßen auf einer davon.

Nicht viel Betrieb auf diesem Platz und in dem gesamten kleinen Park. In einiger Entfernung von uns machte ich zwei ältere Männer aus. Jeder von ihnen hatte eine weitere Bank für sich in Beschlag genommen. Beide sonnten sich mit nacktem Oberkörper. Einer hatte eine aufgeschlagene Zeitung neben sich liegen. Sie beachteten uns nicht.

Ich betrachtete nochmals die Fontäne. Dahinter erhob sich ein imposantes Gebäude mit unterschiedlich großen Türmen, deren Dächer spitz zuliefen. Davor gab es noch eine Wiese mit dunkelgrünem Gras. *Fußballspielen verboten* stand auf einem Metallschild.

Ich deutete auf das schlossartige Bauwerk. »Was ist das für ein verrücktes Haus?«

»Das?«, sagte Maximilian. »Das ist das Amtsgericht Wedding.«

Ich kniff die Augen zusammen und beschattete sie mit einer Hand, um die Details der Architektur besser erkennen zu können. »Ganz schön beeindruckend.«

»Du müsstest es einmal von innen sehen. Da ist es noch toller. Ganz viele Säulen und Verzierungen und solche Dinge. Würde dir sicher gefallen.«

Wir schwiegen. Das Wasser plätscherte.

»Ist doch gut, dass das mit der Vorladung jetzt abgeschlossen ist«, begann Maximilian.

»Da kann jetzt sicher nichts mehr kommen?«, vergewisserte ich mich.

»Du hast Frau Fleischmann doch gehört.« Er stockte, bevor er hinzufügte: »Ihrem Jungen scheint es auch wieder besserzugehen.«

»Das zu erfahren, hat mich unheimlich erleichtert. Der Kleine hat viel miterleben müssen. Das war...« Ich verstummte und dachte daran, wie ich vor Darius' Augen zwei Männer hatte erschießen müssen. Und dann fielen mir die beiden Obdachlosen ein, deren verkrümmte Leichen inmitten des Unrats im dunklen, stinkenden Flur gelegen hatten. Wahrscheinlich hatte er deren Tod auch mitbekommen. Ganz sicher sogar.

»Er ist ein toller Junge«, sagte ich laut. »Und überaus intelligent. Man kann Frau Fleischmann nur beneiden. Ihr Sohn ist etwas ganz Besonderes. Sie haben eine sehr enge Beziehung. Mit ihrer Hilfe wird er das Erlebte bestimmt verarbeiten können.«

Erneut blieben wir stumm. Eine leichte Brise kam auf. Sie trieb vereinzelten Sprühnebel vom Wasserspiel bis zu uns herüber. In der Hitze des Sommertags fühlte sich das gut an.

Wieder war es Maximilian, der unsere Stille durchbrach. »Habe ich dir eigentlich schon erzählt, was ich vorhabe?«

Ich wandte mich ihm zu. »Nein.«

Er lächelte. »Ich habe mit Gabriele gesprochen. Sie überlässt mir Wuttkes ehemalige Geschäftsräume. Ich werde dort meine neue Kanzlei aufmachen. Eine kleine Kanzlei, aber das reicht ja völlig.«

»Schön«, meinte ich.

Er senkte den Blick. »Ich dachte, dann könnten wir weiter zusammen…« Er schaute auf.

»Ermitteln? Fälle untersuchen?«

»Leuten helfen, die es sich sonst nicht leisten können.« Er wirkte verlegen.

»Mit mir?«

»Ja. Mit dir.« Er nickte. »Und Hans hat sowieso nichts zu tun. Er hängt die ganze Zeit bei Gabriele rum, da kann er sich auch nützlich machen. Er darf zwar nicht mehr … Er praktiziert zwar nicht mehr, aber nichts spricht dagegen, dass er uns hilft. Gabriele kann uns ein wenig versorgen, der ist auch langweilig. Sie kocht uns Tee, legt uns Karten, macht uns ihren bayerischen Kartoffelsalat…«

Ich betrachtete das Verbotsschild in der Wiese. Es hatte deutliche Rostflecke. »Du bist verrückt«, sagte ich.

»Warum? Wir brauchen nicht viele Klienten.«

»Das meine ich nicht.« Ich konzentrierte mich wieder auf ihn. »Das mit der Kanzlei wirst du sicher gut hinbekommen. Aber nicht mit mir. Du weißt jetzt, wer ich bin. Du kannst doch nicht ernsthaft auch nur daran denken…«

»Warum?«, wiederholte er trotzig.

»Bestimmt verfolgst du die Nachrichten. Dann hast du auch mitbekommen, was sie in der ehemaligen Kaserne der Volkspolizei gefunden haben.«

»Na und? Berlin ist eben eine blutige Stadt. Hier sterben ständig Leute.«

»Blutige Stadt!« Ich schnaubte. »Du weißt, dass ich es war!«

»Die Kerle haben das Kind entführt und damit gedroht, den Jungen und dich umzubringen. Du hattest keine Wahl.«

Plötzlich hatte ich einen bitteren Geschmack im Mund. »Das hat der Kleine auch gemeint.«

Diesmal fühlte sich unser Schweigen unangenehm an. Es gab nichts mehr zu sagen.

Maximilian räusperte sich. »Nun ja.« – typisch Anwalt. Gab nie auf. »Wenn ich es richtig verstanden habe, ist die Gefahr damit gebannt. Mit dem Tod dieses… wie hieß er gleich?«

»Gruber«

»Mit dieser Aktion in der aufgelassenen Kaserne ist deine Vergangenheit endlich vergangen.« Er schlug die Beine übereinander. »Außerdem können sich Menschen ändern, wenn sie es wollen. Mit ein wenig Hilfe…«

»*Du* willst mir bei diesem Ändern helfen?«

Er sah mir direkt in die Augen. »Ich denke, das kriege ich hin. Wuttke und Gabriele sind ja auch noch da.«

Ich wurde wütend. Wegen seiner Überheblichkeit, wegen seiner Naivität, wegen … allem. »Ernsthaft? Ihr wollt mir helfen? Ich bin eine *Auftragsmörderin*. Ein ausgebildeter *Killer*. Ich laufe durch die Gegend und bringe Leute um. Das macht mir gar nichts. Das geht bei mir ruckzuck. Keine Skrupel, keine Empfindungen, nichts.«

»Du lügst.«

»Nein!«

»Du empfindest sehr wohl etwas.«

Ich starrte ihn an, wollte ihn dazu zwingen, wegzusehen. Aber er gab keinen Millimeter nach.

»Empfindungen hin oder her«, sagte ich schließlich, »das ist vollkommen irrelevant. Ich bin, was ich bin.«

Sein einer Mundwinkel zuckte. »Du hast vor, zu gehen, nicht wahr?«

Ich wollte ihm antworten. Ihm erklären, dass er recht hatte. Aber irgendetwas in mir hinderte mich daran.

»Das wäre das Beste für uns alle«, sagte ich schließlich.

»Der Meinung bin ich überhaupt nicht«, erwiderte er ruhig und bestimmt, als habe er sich das reiflich überlegt.

Ich hatte keine Lust darauf, mich mit ihm zu streiten. Ich erinnerte mich an unseren Kuss. Daran, wie erstaunt er gewesen war. Und wie er den Kuss nach kurzem Zögern erwidert hatte. Unsere Zungen hatten sich berührt, er hatte mich an sich gezogen. Eng …. Konnte aber auch sein, dass ich mir das alles nur einbildete.

Ich blickte zu dem reich verzierten Gebäude, in dem das Gericht untergebracht war. Mir fiel auf, dass manche der Fenster schräg nach oben verliefen. Und ich rätselte, wie es drinnen wohl aussehen mochte.

»Wir müssen das mit Abbubekir noch zu Ende bringen«, sagte ich. »Das haben wir Kybell versprochen.«

## 53

Abbubekir Demircans Gesicht wirkte bleicher als bei unseren vorangegangenen Besuchen. Sein linkes Auge war rot unterlaufen, an seiner Wange klebte ein Pflaster. Die Verletzung an der Seite seines Kopfes, die er sich bei dem Brand zugezogen hatte, war hingegen nur noch ein grünlicher Striemen, der allmählich verblasste.

Kybells Bruder hatte die Arme vor der Brust verschränkt. Er musterte Maximilian und mich – abschätzig, arrogant.

Wie die Male zuvor, waren wir drei allein in dem Besprechungszimmer der JVA. Der diensthabende Beamte hatte uns bereits verlassen.

Maximilian hielt sich nicht mit langen Vorreden auf. Er nahm den Briefumschlag, den wir in Kybells Campingbus gefunden hatten, aus seinem Koffer, zog den handgeschriebenen Notizzettel heraus und legte beides in Abbubekirs Reichweite auf den Tisch, der zwischen uns stand.

»*Für Flo. Für ein neues Leben. Abbu*«, las Maximilian vom Zettel ab. »Den anderen Inhalt, das Geld, habe ich sicher verwahrt. Das konnte ich nicht mit hierher nehmen.«

Während Maximilian sprach, beobachtete ich Abbubekir. Zuerst war er unbeteiligt geblieben, dann hatte er seine Augen in einem jähen Erschrecken aufgerissen. Jetzt presste er die Arme enger an seinen Körper und meinte: »Woher haben Sie das?«

»Das haben wir in Kybells Van gefunden«, sagte ich. »Auf dem Parkplatz hinter ihrem Haus.«

Abbubekir zögerte, dann beugte er sich vor und schob den Umschlag samt der Nachricht mit spitzen Fingern in Maximilians Richtung. »Was soll ich damit?«

»Sie könnten es uns erklären«, sagte ich.

Ein verächtliches »Pfff«, war seine einzige Antwort.

»Wenn Sie es nicht erklären wollen, mache ich das.« Maximilian setzte sich aufrecht hin. »Ihre Familie hat Sie beauftragt, Ihre Schwester zur Vernunft zu bringen, damit sie sich von Florian trennt. Sie haben sich immer super mit ihr verstanden. Auf die anderen Familienmitglieder hat sie nicht gehört, aber auf Sie schon. Wenn es einem gelingen würde, sie umzustimmen, dann Ihnen.«

Abbubekir lehnte sich auf seinem Stuhl zurück und streckte die Beine von sich. Demonstrativ blickte er zum vergitterten Fenster hinaus.

Maximilian ließ sich dadurch nicht beirren. »Sie haben den Auftrag ernst genommen. Sie haben es wirklich versucht. Und als Sie gemerkt haben, das klappt nicht, hatten Sie eine neue Idee. Sie änderten Ihre Taktik und konzentrierten sich auf Florian – getreu dem Motto: Jeder ist käuflich, wenn der Preis stimmt.« Maximilian hielt kurz inne, um Abbubekir Gelegenheit zu einer Erwiderung zu geben. Als keine Reaktion kam, fuhr er fort: »Sie haben möglichst viel Geld bei Ihren Verwandten aufgetrieben. Dazu benutzten Sie einen Vorwand. Sie behaupteten einfach, sich eine Taxikonzession kaufen zu wollen, um Ihre Verlobte aus der Türkei nach Deutschland zu holen. Tatsächlich haben Sie das Geld aber Kybells Freund Florian gegeben, damit er Ihre Schwester im Stich lässt.«

Abbubekir hätte sich nicht desinteressierter verhalten können. Er schnipste einen nicht vorhandenen Fussel von seiner Hose, machte es sich bequem auf seinem Platz und blickte erneut durch die Gitter nach draußen.

»Anfangs entwickelte sich alles prima«, übernahm ich. »Florian ist auf den Deal eingegangen. Sie gaben ihm die Kohle, und er hat Ihnen versprochen, Kybell zu verlassen.«

Abbubekirs Adamsapfel bewegte sich deutlich. Er schluckte. Er hatte Angst.

»Irgendwann«, sagte Maximilian, »ist Ihnen klargeworden, dass Florian gar nicht vorhatte, seinen Teil der Vereinbarung einzuhalten. Er hat zwar Ihre Bestechung angenommen, aber er plante, sich mit Kybell gemeinsam abzusetzen. Sie hätten das ganze Geld verloren und Kybell noch dazu. Und Sie…«, er deutete auf Abbubekir. »Wie hätten Sie vor Ihrer Familie dann dagestanden?«

»Das hat Ihnen gestunken. So richtig«, übernahm ich. »Also sind Sie hin, um das Problem ein für alle Mal zu lösen. Florian musste weg. Er musste sterben. Sie haben gewartet, bis Ihre Schwester aus dem Haus war und keine Gefahr für sie bestand. Dann haben Sie die Hütte einfach angezündet. Nur Pech, dass Sie nicht schnell genug wieder rauskamen. Irgendetwas fiel Ihnen auf den Kopf, sie wurden bewusstlos ... den Rest kennen wir.«

Abbubekirs Züge verhärteten sich.

»Was sagen Sie dazu?«, erkundigte sich Maximilian.

»Was wollt ihr denn hören?«, brach es aus Abbubekir heraus, während er sich uns zuwandte. »Ihr habt mich doch sowieso schon verurteilt, wie die Bullen, wie alle anderen. Für euch ist eh klar, dass ich das war.«

»Das ist keine Antwort auf meine Frage«, sagte Maximilian ruhig.

»Eine andere kriegt ihr von mir nicht!« Abbubekir hielt inne, atmete tief durch und wies auf den leeren Umschlag. »Werden Sie das der Polizei geben?«

»Das ist ein Beweismittel«, sagte Maximilian. »Das kann und werde ich nicht unterschlagen« Er schaute Abbubekir direkt an. »Sie sollten das, was Sie getan haben, Ihrer Schwester erklären. Ich weiß, das wird nicht einfach, aber sie hat ein Recht darauf.«

»Einen Scheiß wissen Sie«, zischte Abbubekir. Er verstummte für einen Moment, bevor er mehr zu sich selbst murmelte: »Und alles wegen diesem beschissenen Bayern-München-Fan.«

»Bayern-München-Fan?«, fragte ich nach.

»Der Typ, der sein Auto auf Kybells Parkplatz gestellt hatte. An dem Tag, an dem ich ... ach vergessen Sie's! Ich bin schuld an Florians Tod. Ich war's. Sie haben recht. Damit ist die Sache erledigt.«

Maximilian zuckte ansatzweise mit dem Schultern, nahm den Umschlag samt Notizzettel und verstaute beides sorgfältig in seiner Aktentasche. Dann erhob er sich.

Ich stand ebenfalls auf.

Abbubekir starrte uns beide an. »Was ist mit dem Geld?«

»Was soll damit sein?«, fragte ich.

»Kybell … Wenn die Polizei das Geld in die Finger kriegt, ist es verloren. Könnten Sie nicht wenigstens dafür sorgen, dass es meine Schwester erhält?«

Maximilians Gesicht blieb unbeweglich. »Nein. Können wir nicht.«

Bis Maximilian und ich wieder im Freien standen, hatten wir kein Wort miteinander gewechselt.

»Der Umschlag und der Inhalt sind wichtige Beweismittel«, sagte ich, nachdem sich die Eingangstür hinter uns geschlossen hatte.

»Natürlich.« Maximilian blinzelte in die Nachmittagssonne.

»Hast du das Geld gezählt?«

»Dazu bin ich noch nicht gekommen.«

»Dann weißt du also nicht, wie viel es ist.«

»Nein. Noch nicht.«

»Dann könntest du gar nicht feststellen, wenn zum Beispiel ich *rein theoretisch* einen Teil davon herausnehmen würde, um ihn *rein theoretisch* Kybell zu geben?«

Maximilian blinzelte wieder. »Das will ich gar nicht hören. Aber es stimmt. Solange ich das Geld nicht gezählt habe, weiß ich nicht, wie hoch die Summe exakt ist.«

## 54

Gegen fünf durchquerten Maximilian und ich den Hinterhof, der zu Gabrieles Laden führte. Er blieb stehen.

»Äh«, setzte er an.

»Ja?«

»Nun. Zu dem, was du vorhin gemeint hast…«

»Wann?«

»Vor der JVA.«

Ich verstand. »Ach das.«

»Genau das. Ich besuche jetzt Gabriele. Ich brauche unbedingt einen Tee. Und es wäre sehr nett von dir, wenn du mir einen Gefallen tun könntest.«

»Gerne«, sagte ich.

Er zog einen Schlüsselbund aus der Tasche und reichte ihn mir. »Ich habe Gabriele versprochen, ihr meine Schere zu leihen.«

»Schere«, wiederholte ich.

Er nickte. »Ich hatte sie im Safe in der Werkstatt, erinnerst du dich? Jetzt liegt sie oben in meinem Schreibtisch. Linkes Fach.«

»Schreibtisch. Linkes Fach. Bin gleich wieder da«, sagte ich und machte mich auf den Weg.

Maximilians Wohnung befand sich im ersten Stock, direkt unter meiner. Seine Tür hatte noch das alte Schloss. Ich sperrte auf.

Innen wartete eine Überraschung auf mich. Im größeren der beiden Zimmer stand ein Sessel mit Leselampe, am Boden lag ein echter Perserteppich. Ein Kleiderschrank aus Edelholz nahm fast eine gesamte Wand ein. Alles war picobello aufgeräumt – keine Spur von dem Chaos, das in seinem Schuppen herrschte.

Vor dem Fenster befand sich der Schreibtisch. Ein imposantes Ding, vermutlich war es einmal sehr teuer gewesen. Der Stuhl davor allerdings nicht. Der stammte eindeutig vom Sperrmüll – dafür hatte ich ein Auge.

Ich zog die linke Schublade auf und fand auf Anhieb Abbubekirs Geld, beschwert durch eine große Papierschere. Ich nahm etwas mehr als die Hälfte – schätzungsweise knapp dreißigtausend, rollte die Scheine zusammen und steckte sie mir in die Tasche meiner Jeans. Damit konnte sich Kybell eine ganze Weile über Wasser halten.

Ich wollte mich zum Gehen abwenden, da fiel mein Blick auf die gerahmten Fotos, die Maximilian auf dem Fensterbrett bei seinem Arbeitsplatz drapiert hatte. Ich sah genauer hin.

Vier Bilder hinter Glas, ohne eine Spur von Staub darauf. Viermal dieselbe Frau. Auf drei Fotografien lächelte sie alleine in die Kamera. Das letzte Foto zeigte sie mit Maximilian zusammen. Er hatte den Arm um ihre Schultern gelegt. Er wirkte jünger und überaus glücklich.

Und die Frau selbst? Ich weiß nicht warum, aber ich wollte irgendetwas Negatives an ihr entdecken. Irgendeinen Makel. Etwas Unsympathisches. Ich suchte vergebens. Maximilians Frau war groß gewesen. Groß und schlank. Mit ihren langen blonden Haaren, ihren dunkelblauen Augen und ihrem anziehenden Lächeln hatte sie einfach bildschön ausgesehen.

Wie gesagt, kein Staub auf den Bildern. Aber auch keine Fingerabdrücke. Er musste sich die Fotos regelmäßig anschauen und sie danach ebenso regelmäßig säubern. Wahrscheinlich nahm er sie jeden Tag in die Hand. Für längere Zeit.

## 55

Die Glöckchen bimmelten ihre mir mittlerweile vertraute Melodie, aber Gabrieles Geschäft war bis auf einen schwachen Lichtschein in Dunkelheit getaucht. Ich verfolgte ihn zu seinem Ursprung zurück und betrat das Nebenzimmer.

Mehrere Kerzen brannten auf dem Tisch. Gabriele legte mal wieder Karten, und Wuttke sah ihr dabei zu. Von Maximilian keine Spur.

Ich öffnete den Mund, um Hallo zu sagen. In dem Moment machte es laut *Klick,* und die elektrischen Lampen gingen an. Ich musste blinzeln.

Maximilian erschien hinter mir. »Gabriele, ich glaube, ich habe es geschafft«, sagte er. »Das hält provisorisch. Du kommst nicht drum rum, es reparieren zu lassen. Von einem Elektriker…«

Ein erneutes lautes Klacken. Das Licht war wieder weg.

»Shit«, fluchte er leise.

»Da musst du einfach noch mal ran«, sagte ich zu ihm, während ich mich zu Gabriele und Dr. Wuttke an den Tisch gesellte.

»Lass gut sein, Maximilian«, meinte Gabriele. »Wir probieren es nachher erneut.«

Maximilian zuckte mit den Schultern und nahm ebenfalls bei uns Platz.

»Vielleicht sollte ich die drei Häuser doch an einen Investor verkaufen«, seufzte Gabriele. »Ich hätte ausgesorgt.«

»Verkaufen?« Maximilian schüttelte den Kopf. »Auf keinen Fall. Dann kann ich meine Kanzlei da drüben vergessen.« Er deutete nach draußen.

»Das wäre wirklich schade«, bekräftigte Wuttke. »Ich freue mich schon sehr, wieder in meinem alten Metier tätig zu werden.« Er beugte sich leicht vor. »Freizeit tut mir nicht besonders gut.«

Gabriele nickte wissend. Sie suchte ihre Karten zusammen und begann, sie routiniert zu mischen. Dabei blickte sie Maximilian und mich an. »Wie ist denn jetzt euer Fall ausgegangen?«

»Nun«, erwiderte ich. »Es scheint wohl so zu sein, dass der Bruder von Kybell, also unser Mandant…«

Wuttke lächelte mich anerkennend an.

»Abbubekir Demircan«, fuhr ich fort, »dürfte unser Täter sein.«

»Wirklich?«, hakte Gabriele nach.

»Immerhin hat er es uns gegenüber quasi zugegeben. Und von der Logik her betrachtet, gibt es eigentlich keine begründeten Zweifel an seiner Täterschaft«, übernahm Maximilian. Dabei warf er mir einen Blick zu.

»Hm«, machte Gabriele. »Ihr scheint noch nicht hundertprozentig überzeugt zu sein.«

»Korrekt«, sagte ich. »Ich weiß auch nicht … Vielleicht trauen wir Abbubekir das Verbrechen nur zu, weil er sich absolut unsympathisch aufführt.«

»Wie denn?«, fragte Wuttke.

»Machogehabe«, sagte Maximilian.

»Ein echter Kotzbrocken«, konkretisierte ich.

Gabriele lachte leise und zog eine Tarotkarte.

»Was machst du da?«, erkundigte sich Maximilian.

Seelenruhig wählte Gabriele weitere Karten aus. Sie ordnete sie zu einem symmetrischen Muster vor sich auf dem Tisch an, um sie angestrengt zu studieren. Dann schüttelte sie den Kopf.

»Und?«, fragte Wuttke.

»Die Karten sagen, Abbubekir war es nicht.«

»Du mit deinen Karten«, schnaubte Maximilian.

Gabriele blieb still.

Maximilian holte tief Luft. »Ich kann ja wohl schlecht mit einer Tarotkarte vor Gericht oder der Polizei erscheinen und sagen: Hier ist der Beweis…«

»Aber wenn ich Frau Groß richtig verstanden habe«, meldete sich Wuttke zu Wort.

»…Helena«, unterbrach ich ihn.

Wuttke lächelte warm. »Hans … Wenn ich Helena richtig verstanden habe, habt ihr beide gewisse Zweifel.«

»Gut. Meinetwegen«, gab Maximilian zu. »Nur sollte es Abbubekir nicht gewesen sein, muss es jemand anderes getan haben. Ein Haus entzündet sich ja nicht von alleine.«

Wuttke klopfte ihm leicht gönnerhaft auf die Schulter. »Hilft alles nichts. So, wie ich das sehe, müsst ihr noch mal ran und eure Suche ausweiten. Auf die anderen Bewohner.«

Mittlerweile hatten sich meine Augen an das spärliche Licht gewöhnt. Ich konnte die Gesichter der anderen gut erkennen. Ihnen schien es ganz recht zu sein, dass sich die Auflösung des Falls noch länger hinziehen würde. Und ich hatte auch einen Verdacht, warum: Sie wollten mich nicht gehen lassen.

»Die Suche ausweiten?«, wiederholte ich. »Das wird dauern.«

»Es wäre schrecklich, wenn jemand unschuldig ins Gefängnis käme«, sagte Hans.

»Und es wäre auch furchtbar, wenn der wahre Täter ungestraft davonkäme«, warf Gabriele ein.

»Vorausgesetzt, Abbubekir war es wirklich nicht«, meinte ich.

Maximilian sah mich wieder an. »Was denkst du, Helena. Was sollen wir tun?«

Natürlich, damit lag der Ball in meinem Feld. Kluger Schachzug.

»Dann recherchieren wir eben weiter«, meinte ich widerstrebend. Meine Stimme klang fest, aber ich selbst war alles andere als sicher, ob es für mich die richtige Entscheidung war.

# 56

»So. Jetzt kannst du es mal probieren«, sagte Maximilian. Sein Kopf verschwand wieder hinter der aufklappten Kühlerhaube von Kybells Campingbus.

Ich drehte den Zündschlüssel.

Ein lahmes Stottern. Und dann nichts.

»Soll ich noch mal?«, fragte ich.

»Ja. Vielleicht diesmal ohne Gas«, kam es undeutlich zurück. »Möglicherweise ist er abgesoffen.«

»Ich habe nicht aufs Gas getreten.«

»Okay. Dann muss ich etwas anderes probieren.«

Ich hörte das Klappern von Werkzeugen und lehnte mich vorsichtig im Sitz zurück. Die Schusswunde an meinem Arm schmerzte. Jetzt sah mir keiner zu, und ich brauchte mich nicht zu verstellen.

Ein grauer SUV bog zu uns in den Hof ein, hielt an und Herr Siebert, der Eigentümer kletterte mühsam heraus. Mit seiner Krücke humpelte er zum Kofferraum, entnahm ihm eine blaue Werkzeugkiste. Er kam zu uns herüber.

»Auch mal wieder da?«, rief er uns dabei zu. Als er uns erreicht hatte, fügte er an: »Wie läuft's?«

»Könnte besser laufen«, erwiderte Maximilian, der sich aufgerichtet hatte. »Der Van will noch nicht, wie ich es will.«

»Ja«, sagte Siebert. »Motoren sind manchmal ganz schön eigensinnig.«

»Ein paar Ideen habe ich schon noch«, sagte Maximilian. »Wenn die auch nicht funktionieren, werde ich ihn doch abschleppen lassen müssen.« Er wischte sich die Hände an einem bereits schmutzigen Lappen ab. »Und was machen Sie hier?«

»Na, was wohl?« Siebert hob den Werkzeugkasten. Er wies mit dem Kopf Richtung Hintereingang. »Ein paar Idioten haben die Tür aufgebrochen. Ich muss sie wieder zunageln.«

»Überaus lästig«, sagte ich.

»Und wie!« Siebert nickte. »Doch nächste Woche ist das endgültig vorbei. Dann kommt die große Abrissbirne.«

Ich blickte zur rußgeschwärzten Fassade des Hauses. »Irgendwie schade.«

»Schon«, gab er mir recht. »Aber dem Fortschritt kann man sich nicht in den Weg stellen.« Er hielt inne. »Wie steht es mit Ihrem Fall? Ist dieser Demircan jetzt überführt?«

»Nun«, Maximilian hob unschlüssig die Schultern. »Alles hat zwei Seiten. Eigentlich ist er überführt. Allerdings…«, er wedelte mit dem ölverschmierten Lappen, »Frau Groß und ich sind noch nicht völlig überzeugt. Wir werden weiter recherchieren.«

»Weiter recherchieren? Was heißt das?« Siebert runzelte die Stirn und sah von Maximilian zu mir.

»Wir weiten unsere Ermittlungen nochmals aus«, sagte ich. »Wir haben vor, mit den Bewohnern des Hauses zu sprechen.«

»Wirklich?« Er zog die Augenbrauen hoch. »Die sind alle verzogen. Sie halsen sich da viel Arbeit auf. Und zum Schluss ist es dieser Demircan doch gewesen…«

»Mag sein«, stimmte Maximilian zu. »Aber das macht nichts. Wir werden jeden einzelnen Ihrer ehemaligen Mieter ausfindig machen und gründlich befragen. Um alle Zweifel zu beseitigen.«

»Jeden einzelnen?«, fragte Siebert. »Puh!«

»Sie könnten uns dabei sehr helfen, indem Sie uns eine Liste mit den Personen beschaffen würden, die bei Ihnen gewohnt haben. Dann brauchen wir nicht aufs Rathaus zu gehen«, sagte ich.

»Eine Liste?«

»Eine simple Namensliste«, konkretisierte Maximilian. »Vielleicht mit Handynummern, falls Sie die haben. Das würde uns die Arbeit enorm erleichtern.«

Siebert zögerte, bevor er lächelte. »Ja. Sicher. Ich suche die Infos zusammen und sende sie Ihnen zu. Geben Sie mir Ihre Mailadresse?«

Er lehnte seine Krücke gegen den alten Van und stellte den Werkzeugkoffer auf den Boden. Dann griff er sich in seine rückwärtige Hosentasche und zog ein Handy heraus. Er bedachte Maximilian mit einem aufmerksamen Blick.

»Maximilian Punkt Storm at gmx Punkt de«, sagte dieser.

Umständlich begann Siebert, die Buchstaben einzutippen. Das dauerte ziemlich lange. Schließlich steckte er sein Telefon wieder ein.

314

»So«, sagte er. »Jetzt schaue ich innen nach dem Rechten. Nicht, dass ich zunagle, und im Haus halten sich noch Leute auf.«

Er ergriff Werkzeugkasten und Krücke, und humpelte davon.

Ich sah ihm nach, wie er den Kasten bei der Tür deponierte und im dunklen Hintereingang verschwand.

Maximilian nahm seine Arbeit wieder auf. Mehrere Minuten verstrichen. Ab und zu hörte ich ein leises Fluchen von ihm. Was immer er auch tat – es schien nicht einfach zu sein.

»Herr Storm! Frau Groß!«, erklang eine Stimme aus der Richtung des Gebäudes, und Siebert hinkte uns eilig entgegen.

»Was ist denn?«, fragte ich ihn, als er uns erreicht hatte.

Er wirkte aufgeregt. Seine Kleidung war an mehreren Stellen voller Ruß.

»Ich weiß ja nicht, ob es etwas zu bedeuten hat.« Er deutete über seine Schulter. »Ich war gerade in einer der Wohnungen und habe etwas gefunden.«

Ich sah ihn fragend an.

»Einen leeren Benzinkanister!«

»Und wo genau haben Sie den Kanister gefunden?«, wollte Maximilian wissen, der inzwischen wieder aus dem Motorraum aufgetaucht war.

»Im vierten Stock. Es könnte sein, dass das Ding etwas mit dem Brand zu tun hat.«

»Haben Sie etwas angefasst?«, fragte Maximilian.

Ein entschiedenes Kopfschütteln von Siebert. »Nein. Ich bin doch nicht verrückt! Deshalb hole ich Sie auch gleich. Als Zeugen.«

Mir kam das seltsam vor. »Ein Benzinkanister – wäre der nicht der Feuerwehr aufgefallen?«

»Dieser nicht«, meinte Siebert. »Er steht in einer Nische, halb versteckt bei einem verkohlten Schrank. Ich habe ihn auch nur zufällig entdeckt, weil ich sichergehen wollte, dass niemand hinter dem Schrank seinen Rausch ausschläft."

»Was meinst du, Helena?« Maximilian schaute mich an. »Das sollten wir uns ansehen.«

»Auf alle Fälle« stimmte ich zu und stieg aus dem Wagen.

Gemeinsam setzten wir uns in Bewegung. Mir fiel auf, dass Siebert die Zähne zusammenbiss, während er sich bemühte, mit uns Schritt zu halten. Nicht nur ich hatte Schmerzen.

Im Inneren des Hauses roch es noch immer verbrannt, aber die Treppe war mittlerweile mit einer Art Gerüst, bestehend aus mehreren Stahlstangen, abgestützt. Wir verharrten davor, und ich legte den Kopf in den Nacken, um hinaufzublicken.

Siebert atmete schwer. »Ganz schön hoch, nicht wahr?«

Ich nickte.

»Sie brauchen sich keine Gedanken zu machen. Das Gerüst hält bombenfest.« Er machte eine Pause und seufzte. »Hat auch eine Menge Geld gekostet. Vorschriften. Bürokratie…«

Ich lächelte. »Vierter Stock, sagten Sie?«

»Genau«, er nickte. »Seien Sie mir nicht böse, wenn ich Sie jetzt da alleine hinaufschicke.« Er hob seine Krücke ein wenig an. »Ich fürchte, noch einmal schaffe ich das nicht.«

»Kein Problem«, meinte Maximilian. »Wo liegt der Kanister?«

»Vierter Stock. Rechte Wohnung. Sie gehen in den Flur und dann das erste Zimmer. Den Schrank sehen Sie auch gleich.«

»In Ordnung«, meinte ich zu Maximilian. »Dann lass uns mal raufgehen.«

Die alten Stufen knarzten unter unseren Schritten, aber nichts schwankte wie beim letzten Mal. Siebert hatte nicht übertrieben, was die Stahlkonstruktion betraf.

Erster Stock…

Während wir emporstiegen, dachte ich daran, als Maximilian und ich vor ein paar Tagen hier gewesen waren. Damals hatte er unten gewartet, und ich hatte mich im Haus umgesehen. Er war angegriffen worden. Und ich war ihm zur Hilfe geeilt. Beinahe wäre ich mitsamt der Treppe in die Tiefe gestürzt. Gut, dass Siebert das Gerüst hatte anbringen lassen.

In meiner Erinnerung waren die Stufen zwischen der dritten und vierten Etage weggebrochen. Offenbar irrte ich mich. Das war ja unmöglich. Mit seiner Verletzung hätte Siebert das Hindernis niemals überwinden können. Das war selbst mir kaum gelungen. Das Loch musste weiter oben liegen. Manchmal spielte einem das Gedächtnis einen Streich.

Zweiter Stock… dritter Stock…

Wir erreichten den Treppenabsatz, gingen weiter hinauf, umrundeten das Zwischenpodest und blieben stehen. Vor uns klaffte eine breite Lücke. Genau an der Stelle, an der ich gemeint hatte, dass sie sein musste. Gute zwei Meter über uns begann die vierte Etage.

Maximilian runzelte irritiert die Stirn, beugte sich vorsichtig zum Geländer und rief nach unten: »Herr

Siebert, sind Sie sicher, die Wohnung mit dem Kanister liegt im vierten Stock?«

»Vierter Stock«, kam die Antwort. Sieberts Stimme klang dumpf. »Ganz sicher!«

»Aber die Stufen hören davor auf! War es nicht ein Stockwerk darunter?«

»Wieso das denn?«

»Vor uns fehlt ein großes Teil der Treppe. Wir können nicht weiter!«

Keine Antwort.

»Herr Siebert?!«, rief Maximilian, diesmal lauter.

Etwas schepperte. Metall schlug auf Metall.

Maximilian sah mich an. »Was ist das?«

»Keine Ahnung«, sagte ich.

Die Schläge setzten sich fort. Schneller, lauter, härter.

Der Boden unter meinen Füßen begann zu zittern. Und ich begriff.

»Weg hier!«, schrie ich Maximilian an. »Der haut die Stützen um!«

Maximilians Augen weiteten sich. Er öffnete den Mund, wollte etwas erwidern. Doch dazu kam er nicht mehr. Im gleichen Moment schwankten die Stufen, auf denen wir standen, sie neigten sich zu einer Seite, und ein Teil stürzte mit lautem Getöse nach unten.

Ich war wie versteinert. Das war das Ende. Ich versuchte, mich irgendwo festzuhalten, konnte aber nichts sehen, weil uns eine dichte Wolke aus Staub und Ruß einhüllte.

Jemand packte mich von beiden Seiten fest an der Hüfte, hob mich hoch und warf mich nach oben, als wäre ich eine Puppe. Maximilian – er versuchte, mich zu retten, indem er mich in Richtung des nächsthöheren Podestes schleuderte.

Der Idiot! Statt sich selbst zu…

Ich knallte mit dem Oberkörper auf etwas Festes, krallte mich fest und zog mich empor.

Erneut erfüllte ein ohrenbetäubendes Krachen das gesamte Gebäude – noch wesentlich lauter als beim ersten Mal. Der Rest der unteren Treppe brach in sich zusammen.

*Maximilian!* Ich kniete mich hin, hielt mich am Geländer fest und starrte in den wabernden schwarzen Nebel unter mir. Verzweifelt versuchte ich, irgendetwas zu erkennen.

»Maximilian!«, brüllte ich.

Keine Antwort.

Dann sah ich ihn. Er hing an einem Teil des Gerüstes, das noch stand und meinen Treppenabsatz stützte. Zu weit unter mir, als dass ich ihn erreichen konnte. Und er würde jeden Moment abrutschen. Zehn, fünfzehn Meter in die Tiefe stürzen.

Ich hakte meine Beine zwischen die Streben des alten Geländers, und hoffte inbrünstig, dass das Holz halten würde. Dann ließ ich mich mit dem Oberkörper nach unten fallen. Dabei schrie ich laut auf, weil sich meine Schussverletzung wieder öffnete.

Ich streckte Maximilian meinen gesunden Arm entgegen.

»Halt dich fest!«, schrie ich.

Ich fühlte seinen Griff, kurz darauf sein Gewicht. Ich spannte meine Muskeln an, und doch hatte ich das Gefühl, jemand würde mir die Gelenke aus dem Körper reißen.

Ich schloss die Augen, ich ließ nicht los.

Ich spürte, wie Maximilian pendelnd Schwung nahm, hörte sein Keuchen, zuerst weit weg, dann nah bei mir. Ein dumpfes Geräusch, als er neben mir auf dem Podest aufkam.

Ich öffnete die Lider und zog mich ebenfalls hoch.

Das Holz knackte bedrohlich.

»Wir müssen uns in Sicherheit bringen. Das hier kracht auch ein!«, hörte ich Maximilian rufen.

Vielleicht flüsterte er es auch nur, keine Ahnung. Machte ohnehin keinen Unterschied. Ich war fertig, ich konnte mich keinen Millimeter mehr rühren.

Erneut packte er mich, diesmal am rückwärtigen Hosenbund und schleifte mich irgendwohin…

Keine Sekunde zu früh. Der Rest des Treppenhauses gab ebenfalls nach und brach in die Tiefe.

## 57

Maximilian und ich saßen nebeneinander auf dem, was von dem Podest im vierten Stock noch übrig war. Unsere Beine baumelten ins Leere. Dort, wo sich bis vor ein paar Minuten das Treppenhaus befunden hatte, klaffte ein riesiges, tiefes Loch. Die dunkle Wolke aus Staub und Ruß unter uns bildete sich langsam zurück.

Maximilian hustete. »Der wollte uns umbringen!«

»Du bist ja ein richtiger Blitzmerker«, sagte ich.

»Er hat doch tatsächlich mit seiner Krücke die Verstrebungen unten weggehauen.« Er machte eine Pause. »Aber, warum?«

Er hustete wieder.

»Ist mir doch egal«, sagte ich.

Für einen Moment blieben wir still. Meine Schusswunde schmerzte, meine Gelenke schmerzten, meine Muskeln auch. Ich wollte einfach nur sitzenbleiben, und mich nie wieder bewegen.

»Hast du sein Auto gesehen?«, fragte Maximilian.

»Irgendeine Protzkarre.«

»Schon. Aber das meine ich nicht. Der Aufkleber. Hinten.«

»Was soll damit sein? Ein buntes, rundes Ding.«

»Das ist das Vereinslogo von Bayern München, dem Fußballclub.«

»Fußball? Interessiert mich nicht besonders.«

»Erinnerst du dich denn nicht, was Abbubekir gesagt hat?«

»Der redet viel, wenn der Tag lang ist. Meist sind es Unverschämtheiten.« Ich versuchte, mit den Schultern zu zucken, und ließ es lieber bleiben.

»Gestern, als wir bei ihm waren.«

»Ah ja. Gestern.« Ich verstand nicht, worauf er hinauswollte.

»Kurz bevor wir gegangen sind. Da hat er gemeint, dass alles wegen diesem FC-Bayern-Fan passiert ist.«

Ich warf ihm einen Blick zu. Selbst das fiel mir schwer. »Hm?«

»Abbubekir wollte an dem Tag des Brandes Kybell besuchen. Er ist in den Hof gefahren und konnte dort nicht parken, weil jemand auf ihrem ungenutzten Stellplatz stand.«

»Jemand, der da nicht hingehörte«, sagte ich.

»Genau.«

»Du gehst davon aus, das war der Brandstifter?«

»Wer sonst? Laut Abbubekir ein Bayern-München-Fan. Und da er mit dem Fahrer nicht gesprochen hat, kann er das nur daraus geschlossen haben, weil auf dem Wagen ein entsprechender Aufkleber angebracht war.«

»Wie auf Sieberts Wagen«, sagte ich.

»Exakt.« Er nickte. »Siebert war an dem Tag da. Vor Abbubekir.«

»Und sein Motiv?«

»Motiv? Geld natürlich. Kybell hat uns erzählt, dass sie und Florian ohnehin hätten umziehen müssen, weil der Eigentümer das Gebäude renovieren wollte und sie sich die höhere Miete dann nicht hätten leisten können.«

»Stimmt.«

»Was, wenn Siebert gar nicht vorhatte, das Haus zu renovieren, sondern es von vornherein abreißen wollte, um einen Neubau zu errichten?«

Ich dachte an Gabriele. Wie sie mir erklärt hatte, dass sie sich mit dem Verkauf ihrer maroden Hinterhäuser an einen Bauträger finanziell sanieren könnte. Dass sie dann ausgesorgt hätte, weil die Investoren einfach Unsummen für freie Grundstücke hinblätterten.

»Aber anzünden?«, sagte ich. »Warum hat Siebert seinen Mietern nicht einfach gekündigt und gewartet, bis das Gebäude leer ist?«

Maximilian lachte leise. »Da kennst du das deutsche Mietrecht schlecht. Vielleicht wollten einige Bewohner nicht freiwillig gehen. Langjährige Mieter, die sich sperren…« Er blies die Wangen auf. »Das dauert. Das kann sich Jahre hinziehen.«

»Du bist der Anwalt«, sagte ich. »Wird schon stimmen, was du mir erzählst. Die Brandstiftung werden wir Siebert aber schwer nachweisen können.«

»Jetzt noch schwerer«, sagte er.

»Wieso?«

Er deutete nach unten. Der Rauch hatte sich inzwischen fast verzogen. »Sieh mal.«

Ich blickte in die Tiefe. Dort lagen ein Haufen Schutt, Holzbohlen sowie Teile des Geländers und des Gerüstes hoch aufgetürmt in einem wilden

Durcheinander. Ein Bein in einer Plastikschiene schaute unter mehreren Balken hervor.

»Kam nicht schnell genug weg, das Arschloch«, sagte ich.

Wieder schwiegen wir.

»Ich glaube, du solltest die Polizei anrufen«, meinte ich schließlich.

»Wirklich?«, fragte Maximilian.

Ich nickte. »Doch. Das wäre eine gute Idee.«

Er griff sich umständlich in die Hosentasche, zog sein Handy heraus und drückte auf eine Kurzwahltaste. Er hielt sich das Telefon ans Ohr.

»Hallo, Frau Fleischmann«, sagte er nach einer Weile. »Hier Storm … Woher ich Ihre Privatnummer habe? Unwichtig … Also, der Grund meines Anrufes: Frau Groß und ich hätten da folgendes Problem…«

## 58

Im Hinterhof roch es nach brennender Holzkohle und gebratenem Fleisch. Maximilian hatte den Nachmittag über bis in den frühen Abend hinein alles aufgeräumt. Von irgendwoher hatte er sogar eine Weihnachtslichterkette aufgetrieben und an den unteren Ästen des Walnussbaums befestigt. Im Dunkeln sahen die kleinen Lichter hübsch aus. Shabby Chic.

Ich saß am Gartentisch und beobachtete Hans, der sich um den Grill kümmerte. Er schien voll in seinem Element zu sein. Zur Feier des Tages hatte er sein Jackett ausgezogen, die Hemdsärmel hochgekrempelt und eine alberne Schürze mit kitschigem Erdbeermuster umgebunden. Mit Hingabe kümmerte er sich um die Steaks, bepinselte sie mit irgendeiner Marinade und wendete sie.

Ich wollte aufstehen, um ihm zu helfen.

»Bleib sitzen«, sagte Gabriele, die gerade aufdeckte.

»Ich bin doch kein Invalide!«, protestierte ich und versuchte, hochzukommen.

Fehler. Großer Fehler.

»Mist«, fluchte ich verhalten. Mein Körper schmerzte immer noch an gefühlt tausend Stellen. Vorsichtig ließ ich mich in meinen Stuhl zurückgleiten.

»Siehst du!«, sagte Gabriele.

Leise pfeifend erschien Maximilian. Er stellte einen Weidenkorb mit unterschiedlichen Getränken in Reichweite und gesellte sich zu mir.

»Jetzt dauert es nicht mehr lange«, rief uns Hans zu. »Nur noch ein paar Minuten.«

»Wir sind auch schon am Verhungern«, erwiderte Gabriele.

Jemand stand im Durchgang. Zwei Personen. Groß und klein.

Gabriele hatte sie auch entdeckt. »Ah, Frau Fleischmann! Wir sind hier hinten!«

Die Kommissarin kam zögernd näher. Sie hielt die Hand ihres Sohnes. In der anderen trug sie eine große Plastikschüssel mit Deckel.

»Guten Abend, allerseits«, sagte sie ein wenig verlegen. »Ich habe etwas mitgebracht.«

»Oh! Was denn?«, fragte Gabriele.

»Einen Nudelsalat.«

»Einen *iranischen* Nudelsalat?«, erkundigte sich Maximilian erwartungsvoll. »Ich mag ja diese exotischen Speisen…«

Die Kommissarin blickte ihn verwundert an. »Iranisch? Eben Nudelsalat. Mit Hühnchen, Erbsen und Mayo.«

»Wunderbar.« Gabriele nahm ihr die Schüssel aus der Hand, um sie auf den Tisch zu stellen.

Die Kommissarin setzte sich zu uns. Darius blieb zunächst stehen, sein Blick schien ins Leere zu gehen.

Dann ließ er die Hand seiner Mutter los, kam um den Tisch herum und nahm neben mir Platz.

»Hallo, Darius«, sagte ich zu ihm.

Seine Antwort bestand in der Andeutung eines Lächelns, während er auf den Nussbaum schaute.

»So«, sagte Hans. »Ich bin dann soweit.«

Er legte klappernd die Grillzange beiseite und versorgte uns mit den Steaks. Maximilian griff in den Weidenkorb und gab jedem von uns ein eisgekühltes Bier. Darius erhielt eine Cola.

Die Kommissarin runzelte die Stirn. »Für gewöhnlich bekommt er das nicht…«

»Ich hätte noch Mineralwasser«, beeilte sich Gabriele zu sagen. »Soll ich es holen?«

Darius packte seine Flasche und hielt sie fest.

Die Kommissarin seufzte. »Na, ausnahmsweise … Eine Cola wird ihm nicht schaden.«

Hans hob sein Bier. »Ich denke, es wäre Zeit für einen Trinkspruch.«

»Unbedingt«, meinte Maximilian.

»In Ordnung«, sagte Hans. »Mögen die Höhepunkte unserer Vergangenheit die Tiefpunkte unserer Zukunft werden. Zum Wohl!«

Das klang albern. Trotzdem stieß ich mit an. Wir tranken und dann widmeten wir uns dem Essen. Für eine Zeitlang blieb es ruhig an unserem Tisch.

Die Kommissarin sah sich um. »Eigentlich ganz schön hier.«

»Ja«, bestätigte Gabriele. »Die Nacht hat eine besondere Gnade. Sie verdeckt all die Zeichen des Alters und des Verfalls.«

»So schlimm ist es nicht«, mischte sich Hans ein. »Eigentlich ist es hier tagsüber auch recht nett.«

»Vor allem, wenn keiner flext«, bemerkte ich.

»Flext?« Die Kommissarin runzelte die Stirn.

»Nicht so wichtig«, meinte Maximilian.

»Wie auch immer«, fuhr Hans fort. »Wir werden die Kanzlei im ersten Hinterhaus wieder aufmachen. Herr Storm und ich.« Er räusperte sich. »Ich nicht als Anwalt, sondern mehr als … freier Berater.«

Die Kommissarin nippte an ihrem Bier und wandte sich mir zu. »Und Sie, Frau Groß? Werden Sie auch in der Kanzlei mitarbeiten?«

»Mal sehen.« Mir wurde bewusst, dass ich mich noch immer nicht entschieden hatte.

Maximilian schaute mich an. Ich blickte zur Seite.

»Jetzt spannen Sie uns nicht so sehr auf die Folter«, sagte Gabriele, vielleicht etwas zu fröhlich. »Wie stehen denn die Ermittlungen um den Brandstifter?«

Die Kommissarin wischte sich mit einer Serviette den Mund ab. »Durch die Entwicklung der letzten Tage betrachtet mein für den Fall zuständiger Kollege die Sache in einem völlig anderen Licht.«

»Der Verdacht gegen Siebert hat sich bestimmt bestätigt?«, wollte Hans wissen.

»Zunächst einmal hat uns der Mordanschlag auf Herrn Storm und Frau Groß zu denken gegeben. Wir…«

»Helena«, sagte Darius mit einer hellen, aber festen Stimme.

Wir sahen ihn an.

»Helena«, wiederholte er.

»Stimmt«, sagte ich. »Das ist mein Name. Helena.« Ich lächelte die Kommissarin an.

Sie zögerte. »Pardis«, sagte sie schließlich.

Ich nickte.

Maximilian hob sein Bier. »Ich bin Maximilian. Frau Scuderi…«

»Nennen Sie mich Gabriele«, meldete diese sich zu Wort. »Und das ist Hans. Dr. Hans Wuttke. Mein ältester Freund und Anwalt im Ruhestand.«

Hans grinste. »So ist es.«

»Wo war ich stehengeblieben?«, fragte Pardis. Eine leichte Röte, die man selbst im Halbdunkel sehen konnte, überzog ihre Wangen.

»Bei dem Mordanschlag auf Helena und mich«, sagte Maximilian.

»Richtig.« Pardis nickte. »Meine Kollegen haben Siebert inzwischen durchleuchtet. Bislang wissen wir Folgendes: Er war nicht nur der Eigentümer des abgebrannten Hauses, sondern ihm gehörten auch die beiden Gebäude links und rechts davon.«

»Ein ganz schöner Besitz«, sagte Maximilian.

»Die Häuser hat er in den letzten Jahren nach und nach gekauft. Dabei hat er sich stark verschuldet, was ja im Prinzip nichts macht, weil die Grundstückspreise derartig gestiegen sind. Bei einem Verkauf hätte er ein Vielfaches bekommen. Allerdings«, sie hob einen Finger, »gestaltete sich das nicht ganz so einfach.«

»Lass mich raten«, sagte Maximilian, »einige Mieter weigerten sich, auszuziehen.«

»Korrekt. In den angrenzenden Häusern hatte er keine Probleme. Aber in dem Haus, in dem Kybell Demircan und ihr Freund wohnten ... da sah das anders aus. Zwei Parteien, die dort nahezu dreißig Jahre gelebt haben, wollten nicht gehen.«

»Puh«, meinte Hans. »Als Eigentümer braucht man in einem solchen Fall einen wirklich laaaangen Atem.«

»Und diesen langen Atem konnte sich Siebert definitiv nicht leisten, weil ihm die Bank im Nacken saß. Eine schnelle Lösung musste her.«

»Also hat er sich gedacht, ich brenne einfach alles nieder«, sagte ich.

»Das vermuten wir.« Pardis nickte erneut.

»Aber ihr könnt es nicht beweisen«, stellte Maximilian fest.

»Jedenfalls *noch* nicht. Natürlich hat mein Kollege ein weiteres Mal mit Herrn Demircan gesprochen. Der hat Sieberts Wagen als das Fahrzeug identifiziert, das am Tag des Brandes auf dem Hof stand.«

»Siebert selbst hat er aber vor Ort nicht gesehen?«, vergewisserte sich Hans.

»Nein. Leider nicht.« Pardis schüttelte den Kopf.

»Das reicht als Beweis nicht aus«, meinte Maximilian.

»Wir haben eine Hausdurchsuchung bei Siebert durchgeführt. Die Kollegen gehen gerade alle Unterlagen durch, auch seinen PC, seinen Wagen, et cetera. Mal schauen, was sie finden.«

»Und Sieberts Krücke?«, warf ich ein.

»Was soll mit der sein?«, erkundigte sich Gabriele.

»Darauf hat uns Helena gebracht«, erwiderte Pardis. »Als Herr Demircan während des Feuers versucht hat, die Treppe zur Wohnung seiner Schwester hochzusteigen, ist er von einem Gegenstand am Kopf getroffen worden. Er wurde ohnmächtig und wäre erstickt oder verbrannt, wenn ihn die Feuerwehr nicht gefunden hätte.« Sie war mit ihrem Essen fertig und legte das Besteck auf den Teller. »Die Kollegen wussten nie genau, um welchen Gegenstand es sich handelte.«

Hans beugte sich zu mir vor. »Dann nimmst du also an, das war Siebert mit seiner Krücke?«

»Die Verletzung an Abbubekirs Schläfe war länglich. Und sie war eher seitlich. Wäre ihm etwas von oben auf den Kopf gefallen, hätte die Wunde an einer anderen Stelle sein müssen«, sagte ich. »Ich vermute, Siebert hat ihn mit der Krücke k.o. geschlagen.«

»Um zu verhindern, dass Abbubekir ihn bemerkt und identifiziert?«, fragte Hans. »Kannten sich die beiden überhaupt?«

»Die kannten sich.« Maximilian nahm sich einen Nachschlag vom Nudelsalat. »Und außerdem hat Siebert den Verdacht auf Abbubekir gelenkt, als wir mit ihm gesprochen haben. Er hat uns gegenüber behauptet, es hätte mit ihm immer Streit gegeben.«

»Dass Siebert Herrn Demircan niedergeschlagen hat, kann sich so zugetragen haben«, sagte Pardis. »Das Labor ist dabei, die Krücke zu untersuchen. Sollte sich Demircans DNS darauf befinden, wäre alles klar.« Sie machte eine vage Handbewegung. »Aber bis uns Ergebnisse vorliegen, wird das noch dauern. Und es ist zweifelhaft, ob das Labor überhaupt etwas Verwertbares finden kann. Der Brand ist schon länger her und die Krücke lag auch noch unter dem ganzen Schutt begraben, nachdem das Gerüst samt Treppe auf Siebert gestürzt ist.«

Wir schwiegen einen Moment.

»Siebert ist tot ... Aber was wird nun aus Kybells Bruder?«, fragte Hans.

Pardis seufzte. »Zumindest bestehen jetzt berechtigte Zweifel an seiner Täterschaft.«

Hans wandte sich an Maximilian. »Wir werden Abbubekirs Pflichtverteidiger unterstützen, nicht wahr?«

»Auf alle Fälle«, bestätigte Maximilian.

Jemand ergriff meine Hand und hielt sie fest: Darius.

Ich lächelte ihn an. »Willst du mal ein cooles Auto sehen?«

Es dauerte, dann nickte der Junge nahezu unmerklich.

Ich deutete auf den Holzschuppen. »Da drinnen.«
Darius erhob sich.

Ich stand ebenfalls auf und sah Pardis an. »Ist es okay, wenn ich ihm den Wagen zeige?«

Sie antwortete nicht gleich, sondern musterte ihren Sohn. Ihr prüfender Blick wanderte von ihm auf unsere ineinander verschränkten Hände. Ihr Gesicht veränderte sich, wurde weicher.

»Klar«, sagte sie. »Geht nur.«

## 59

Maximilian sah auf seine Uhr und dann die Straße hinunter, die an Kybells Haus vorbeiführte. »Hans ist überfällig.«

»Bei dem Verkehr«, sagte ich. »Vermutlich stecken sie irgendwo im Stau fest.«

Wir hatten wieder den gleichen Bistrotisch im Außenbereich gewählt, wie vor ein paar Tagen. Die Kneipe war nur spärlich besucht. Von meinem Platz aus hatte ich einen freien Blick auf die brandgeschwärzte Ruine des Mehrfamilienhauses. Zwei Menschen waren dort gestorben, und beinahe wäre das Gebäude auch für Maximilian und mich zum Verhängnis geworden.

»Du hast mir das Leben gerettet«, sagte ich leise.

»Hm?«, machte er.

»Anstatt dich zu retten, hast du mich gepackt und zum nächsten Treppenabsatz geworfen.«

»Wirklich?«

»Ja, das hast du. Und das weißt du ganz genau.«

»Hm«, machte er wieder.

»Das war ziemlich dämlich. Du hättest dich lieber selbst in Sicherheit bringen sollen.«

»Wie denn? Du bist doch die Boulderqueen von uns beiden, nicht ich. Meine Aktion war wohldurchdacht. Ich habe dich nur in eine Position gebracht, von der aus du mir helfen konntest. Das war alles.«

»Blödsinn«, erwiderte ich.

Aus irgendeinem Grund hatten wir bislang nicht darüber geredet, was passiert war, als die Treppe einstürzte. Weder Maximilian noch ich hatten ein Wort darüber verloren. Wahrscheinlich hatte sich zuvor einfach keine günstige Gelegenheit ergeben. Und auch jetzt fiel es mir nicht gerade leicht, das anzusprechen.

Ich war froh, als der junge Kellner, der uns bereits beim letzten Mal bedient hatte, neben uns auftauchte.

»Zwei große Mineralwasser«, sagte Maximilian.

Der Kellner nickte, wollte sich abwenden, stutzte und musterte uns genauer.

»Euch kenne ich doch«, sagte er. »Ihr wart doch letzte Woche schon mal da. Ihr seid von der Versicherung oder so.«

Maximilian trug heute Jeans und T-Shirt. Offenbar wirkte er ohne Anzug weniger respekteinflößend auf andere.

»Gutes Gedächtnis«, erwiderte ich.

»Muss ich in meinem Job haben.« Der Kellner wackelte mit den Augenbrauen. Dann deutete er über die Straße. »Habt ihr das gehört? Da drinnen ist noch einer umgekommen.«

Maximilian verzog ansatzweise den Mund. »Ja. Haben wir.«

»Das war der Besitzer. Der wollte alles abreißen und umbauen. Der Typ war wohl unvorsichtig, und das Treppenhaus ist ihm auf den Kopf gefallen. Jetzt nützt ihm das ganze Geld auch nichts mehr.« Er stockte. »Das macht euch von der Versicherung sicher viel Arbeit.«

»Wir haben damit ganz schön zu tun«, bestätigte Maximilian.

»Und deswegen seid ihr wieder hier?«

»Nein«, sagte ich. »Wir lassen das Auto abschleppen, das noch hinten auf dem Hof steht.«

»Welches Auto?«

»Ein weißer Campingbus.«

Der Kellner runzelte die Stirn. »Campingbus? Meint ihr das uralte Teil? Das hat doch dem Typen gehört, der ganz oben gewohnt hat und verbrannt ist. Und seiner Freundin, dieser Türkin. Wie heißt sie noch mal? ... Warte ... Kybell?«

»Genau«, bestätigte ich. »Kennst du sie?«

»Na klar kenne ich sie.«

»Ja?«

Der Kellner seufzte und schüttelte bedauernd den Kopf. »Eine ganz arme Sau, sage ich euch.«

Ich warf Maximilian einen schnellen Blick zu.

»Wirklich?«, hakte Maximilian nach.

»Die hat immer Pech mit ihren Männern.«

»So?«, meinte ich.

»Na ja. Zuerst war sie mit dem Eigentümer der Häuser zusammen.«

»Mit Siebert?«

»War das sein Name?« Der Kellner zuckte mit den Schultern. »Jedenfalls war das die große Liebe und so. Deswegen ist sie auch oben eingezogen. Nach einem halben Jahr war das aber zu Ende.« Ein erneutes Schulterzucken. »Der hat seine Freundinnen oft gewechselt.«

»Shit happens«, sagte ich. »Aber dann hat sie doch einen neuen Freund gefunden. Den, der leider bei dem Brand gestorben ist.«

»Stimmt.« Der Kellner nickte. »Den kannte ich nur vom Sehen, wie die meisten anderen Bewohner. Aber der war ein richtiges Arschloch.«

»Ehrlich?« Maximilian beugte sich vor.

»Er hat Kybell wie Dreck behandelt.«

»Ach?«, entfuhr es mir. »Das hören wir heute zum ersten Mal.«

»Aber hallo! Der hatte noch eine andere Freundin. Und dutzende Male war Kybell hier bei mir im Lokal gesessen und hat raufgeschaut, bis oben in einem der Zimmer das Licht anging. Das war das Signal, dass die andere weg ist. Erst dann durfte sie rüber.« Aufgebracht holte er Luft. »Das müsst ihr euch mal geben! Der Typ geht fremd, sie muss das akzeptieren und sitzt da und schaut rauf, wo es die beiden gerade miteinander...« Er räusperte sich. »Nun, geht mich ja nichts an. Ich würde sowas jedenfalls nicht mitmachen. Und wenn ich versuchen würde, das bei meiner Freundin abzuziehen ... Nicht, dass ich mich jemals wie dieser Dreckskerl verhalten würde ... aber wenn ich das probieren würde, würde sie mich aus der Wohnung treten!« Er räusperte sich erneut. »Keiner würde das mitmachen. Und Kybell ist eine nette Frau. Die hat das echt nicht verdient. Ich habe mal versucht, sie darauf anzusprechen, aber...«

»Zahlen bitte!«, rief ein Mann von einem der Nebentische.

»Sorry!« Der Kellner nickte uns zu und wandte sich ab.

Ein laut knatternder Auspuff weckte meine Aufmerksamkeit. Ein uralter Abschleppwagen bog um die Ecke. Der Fahrer war ein Mann mit Glatze. So, wie er den Kopf einzog, um nicht an die Decke des Wagens zu stoßen, musste er riesig sein. Daneben entdeckte ich Hans. Er ließ das Fenster hinunter und winkte uns zu.

# 60

Die Risse an meiner Zimmerdecke bildeten ein wirres Geflecht. Große und kleine, ältere und neue – sie kamen irgendwoher, verzweigten sich, trennten sich und verloren sich wieder im angegilbten Putz.

Mir war warm. Ich trat die Bettdecke ein Stück nach unten und drehte mich zur Seite. Maximilian lag neben mir. Er sah mich an. Er wirkte friedlich und fast ein wenig schuldbewusst.

Was war schon groß passiert? Nichts von Belang. Wir hatten miteinander geschlafen. Das war nicht geplant gewesen, das hatte sich einfach so ergeben. Keine große Sache. Und doch, wenn ich daran dachte, was wir gerade gemacht hatten, wie er mich geküsst und angefasst hatte ... Ich konnte noch immer seine Berührungen spüren.

Es hatte sich ganz anders angefühlt als sonst. Auch anders als mit Sascha. Nicht so direkt und roh. Keine Körper, die sich gegenseitig benutzten, mit dem einzigen Ziel, schnell zum eigenen Orgasmus zu kommen. Stattdessen war Maximilian äußerst sensibel gewesen – zärtlich und leidenschaftlich zugleich. Wir hatten uns Zeit gelassen, viel Zeit.

Und bei mir ... Maximilian hatte Empfindungen bei mir ausgelöst, die ich so und in dieser Intensität noch nicht gekannt hatte.

*Verdammt.*

»Ich weiß jetzt nicht, wie wir im Bett gelandet sind«. Meine Stimme klang seltsam. »Aber bevor du etwas sagst: es ist nun einmal geschehen. Und es ist nicht weiter schlimm. War nur guter alter Sex. Mehr nicht. Das alles hat keine tiefere Bedeutung.« Selbst für meine Ohren hörte sich das nicht sonderlich intelligent an. Und schon gleich gar nicht ehrlich.

Maximilian öffnete die Mund, schloss ihn wieder, und sagte schließlich: »Sex. Klar.«

Es fühlte sich an, als habe er mir mit seinen zwei Worten in den Magen geschlagen. Seine knappe Antwort verletzte mich, obwohl er damit lediglich meine eigene Aussage wiederholt hatte.

Wir schwiegen. Ich blickte wieder zur Decke und nahm mir fest vor, sie neu zu streichen.

»Ich habe noch mal darüber nachgedacht«, sagte Maximilian in die Stille hinein. Sein betont geschäftsmäßiger Tonfall verriet mir, dass er nicht uns beide meinte.

»Kybell beschäftigt dich«, erwiderte ich.

»Sie geht dir doch auch nicht aus dem Kopf, stimmt's?«

Ich drehte mich ihm wieder zu und stützte mich auf dem Ellenbogen ab. »Ja.«

Er nickte. »Der Zufall ist zu groß. Zwei Männer haben sie ausgenutzt und verletzt, beziehungsweise betrogen, und jetzt sind beide tot.«

»Der Zweite war selbst schuld. Warum muss der Idiot auch auf die Streben des Gerüstes einschlagen?«

»Schon. Aber was ist mit dem Brand?«

»Wenn es stimmt, was uns der Kellner erzählt hat, hätte sie durchaus ein Motiv gehabt, Florian umzubringen. Doch sie war arbeiten, als das Feuer in dem Haus ausbrach.«

»Genau. Die Frage ist, ob sie die ganze Zeit im Silberdollar geblieben ist, oder zwischendrin mal Pause gemacht hat.«

»Um nach Hause zu fahren und alles anzuzünden?« Ich schwieg. »Und die Wunde an Abbubekirs Kopf? Wie passt die dazu?«

»Wir haben angenommen, Siebert hätte ihn mit seiner Krücke erwischt. Vielleicht ist ihm auch wirklich nur einfach etwas auf den Kopf gefallen. Theoretisch könnte es aber auch Kybell mit einer Latte, einem Besenstiel, oder was auch immer gewesen sein.«

Ich runzelte die Stirn. »Kybell? Glaubst du ernsthaft, dass sie ihrem Bruder etwas antun könnte? Sie liebt ihn doch abgöttisch!«

»Könnte sein, sie spielt uns das vor. Vielleicht hat sie uns engagiert, weil sie ein schlechtes Gewissen hatte.«

»Ganz schlüssig ist diese Theorie aber trotzdem nicht.«

»Wieso?«

»Siebert hat eindeutig versucht, uns umzubringen. Warum sollte er das gemacht haben, wenn er nicht selbst der Brandstifter war?«

»Gute Frage.« Maximilian überlegte kurz. »Wir haben ihm erzählt, dass wir mit unseren Recherchen in die Breite gehen werden, weil wir denken, Abbubekir ist unschuldig. Wenn die Ermittlungsbehörden da mitgezogen hätten, wäre er Gefahr gelaufen, dass sein Bauprojekt auf längere Zeit blockiert gewesen wäre. Kurzschlusshandlung, verstehst du?«

»Kann sein«, sagte ich. »Auf alle Fälle müssen wir mit Kybell reden.«

Wir schwiegen wieder.

Ich betrachtete ihn, langte hinüber und strich ihm über den Oberkörper.

»Du hast ein großes Bett«, sagte er. »Fühlst du dich nicht einsam, wenn du alleine drinnen liegst?«

»Ich habe gerne viel Platz«, sagte ich.

»Aha.« Er streckte die Hand aus und seine Finger begannen mit einer meiner Haarsträhnen zu spielen. Langsam wanderten sie hinunter, bis sie meine Brustwarze erreichten. Federleicht, mit kreisenden Bewegungen berührten sie meine Haut.

Es war ein Riesenfehler, mit ihm etwas anzufangen. Und doch, wenn es schon einmal geschehen war...

Ich beugte mich über ihn, und wir küssten uns erneut.

## 61

Am Eingang ertönte das Glockenspiel. Schritte, und Kybell stand im Durchgang zum zweiten Verkaufsraum. Ihr Blick wanderte zu dem Tisch, an dem Maximilian, Gabriele und ich saßen.

Gabriele erhob sich. »Kommen Sie nur, Frau Demircan.« Und an uns gewandt: »Ich lasse euch dann mal alleine. Wenn ihr etwas braucht, Tee oder Wasser…« Sie sah Kybell fragend an, und die schüttelte den Kopf.

»Nein, ist nicht nötig, vielen Dank.«

Gabriele nickte ansatzweise und ging.

Kybell zögerte.

Maximilian erhob sich und streckte ihr den Arm entgegen. »Frau Demircan, schön, dass Sie kommen konnten.«

Sie schüttelten sich die Hände, Kybell begrüßte auch mich, und dann setzten sie sich.

»Was gibt's Neues?«, sagte sie, um anzufügen: »Haben Sie das von Siebert gehört? Dem Eigentümer meines Hauses? Er ist tot.«

»Ja. Haben wir«, erwiderte Maximilian. »Schlimme Sache.«

Kybells Lider flackerten kurz, und wir blieben für einen Moment ruhig.

Maximilian durchbrach schließlich die Stille. »Als erstes: Wir haben gestern Ihr Auto abgeholt. Es steht im zweiten Hinterhof neben meiner Werkstatt.« Er deutete grob in die Richtung des Schuppens. »Ich habe es mir schon mal angeschaut. Das müsste ich hinkriegen.«

»Danke.« Kybell biss sich auf die Lippe: »Und Abbu?«

»Nun«, übernahm ich. »So wie es aussieht, prüft die Polizei derzeit, ob nicht dieser Herr Siebert den Brand selbst gelegt hat.«

Ihre Augen leuchteten auf. »Wirklich? Dann käme Abbu frei? Ich habe Ihnen doch immer gesagt, er hat es nicht getan!«

»Woher haben Sie das mit Siebert eigentlich erfahren?«, fragte ich.

»Dass er gestorben ist? Eine Freundin hat mich angerufen.«

»Eine Freundin?«, hakte Maximilian nach. »Hat die auch einen Namen?«

Kybells Gesicht wurde hart. »Klar hat die einen Namen. Jeder hat einen Namen. Wieso?«

»Sie haben vergessen, uns einige Sachen zu erzählen«, sagte ich.

»Was denn?« – das kam schnell.

»Dass Sie und Siebert ein Paar waren.«

Sie wurde kreidebleich und hektische rote Flecken erschienen auf ihrem Hals. »Das tut doch nichts zur Sache! Außerdem ist das schon lange her!«

»Und dieser Florian«, fuhr ich ruhig fort, »mit dem Sie bis zu seinem Tod zusammen waren… der war kein ganz einfacher Mensch.«

»Florian?« Ihr Erstaunen wirkte beinahe echt.

»Der hatte neben Ihnen noch ein Verhältnis laufen. Der hat Sie ständig betrogen.«

»Mich? Nein!«

Maximilians Augen glitzerten kalt. »Stellen Sie sich nicht so an. Wir wissen Bescheid.«

»Was wissen Sie?«

»Sie mussten immer in der Kneipe gegenüber warten, wenn Florians andere Freundin oben bei ihm war. Erst wenn in der Wohnung ein Licht als Signal anging, das die Luft rein ist, durften Sie zurückkommen.«

Kybells Lippen zitterten kurz. »Das ist meine Sache! Das geht Sie überhaupt nichts an!«

»Das geht uns sehr wohl etwas an«, gab ich zurück. »Das ist nämlich ein klares Motiv.«

»Ein, *was*?«

Eins musste man Kybell lassen. Sie spielte die naive und zu Unrecht Beschuldigte sehr gut. Total überzeugend. Aber ich fiel nicht darauf rein. »Kybell, hören Sie auf damit! Siebert hat Sie abserviert. Florian hat Sie betrogen. Und irgendwann hatten Sie von den Scheißkerlen die Schnauze gestrichen voll.«

»Was hatte ich?«

»Siebert war kurz vor Ausbruch des Feuers ebenfalls im Haus. Das haben Sie gewusst, woher auch immer.«

»Aber…«

»Vielleicht haben Sie Siebert sogar angerufen und extra hinbestellt«, übernahm Maximilian. »Die Polizei hat das schnell, wenn die Ihr Handy checken.«

Kybell holte zitternd Luft. »Ich verstehe nicht…«

»Sie verstehen nicht?«, unterbrach ich sie. »Dann lassen Sie es mich mal zusammenfassen: Sie haben sich um ein Alibi gekümmert, haben gewartet, bis beide Männer im Haus waren und haben dann das Feuer gelegt. Sie hatten vor, die zwei umzubringen. Siebert ist irgendwie rechtzeitig rausgekommen, vermutlich hatten Sie einfach nur Pech und haben ihn knapp verpasst. Aber Florian, den haben Sie voll erwischt.«

»Ich war doch an dem Tag gar nicht da!« Kybells Stimme überschlug sich. »Ich hatte Schicht im Silberdollar!«

»Sie hatten eine gute Stunde Pause. Das habe ich heute Vormittag höchstpersönlich im Silberdollar in Erfahrung gebracht. Keiner Ihrer Kollegen hat Sie in diesem Zeitraum gesehen. Sie hätten locker nach Hause fahren, das Feuer legen und wieder zurückkommen können.«

»Und weil Sie ein schlechtes Gewissen Abbubekir gegenüber hatten«, fügte Maximilian an, »haben Sie uns engagiert.«

»Leider haben wir zu gründlich gearbeitet«, sagte ich. »Wir sind Ihnen auf die Schliche gekommen.«

Sie schaute uns entgeistert an. »Sie glauben tatsächlich, dass ich Florian umgebracht habe?«

Maximilian nickte langsam. »Das werden wir Ihnen nachweisen.«

»Sie konnten es einfach nicht ertragen, dass er Sie mit einer anderen Frau betrogen hat. Geben Sie es zu!«, forderte ich sie auf.

»Florian?« Sie lachte bitter auf. »Mit einer anderen Frau? Niemals!«

»Frau Demircan, es hat keinen Sinn mehr, weiter zu leugnen«, sagte Maximilian. »Alles weist auf Sie! Sie machen die Situation nur noch schlimmer!«

Die roten Flecken an Kybells Hals verblassten. Ihre Haut wirkte fast weiß. Sie presste die Lippen aufeinander.

Da stimmte etwas nicht. Konnte es sein...?

»Maximilian«, sagte ich. »Warte…«

Ich beugte mich zu Kybell. »Sie meinten, Florian und eine andere Frau, das sei unmöglich? Warum?«

Kybell lehnte sich von mir weg und sah zu Boden.

»Wieso ist das unmöglich?«, beharrte ich.

Ruckartig hob sie den Kopf. »Weil er nicht auf Frauen stand. Er war schwul.«

Wir brauchten eine Weile, um das zu verarbeiten.

»Und Sie beide?«, fragte Maximilian schließlich.

»Wir waren lediglich befreundet und haben uns eine Wohnung geteilt.«

»Dann haben Sie in der Kneipe immer gewartet, während sein Partner bei ihm war? Stimmt das?«, erkundigte ich mich.

Sie nickte.

Maximilian zog die Augenbrauen hoch. »Warum diese ganze Scharade?«

»Scharade?«

»Warum haben Sie die ganze Zeit über den Anschein erweckt, Sie und Florian wären ein Liebespaar?«, konkretisierte er. »Ihre Familie, alle haben das geglaubt. Warum haben Sie das getan?«

Kybell wich seinem Blick aus, presste wieder die Lippen aufeinander und blieb ihm die Antwort schuldig.

»Es gibt nur eine logische Erklärung«, sagte ich nach einer Weile.

Kybell sah mich an. In ihren Augen waren Tränen. Sie senkte die Lider.

»Welche logische Erklärung könnte es dafür geben?« Maximilian runzelte die Stirn.

»Kybell hat Florians Freund geschützt.«

»Wieso sollte sie das tun?«

Kybell schaffte es noch immer nicht, uns anzusehen. Mit hängenden Schultern saß sie auf ihrem Stuhl.

»Weil Abbubekir Florians Freund war«, sagte ich.

»Abbubekir?«, wiederholte Maximilian überrascht. Ich nickte.

Kybell begann zu weinen. Leise.

Wir warteten.

Sie griff in ihre Handtasche und holte sich ein Tempo heraus, um sich zu schnäuzen.

»Sie können das nicht verstehen«, begann sie. »Meine Familie würde Abbus Homosexualität noch viel weniger als meinen Lebensstil akzeptieren. Abbu und Florian ... sie kannten sich schon lange. Ich habe sie von Anfang an gedeckt. Ich war das Alibi.«

»*Deshalb* haben Sie uns engagiert!«, sagte Maximilian. »Sie wussten wirklich, dass Ihr Bruder Florian niemals umgebracht hätte.«

»Florian und Abbu haben sich geliebt. Doch das durfte ich niemandem verraten.«

»Und Abbubekirs Verlobte? Die in der Türkei?«, wollte ich wissen.

Sie schnaubte. »Das hat die Familie arrangiert. Abbu hat die Hochzeit hinausgezögert, so lange er konnte. Irgendwann ging es nicht mehr. Deswegen wollten wir zu dritt abhauen. Abbu, Florian und ich. Neu anfangen. Und jetzt, jetzt ist Florian tot...« Die Tränen kehrten zurück.

»Versprechen Sie mir«, brachte sie zwischen zwei Schluchzern hervor. »Dass Sie niemandem sagen, dass Abbu schwul ist!«

»Homosexualität ist doch nichts Besonderes! Es ist doch vollkommen okay, dass Ihr Bruder schwul ist«, meinte Maximilian. »Mit dieser Information könnte ich ihn ganz leicht ganz schnell freibekommen.«

»Auf keinen Fall!« Ihr Ausdruck wurde wild. »Das *muss* unter uns bleiben! Abbu würde sich etwas antun. Sie sehen nur seine Maske. Das Machogehabe – er spielt das nur, damit niemand auf die Idee kommt ... Er ist nicht so stark, wie er vorgibt. Sie kennen ihn nicht, wie ich ihn kenne.«

Maximilian atmete hörbar aus. »Ich kann es zwar noch immer nicht verstehen. Aber in Ordnung. Ich werde ihm helfen, ohne seine sexuelle Orientierung zu benutzen.«

»Schaffen Sie das?«

»Es wird schwerer werden, aber ich bin recht zuversichtlich.«

Kybell holte sich ein frisches Taschentuch und putzte sich erneut die Nase.

»Was haben Sie vor, wenn Abbu draußen ist?«, fragte ich sie.

»Wir werden weggehen, wie wir es geplant haben. Wir werden uns gegenseitig umeinander kümmern. *Wir* sind jetzt unsere Familie. Dann können wir so leben, wie wir wollen. Kein Versteckspiel mehr.« Sie lächelte zaghaft. »Es wird zwar hart werden, weil wir keinerlei Ersparnisse haben, aber wir werden das schon schaffen.«

»Was das betrifft...« Ich sah zu Maximilian, der mir mit einer kleinen Handbewegung signalisierte, fortzufahren.

»In Ihrem Campingbus haben wir im Handschuhfach etwas gefunden. Geld.«

»Geld?«, erwiderte sie erstaunt.

»Etwas über fünfzigtausend.«

»So viel? Woher stammt das?«

»Das ist die Summe, die Abbubekir von Ihrer Familie für die Taxikonzession erhalten hat. Wir wollten es eigentlich der Polizei bringen, aber dann haben sich hier die Ereignisse überschlagen ... Jedenfalls sind wir noch nicht dazu gekommen.«

»Wie bedauerlich«, warf Maximilian trocken ein.

»Die Sachlage hat sich völlig geändert. Die Polizei braucht von der Summe jetzt auch nicht mehr zu erfahren. Und Abbubekir wollte das Geld ohnehin für einen Neuanfang verwenden.«

»Fünfzigtausend?«, flüsterte Kybell. »So viel?«

Ich nickte. »Wir holen es Ihnen gleich.«

## 62

Ich trat mit meinem Koffer in den Laden.

»Gabriele?«, rief ich.

»Helena?«, kam es zurück. »Ich bin hier.«

Ich folgte ihrer Stimme in den zweiten Verkaufsraum. Sie saß im Sessel, die Stehlampe war angeschaltet, und sie las einen Bogen Papier.

Ich stellte den Koffer ab und ließ mich auf der alten Couch nieder. Das rissige Leder knarzte.

Gabriele beachtete mich nicht weiter. Offenbar wollte sie den Brief, den sie in Händen hielt, zu Ende lesen.

Nach wenigen Minuten war sie fertig. Sie seufzte, faltete das Blatt und steckte es sorgfältig in einen vergilbten Umschlag. Den wiederum legte sie in die Holzkiste, die ich schon einmal gesehen hatte und die jetzt neben einer Tasse Tee auf dem Couchtisch stand.

»Briefe von meinem verstorbenen Mann«, sagte sie dabei. Sie schloss die Kiste und blickte auf.

»Er hat dir wohl viel geschrieben«, erwiderte ich.

Ihr Ausdruck wirkte melancholisch. »Nein. Eigentlich nicht. Nur zu meinem Geburtstag, da bekam ich immer mehrere Seiten von ihm. In denen hat er all das ausgedrückt, was er mir das Jahr über nicht sagen konnte.« Sie strich mit der Hand über die Kiste. »Ich lese einfach sehr gerne darin.« Sie hielt inne und meinte: »Dein Tee ist fertig. Ich bringe ihn dir.«

Sie stand auf, nahm das Kästchen mit und kehrte nach kurzer Zeit mit einem dampfenden Becher zurück, den sie mir reichte.

»Pardis hat vorhin angerufen«, sagte ich.

Gabriele setzte sich wieder. »Hatte sie Neuigkeiten?«

»Wie man's nimmt. Die Laborleute haben den gelöschten Browserverlauf auf Sieberts PC rekonstruiert. Er hatte sich jede Menge Infos zu Brandbeschleunigern beschafft und wohl auch einschlägige YouTube-Videos angeschaut.«

»Und?«

»Und … auf seiner Krücke haben sie DNS-Reste gefunden, die sie mit über neunzigprozentiger Sicherheit Abbubekir zuordnen können. Pardis meinte, das reicht.«

Gabriele verzog den Mund. »Dann war er es wirklich! Er hat aus Profitgier sein Haus angezündet und in Kauf genommen, dass dabei Menschen umkommen.«

»Rückblickend hätte er das lieber sein lassen sollen.«

»Nun, unrecht Gut gedeiht nicht.«

»Wenigstens nicht immer. Abbubekir wird dieser Tage freigelassen.«

»Sehr schön.« Sie nickte, musterte mich und fragte dann: »Und du? Was hast du jetzt vor?«

Ich grinste schief. »Ich bin mir nicht sicher, ob das eine gute Idee ist, aber ich werde es mal eine Zeitlang mit Maximilian und Hans probieren.«

»In der Kanzlei?«

»Ja. Aber ich bleibe weiterhin an der VHS. Das gebe ich nicht auf.«

»Gut so. Als Frau sollte man immer darauf achten, unabhängig zu bleiben.«

Ich griff nach meiner Tasse. Der Tee schmeckte richtig gut. Er hatte viel Aroma.

»Außerdem möchte ich einen deiner Elefanten kaufen«, sagte ich.

Sie lächelte warm. »Den Kleinen aus grüner Jade? Der gefällt dir, das weiß ich. Nimm ihn einfach mit. Ich schenke ihn dir.«

»Ich bestehe darauf, ihn zu bezahlen.«

Sie runzelte die Stirn. »Ernsthaft?«

Als Antwort griff ich nach unten, packte meinen Koffer und stellte ihn neben mich auf das Sofa.

»Den Koffer kenne ich doch«, meinte sie. »Den hast du in der Nacht mitgebracht, als du mit Darius zurückgekommen bist.«

»Gutes Gedächtnis«, erwiderte ich.

»Was ist da drin?«

»Rate mal.«

Sie lächelte wieder. Diesmal wissend. »Vermutlich sollte ich besser fragen: Wie viel ist da drin?«

»Eine knappe Million Dollar.«

Ohne Hast strich sich Gabriele eine Haarsträhne aus der Stirn. »Das ist aber ein wenig überbezahlt für den Jade-Elefanten, findest du nicht?«

»Ich dachte, du nimmst das Geld, renovierst das Haus, die Kanzlei und erlässt mir die Miete. Und wenn du schon beim Renovieren bist…

»Ein kleines Bad in deiner Wohnung. Mit Dusche und Toilette, nicht wahr?«, unterbrach sie mich.

»Das wäre super.« Ich deutete auf den Koffer. »Nur Maximilian darfst du nichts von dem Geld verraten.«

»Ja.« Sie seufzte. »Der ist manchmal ein wenig eigen, was die Gesetze angeht. Er käme uns sicher mit Geldwäsche und ähnlichen Dingen.«

»Hans ist in der Beziehung ganz anders. Viel…« Ich suchte nach dem richtigen Begriff.

»*Flexibler*«, ergänzte Gabriele. »Deswegen darf er auch nicht mehr als Anwalt praktizieren. Hat alles Vor- und Nachteile. Aber er wird sicher einen Weg finden, wie wir das Geld einsetzen können, ohne dass es auffällt.« Sie sah mich an. »Danke!«

Ich hob meinen Becher, und wir stießen mit dem Tee an.

»Was ist mit dir und Maximilian?«, fragte sie nach einer Weile.

Natürlich wusste sie es. Ihr entging ja nichts.

»Mit Maximilian?« Ich hob die Schultern. »Wird sich zeigen.«

Sie sah zum Fenster. »Es ist kurz vor neun. Er wird hier gleich vorbeilaufen, ohne sich umzudrehen.«

»Du weißt, wohin er jeden Tag geht, nicht wahr?«

Sie blickte mich direkt an. »Das musst du selbst in Erfahrung bringen. Da mische ich mich nicht ein.«

# 63

Ich verfolgte Maximilian. Das war nicht schwer.

Offenbar rechnete er nicht damit, beschattet zu werden. Er machte keine Umwege, verharrte nicht vor irgendwelchen Auslagen, er ging einfach seines Weges. Zwei, drei Kilometer lang. Dann hatten wir die Charité erreicht.

Zielstrebig näherte er sich dem Eingang und verschwand im Gebäude. Ich ließ ihm einen kurzen Vorsprung und ging ebenfalls hinein. Schon dachte ich, ihn verloren zu haben, als ich ihn bei den Aufzügen entdeckte. Die automatische Schiebetür glitt zur Seite, und ich beeilte mich, näher zu kommen, um erkennen zu können, welches Stockwerk er drückte. Ein anschließender Blick auf den Wegweiser sagte mir, dass er in die Station *Neurologie und Intensivneurologie* unterwegs war.

Ich nahm den nächsten Lift. Beim Aussteigen sah ich ihn um eine Ecke biegen. Ich musste mich zwingen, nicht zu rennen, und als ich die Ecke ebenfalls passiert hatte, betrat er gerade ein Patientenzimmer – zweifelsohne sein Ziel.

Ich schaute mich um, fand eine kleine Besucherecke, von der aus ich einen guten Überblick hatte und wartete. Über eine Stunde. Dann erschien Maximilian wieder auf dem Flur und verschwand in Richtung der Aufzüge.

Ich blieb noch fünf Minuten sitzen, bevor ich mich erhob und zu dem Raum ging.

Ich öffnete eine graue Tür und schloss sie hinter mir. Ich schaute mich um. Ein normales Krankenzimmer. Vielleicht eine Spur wohnlicher als üblich. Bilder an den Wänden. Frische Blumen in einer Vase. Die hatte er mitgebracht.

Mehrere medizinische Geräte, Monitore, eine Beatmungsmaschine. Und ein Klinikbett mit halb hochgestelltem Kopfteil.

In dem Bett lag eine Frau. Blondes Haar, fein geschnittenes Gesicht, die Züge entspannt, die Augen geschlossen. In ihrem Hals steckte ein Tubus, an dem ein weißer und ein blauer Plastikschlauch befestigt waren.

Ich kannte die Frau. Ich hatte sie vor wenigen Tagen auf mehreren Fotos gesehen.

Die Tür hinter mir ging auf. Ein Krankenpfleger erschien. Er stockte, als er mich sah.

»Entschuldigen Sie, wer sind Sie denn?«, fragte er nicht unfreundlich, aber doch mit einer gewissen Autorität.

»Ich bin eine Cousine«, erwiderte ich und deutete auf die leblose Patientin.

»Von Frau Storm?«, vergewisserte er sich.

Ich zwang mich zu einem Lächeln. »Um zwei Ecken. Darf ich fragen, wie es ihr geht?«

Er zögerte, sah zuerst die Frau an und dann mich. »Lassen Sie uns nach draußen gehen.«

Im Flur herrschte kaum Betrieb. Eine seltsame, unwirkliche Ruhe umgab uns.

»Frau Storm liegt seit ihrem Unfall im Wachkoma.« Er machte eine unsichere Handbewegung. »Reste von Bewusstsein dürften vorhanden sein, deswegen wollte ich mit Ihnen auch nicht vor ihr über ihren Gesundheitszustand reden. Sollte sie uns hören und verstehen können, würde sie sich aufregen. Das muss ja nicht sein.«

»Wie ist ihre Prognose?«

Er zuckte mit den Schultern. »Die Prognose? Das weiß niemand. Sie könnte irgendwann teilweise oder ganz zu sich kommen. Sie könnte leider genauso gut sterben.«

»Und ihr Mann?«, fragte ich. »Wie kommt er damit zurecht?«

»Herr Storm?«

Ich nickte.

»Er besucht sie jeden Tag, kümmert sich um sie, liest ihr vor.« Er hielt kurz inne. »Wenn es einer schafft, sie zurück ins Leben zu holen, dann er.«

Er machte eine Kopfbewegung in Richtung des Zimmers. »Möchten Sie noch einmal zu Ihrer Cousine? Dann komme ich später wieder, um sie zu versorgen.«

»Nein«, sagte ich. »Ich muss gehen.«

Ich erreichte den Aufzug, mein Finger drückte automatisch auf den Knopf fürs Erdgeschoss. In dem Lift standen mehrere Personen. Wie viele, weiß ich nicht mehr.

Für Maximilian und mich gab es keine Zukunft. Seine Frau lebte. Und er liebte sie noch immer.

## Storm & Partner kommen wieder!!!

Liebe Leserin, lieber Leser,

ich hoffe, »Die blutige Stadt«, der erste Fall für Storm & Partner, hat Ihnen gefallen und Sie haben spannende Stunden mit Helena Groß und Maximilian Storm verbracht.

Nachfolgend finden Sie eine Auflistung meiner anderen Romane. Ich wünsche Ihnen viel Spaß beim Stöbern!


Herzlichst
Ihre

Roxann Hill

## DIE STEINBACH-UND-WAGNER-SERIE

**Wo die toten Kinder leben: Der erste Fall für Steinbach und Wagner**

Eine junge Frau nimmt sich das Leben. Sie entscheidet sich für einen äußerst qualvollen Tod, der eine okkulte Handschrift trägt. Was trieb sie zu dem grauenvollen Suizid? Welches Motiv steckt dahinter?

Paul Wagner, ein Priester, und die Privatermittlerin und Ex-Polizistin Anne Steinbach werden beauftragt, dem rätselhaften Fall gemeinsam auf den Grund zu gehen.

Kaum dass das ungleiche Duo die Untersuchungen aufnimmt, überschlagen sich die Ereignisse. Anne und Paul kommen mehreren Verbrechen auf die Spur, deren Wurzeln teilweise bis weit in die Vergangenheit hineinreichen.

Jetzt sind die beiden Ermittler die Gejagten und befinden sich in akuter Lebensgefahr. Und ihre Verfolger schrecken vor nichts zurück. Zu viel steht auf dem Spiel.

## Die Tränen der toten Nonne: Der zweite Fall für Steinbach und Wagner

Eine angehende Nonne wird auf bestialische Weise ermordet. Die Umstände ihres Todes deuten darauf hin, dass sie kein Zufallsopfer war.

Ex-Polizistin Anne Steinbach und der Priester Paul Wagner werden von der Kirche mit dem Fall beauftragt. War die Tote tatsächlich eine Heilige, wie alle behaupten? Oder führte sie ein Doppelleben?

Trotz privater Probleme und der zunehmend drängenden Frage nach ihrer Beziehung zueinander, lassen Anne und Paul nichts unversucht, um den Schuldigen zu identifizieren.

Lange tappen sie im Dunkeln. Zu lange. Denn als sie beginnen, die Zusammenhänge zu erahnen, stehen sie schon längst im todbringenden Visier des skrupellosen Täters, dem jedes Mittel recht ist, um unerkannt zu bleiben.

**Tote Seelen reden nicht: Der dritte Fall
für Steinbach und Wagner**

Ein Pfarrer wird in einer Gasse tot aufgefunden – mit
durchschnittener Kehle.
Anne Steinbach und Paul Wagner stehen – wie auch
die Polizei – vor einem Rätsel. In Kirchenkreisen galt
der Ermordete als selbstloser und allseits beliebter
Seelsorger. Welches Motiv verbirgt sich hinter dieser
blutigen Tat, die einer grausamen Hinrichtung gleicht?
Und warum verwendete der Mörder ausgerechnet
eine Drahtschlinge?
Die Jagd nach dem Schuldigen führt Anne und Paul
in die Sektenszene. Doch je weiter sie recherchieren,
desto verworrener erscheint ihnen der Fall.
Und dann wird es plötzlich persönlich – denn der Killer hat Rache geschworen. Er wird nicht eher ruhen,
bis er sein Ziel erreicht hat.

## Das Flehen der Toten: Der vierte Fall für Steinbach und Wagner

Eigentlich wollte Ex-Polizistin Anne Steinbach ein paar Urlaubstage in dörflicher Idylle verbringen, doch dann stößt sie auf die Leiche einer grausam gefolterten Frau. Gemeinsam mit ihrem Partner, dem Priester Paul Wagner, beginnt sie mit den Ermittlungen. Warum wurden dem Opfer die Hände zusammengebunden, als würde es flehen? Und existiert ein Zusammenhang zu einer dreißig Jahre zurückliegenden Mordserie?
Bevor Anne und Paul Antworten auf diese Fragen finden können, wird eine zweite Frau ermordet aufgefunden. Und der Wettlauf gegen die Zeit beginnt.
Wird es Anne und Paul gelingen, den Serienkiller zu fassen? Und was ist mit ihrer Beziehung zueinander?

**Das Haus der Toten: Der fünfte Fall
für Steinbach und Wagner**

**Ein entsetzlicher Fund – ein schreckliches Geheimnis.**

Im Keller eines alten Hauses entdecken Arbeiter die eingemauerte und vollständig skelettierte Leiche einer Frau. Auch ein Koffer wird aus dem Grab geborgen, und dessen grauenvoller Inhalt übersteigt alles, was Anne Steinbach ertragen kann. Gemeinsam mit Paul Wagner übernimmt sie den rund zwanzig Jahre zurückliegenden Fall. Wer war die Tote? Warum wurde sie nicht als vermisst gemeldet? Und was trieb ihren Mörder dazu, sie bestialisch zu verstümmeln?

Überschattet durch berufliche und private Probleme stehen die Ermittlungen des Duos unter keinem günstigen Stern. Jede Spur endet in einer Sackgasse.

Schließlich wendet sich das Blatt. Doch der Preis ist hoch, denn plötzlich ist der Tod hinter Anne und Paul her.

## Und nachts träumt der Tod: Der sechste Fall für Steinbach und Wagner

Von Unbekannten entführt und unter Drogen gesetzt, wird Paul Wagner Zeuge eines sadistischen Mordes. Als er kurze Zeit später stark sediert aufgefunden wird, stehen Privatermittlerin Anne Steinbach und er vor ihrem bislang schwierigsten Fall: Es gibt keine Leiche und keinerlei Beweise. Hat Paul lediglich halluziniert? Und wer sind seine Entführer?
Damit nicht genug, sitzt Anne und Paul auch noch eine interne Überprüfung ihres Arbeitgebers im Nacken, die ihnen schweren Schaden zufügen könnte.
Während die beiden sowohl beruflich als auch privat auf eine Katastrophe zusteuern, versuchen sie, die Wahrheit ans Licht zu bringen. Ein tödliches Katz- und Mausspiel beginnt, das bald schon einen entsetzlichen Tribut fordert. Niemand weiß, wer am Ende mit dem Leben davonkommen wird.

## Totgesagte sterben auch: Der siebte Fall für Steinbach und Wagner

## Am Anfang steht ein Mord...

Die halb verweste Leiche des Leiters einer experimentellen Biogasanlage wird im Gülletank gefunden. Ex-Polizistin Anne Steinbach wird von Hauptkommissar Ralf Lambrecht gebeten, ihn bei der Aufklärung zusammen mit ihrem Partner, dem Priester Paul Wagner, zu unterstützen.

Doch die Ermittlungen gestalten sich schwierig: Anne zweifelt an der Beziehung zu Paul und der zunächst banal anmutende Mordfall wird immer verworrener. Zudem verhält sich Ralf Lambrecht mehr als verdächtig.

Als es Anne schließlich gelingt, die Spur des Täters aufzunehmen, offenbaren sich ihr die entsetzlichen Zusammenhänge. Ein mörderisches Spiel beginnt. Keiner kann gewinnen.

## Wen der Tod findet: Der achte Fall
## für Steinbach und Wagner

Ein verregneter Novembermorgen, trüb und kalt. In einer alten Kirche wird die bis zur Unkenntlichkeit entstellte Leiche eines erfolgreichen Anwaltes gefunden. Er wurde bestialisch gefoltert und vor dem Altar erhängt. Fiel der Tote einem Psychopathen zum Opfer? Oder verbarg der angesehene Anwalt ein dunkles Geheimnis?
Fieberhaft suchen Ex-Polizistin Anne Steinbach und Kirchenermittler Paul Wagner nach Hinweisen. Dann geschehen weitere Morde, die die gleiche Handschrift tragen. Und die Situation eskaliert....

## Wie der Tod so still: Der neunte Fall für Steinbach und Wagner

### Ein Mord. Und ein schreckliches Geheimnis.

Trier: Der angesehene Winzer Dirk Levèfre soll seine Frau brutal ermordet haben. Niemand glaubt an seine Unschuld, die Beweise sprechen gegen ihn. Er wendet sich an seinen Jugendfreund, Pfarrer Paul Wagner – der Einzige, der ihm noch helfen kann. Widerstrebend sagt Paul zu. Aufgrund eines traumatischen Erlebnisses hatte er seiner Geburtsstadt vor Jahren den Rücken gekehrt, und nun holen ihn die Schatten der Vergangenheit gnadenlos ein. Gemeinsam mit Privatermittlerin Anne Steinbach, die von ihrem letzten Fall noch schwer gezeichnet ist, setzt er alles daran, den wahren Täter zu finden. Doch was er und Anne nicht ahnen: Sie haben es nicht nur mit einem Mord zu tun. Ein Jäger lauert im Verborgenen. Er jagt Frauen, um ihnen Unaussprechliches zuzufügen. Bislang kennen ihn nur seine Opfer. Und er schreckt vor nichts zurück, damit es so bleibt.

## Tot um halb zwölf: Ein Steinbach und Wagner-Kurzthriller

**Nur als E-Book erhältlich!**

**Das ungleiche Ermittlerduo Anne Steinbach und Paul Wagner ist zurück - in einem rasanten Kurzthriller!**

Ein wunderschöner Spätsommertag. Eine bevorstehende Geburtstagsfeier bei guten Freunden.
Doch Anne Steinbach und Paul Wagner begegnen dem Tod. Und keiner weiß, wer mit dem Leben bezahlen wird.

## WEITERE THRILLER

# DIE LILITH-SAGA

# LIEBESROMANE

## Nur als E-Book erhältlich!

# DIE AUTORIN

**Leben:**
Roxann Hill hat ihren Debütroman im Sommer 2012 veröffentlicht. Sie gehört zu einer der erfolgreichsten Selfpublisherautorinnen im deutschsprachigen Raum und ihre Bücher sind regelmäßig auf den Bestsellerlisten von Amazon, BILD und tolino media zu finden. Allein ihre Steinbach und Wagner-Thrillerserie hat mit inzwischen über 700.000 begeisterten Leserinnen und Lesern längst Kultstatus erreicht.
Mittlerweile arbeitet sie auch mit renommierten Verlagen zusammen und hat mit ihnen Buchprojekte realisiert. Ihre Bücher wurden in mehrere Sprachen übersetzt.

Die in Brünn/Tschechien geborene Autorin lebt mit ihrem Mann, ihren beiden Kindern und zwei Ridgeback-Hündinnen in Mittelfranken. Nach langjähriger Berufstätigkeit widmet sie sich inzwischen ausschließlich dem Schreiben.

**Bisher erschienen:**

Steinbach und Wagner-Thriller:
- Wo die toten Kinder leben: Der erste Fall für Steinbach und Wagner (März 2013)
- Die Tränen der toten Nonne: Der zweite Fall für Steinbach und Wagner (Oktober 2013)
- Tote Seelen reden nicht: Der dritte Fall für Steinbach und Wagner (März 2014)
- Das Flehen der Toten: Der vierte Fall für Steinbach und Wagner (März 2015)
- Das Haus der Toten: Der fünfte Fall für Steinbach und Wagner (März 2016)
- Und nachts träumt der Tod: Der sechste Fall für Steinbach und Wagner (August 2016)
- Tot um halb zwölf: Ein Steinbach und Wagner-Kurzthriller (Februar 2017)
- Totgesagte sterben auch: Der siebte Fall für Steinbach und Wagner (Mai 2017)
- Wen der Tod findet: Der achte Fall für Steinbach und Wagner (Oktober 2017)
- Wie der Tod so still: Der neunte Fall für Steinbach und Wagner (April 2018)

Wuthenow-Thriller
- Dunkel Land: Wuthenow-Thriller 1(Harper-Collins, November 2017)

Storm & Partner-Thriller
- Die blutige Stadt: Storm & Partner 1 (August 2018

Weitere Thriller:
- Der Tod der blauen Blume (Amazon Publishing, Januar 2015)

Lilith-Saga:
- Lilith. Für ein Ende der Ewigkeit: Lilith-Saga 1 (Juli 2012)
- Lilith. Eine andere Art von Ewigkeit: Lilith-Saga 2 (August 2012)
- Lilith. Im Abgrund der Ewigkeit: Lilith-Saga 3 (August 2013)
- Lilith. Vor der Ewigkeit: Lilith-Saga 4 (Dezember 2015)

Liebesromane:
- Zwei Wünsche zu Weihnachten (Dezember 2012)
- Liebe macht pink! (November 2013, neu aufgelegt von Amazon Publishing im Oktober 2014)
- Liebe reist wohin sie will (August 2015)

Übersetzungen:
- Love is Pink! (Liebe macht pink! AmazonCrossing, Dezember 2014)
- Death of the Blue Flower (Der Tod der blauen Blume – AmazonCrossing, September 2015)
- L'amore rende… rosa (Liebe macht pink! AmazonCrossing, Mai 2016)
- Ráj mrtvých dětí (Wo die toten Kinder leben – Nakladatelství Omega, September 2018)

Besuchen Sie Roxann Hill auf ihrer Homepage www.roxannhill.com, folgen Sie ihr auf Facebook https://www.facebook.com/Roxann.Hill.Autorin/, Instagram: roxann_hill, Google + (Roxann Hill) und Twitter: @Roxann_Hill.

Roxann Hill, Schenkstraße 122, 91052 Erlangen